CROSSING
THE
RIVER

SEVEN STORIES
THAT SAVED MY LIFE
A MEMOIR

穿过悲伤的河流

[美] 卡罗尔·史密斯 / 著
张玫瑰 / 译

北京联合出版公司
Beijing United Publishing Co.,Ltd.

图书在版编目（CIP）数据

穿过悲伤的河流 /（美）卡罗尔·史密斯著；张玫瑰译. -- 北京：北京联合出版公司，2022.10
　ISBN 978-7-5596-6431-0

Ⅰ.①穿… Ⅱ.①卡…②张… Ⅲ.①纪实文学—美国—现代 Ⅳ.① I712.55

中国版本图书馆 CIP 数据核字（2022）第 152891 号

北京市版权局著作权合同登记号　图字：01-2022-4342 号

Copyright © 2021 Carol Smith
First published in the English Language in 2021
By Abrams Press, an imprint of ABRAMS, Incorporated, New York
ORIGINAL ENGLISH TITLE: CROSSING THE RIVER
(All rights reserved in all countries by Harry N. Abrams, Inc.)

穿过悲伤的河流

著　　者：[美]卡罗尔·史密斯
译　　者：张玫瑰
出 品 人：赵红仕
策划编辑：冯婧姮
责任编辑：徐　鹏
营销编辑：王文乐
装帧设计：陆　璐 @Kominskycraper
出版统筹：慕云五　马海宽

北京联合出版公司出版
（北京市西城区德外大街 83 号楼 9 层　100088）
北京联合天畅文化传播公司发行
三河市中晟雅豪印务有限公司印刷　新华书店经销
字数 226 千字　880 毫米 ×1230 毫米　1/32　11.5 印张
2022 年 10 月第 1 版　2022 年 10 月第 1 次印刷
ISBN 978-7-5596-6431-0
定价：58.00 元

版权所有，侵权必究
未经许可，不得以任何方式复制或抄袭本书部分或全部内容
本书若有质量问题，请与本公司图书销售中心联系调换。电话：（010）64258472-800

献给克里斯托弗（Christopher）以及爱他的人

目录

前言 1

引子 5

第一篇 童年的礼物 1

第二篇 母爱的力量 63

第三篇 不确定的确定 109

第四篇 悲伤的考验 181

第五篇 完整的意义 209

第六篇 共舞的生命 251

第七篇 战争的烙印 277

第八篇 黄色风铃草 313

后记 337

前言

"什么是真?它跟你是用什么材质做的无关。"老皮马说,"如果一个小孩一直一直爱着你,不只是因为想跟你一起玩,而是真正地爱着你时,你就变成真的了。"

"我会受伤吗?"绒毛兔问。

"有时候会,"一向诚实的老皮马说,"可是,一旦你被人爱着,变成真的了,你就不再害怕受伤了。"

——《绒毛兔》(*The Velveteen Rabbit*)

玛杰丽·威廉姆斯(Margery Williams)

这是一本关于伤与痛的书,也是一本关于爱、生活、坚强、快乐的书。本书将指引你破茧重生,寻找活着的意义,也将帮助你找到内心沉睡的力量。如若不是为了挣破悲伤的丝茧,没人愿意坚强,也没人知道自己原来可以如此坚强。

每个人都有害怕失去的事物,害怕一旦失去它,自己就活不下去。我的孩子,我唯一的孩子,在他7岁那年不幸去世了,我曾以为自己也会随他而去。在最美好的年纪,我的孩子骤然离世,如流星般匆匆陨落。一次成功的肾脏移植，本给了他又一次拥有健康童年的希望。当他在爷爷家中心脏骤停，倒地不起时，这个希望毫无预兆地破灭了。他走的那天，我不在他身边。这个残酷的事实，至今仍笼罩在我心头，成为我一辈子无法释怀的悔憾。他死后，我的世界分崩离析，心田一夜荒芜，悲伤无尽，走投无路。

新冠疫情的肆虐，同样无情地改变了许多人的人生，将他们拖入全然陌生的境地。它最狠戾之处，是让不幸的感染者被迫与外界隔绝，在没有亲人的陪伴下孤独地死去，狠毒地在活着的人心中烙下它独有的伤疤。每思及此，我总忍不住惶恐。

还记得疫情早期，人们每天拼命搜索新闻，渴望从中看到任何一丝疫情结束的曙光，却失落地发现一切早已失控。在那段时间里，那种时间模糊的浑噩感，那种空间错位的迷失感，那种每天都要为了呼吸而挣扎的生活，与痛失亲人的感觉是如此相似。

除此之外，还有对未知的恐慌。没人知道这场疫情究竟夺走了什么，只知道无论失去的是什么，留下的必将是无尽的思念。那种大难临头的预感也是十分相似。曾有人将这种预感称为"悲伤的前奏"，尽管灾祸还没有发生，但你知道它很快就会降临，悲伤也会接踵而至。悲伤到来之前，若真有"前奏"，那它离去之时，也应留有"余音"，回荡在心房的回音室里，一声又一声地呜呜。

人们不能像开处方药一样，无法按照你的需求为你分发希望。但我们可以从别人的经历中汲取希望，从分享的故事中汲取希望。孩子去世之后，我需要希望支撑我走下去。作为一名记者，通过报道那些身处逆境的人和那些关于生存与蜕变的故事，我找到了希望。他们是平凡生活中的勇士，即使突逢巨变，也仍坚韧不拔，勇敢面对一切。

  从他们的故事中，我学会了如何在失去至亲之后，重新扬起生命之帆。在抗击新冠疫情的持久战中，许多人失去了自己的亲人或朋友，承受着难以想象的痛苦。愿他们和我一样，从这些故事中寻获勇气，得到启发。

卡罗尔·史密斯（Carol Smith）

2020 年 5 月

引子

护理员前来找我谈话的那天，我没有去儿子克里斯托弗（Christopher）的学校，而是如同子宫里的胎儿，蜷缩着身子躺在他的床上，脸紧紧地贴着他的床单。房间里飘散着的淡淡的蜡笔、创可贴、橡皮泥、棒球皮套的味道，成了我赖以为生的氧气。我闭紧双眼，一幕幕过往从脑海中快速闪过，如一帧帧画面从他的View-Master[1]中快速掠过，每个画面里都是他：

骑马的克里斯托弗——他骑在马术治疗[2]的马背上，张开双臂，头向后仰，肆意大笑，炫耀他的"骑术"；

藏宝的克里斯托弗——他抱着搜罗来的石头和贝壳——一个7岁男孩的宝藏，小心翼翼地藏在床底下；

看书的克里斯托弗——他躺在床上依偎着我，看我用手语给他读故事……

"故事，还要。"他会打手语向我撒娇，一只手的指尖轻敲另

---

[1] 一款虚拟现实眼镜的名称。
[2] 一项将骑马和治疗相结合的疗法，常用于脑瘫、小儿麻痹及自闭症患者的康复治疗。

一只手的掌心，接着两手分开来，仿佛在撕一只包装袋，要拿出里面的太妃糖。这时，我会笑一笑，明知这是他逃避睡觉的"小诡计"，却还是纵容地从头再讲一遍。

一个星期天的早晨，我们去了玫瑰碗跳蚤市场，就在加利福尼亚州的帕萨迪纳市，离我们住的地方很近。在市场上闲逛时，我们几乎同时看中一张床，一眼就爱上了它古色古香的松木床头，上面印着马鞍和马刺图案，随着时间的流逝，色彩已经褪却。后来，它被我买回家，成了克里斯托弗的床。有时，他会穿着蓝色的睡衣，衣服上印着彗星的图案，舒服地躺在它的怀抱里，慢慢地滑入梦乡，头上还戴着他心爱的红色牛仔帽——忘了摘。曾经，这张床是他的骏马、他的火箭飞船；如今，它是我死死抓住的一根救命稻草。

那是寒假结束后的第一天，天色灰蒙蒙的，太阳躲在云层后，不愿露面。在24千米外伯班克的乔治·华盛顿小学，我的朋友凯西·鲁乔内（Kathy Ruccione），也是克里斯托弗好朋友的母亲，正站在他就读的一年级教室门口。她曾是儿童肿瘤病房的护士，笑容灿烂，声音温暖，透着一股安定人心的力量。

我能想象她一边说话一边做手语的样子——班上有许多孩子和克里斯托弗一样是聋哑人，她的孩子也是。克里斯托弗4岁时，我辞去《西雅图邮报》（*Seattle Post-Intelligencer*, 简称*P-I*）的工作，搬到帕萨迪纳市，有一部分原因是为了让他上这所学校。这里有着口语和手语同步教学的传统，听得见但不会说话的孩子学手语，听不见但会说话的孩子学唇语和发音，一举两得。手语和唇语的无缝衔接，构成了这些孩子的童言童语。后来，我问了凯西那天的情况。

孩子们穿着红蓝相间的校服，局促不安地坐在椅子上，一群家长站在墙壁边。在这个玩耍和学习的地方，突然出现这么多家长的面孔，他们一定觉得很奇怪。除了凯西，教室里还有校长、与凯西来自同一家医院的心理治疗师、许多孩子前一年上过的学前班的班主任、红着眼眶的手语和唇语老师。克里斯托弗的小木桌摆在教室中央，空荡荡的，孤零零的。

治疗师是孩子们不曾见过的一个男人，他将一只布娃娃安迪[1]举得高高的。凯西问孩子们看到了什么，他们纷纷伸出小手，指着它的红色头发、三角鼻子、水手帽、爱心刺绣布贴。然后，男人将布娃娃藏到了孩子们看不到的身后。

"现在安迪不在了，你们还能记得它的故事吗？"凯西问。

孩子们一下子兴奋了起来，纷纷凭记忆喊出了布娃娃安和安迪的各种冒险故事。然后，凯西不记得是谁了，只记得一位家长走到前面来，说出了那个消息。他说："我要告诉大家一件很伤心的事。"孩子们全都安静了下来。"克里斯托弗生病了，不能再来学校了。医生也帮不了他。"

"克里斯托弗去世了。"

身下的床仿佛变成了一只小船，在海上颠簸摇晃。我紧紧抱住

---

[1] 为缅怀13岁就夭折的女儿，约翰尼·格鲁尔（Johnny Gruell）设计并制作了布娃娃安（Ann）和安迪（Andy），并创作了一系列儿童绘本；它们是一对好姐弟，后来成为美国最早一代的布娃娃偶像。

顶在胸前的膝盖，忍住胃里的不适。"克里斯托弗去世了。"不管我怎么想，也想不通这句话的意思。每当我用力去想，它就会破裂成一堆无法辨识的碎片，像孩子散落在地上的字母拼块，怎么也拼凑不出一句完整的话。

克里斯托弗活着的那 7 年，我每天都活在恐惧之中，最害怕听见这句话。克里斯托弗还未出生时，就查出了一个发育缺陷，导致尿路堵塞，肾功能受损。看似微小的一个缺陷，却引发了一连串让人难以招架的蝴蝶效应，以及难以摆脱的后遗症。

尽管困难重重，可他顽强地活了下来，挺过了接二连三的医疗危机，却没能躲过最后这一次。7 岁那年的圣诞节假期，他和父亲一起去看望爷爷奶奶，却突发肠道梗阻，意外去世。我无法原谅自己的疏忽。我还活着，他却死了。

他走的时候，我不在他身边。

他刚去世的时候，悲伤欲绝的我一直生活在恍惚迷离之中，几乎无法独自走出家门，无法亲口对任何人说出这个消息。凯西主动接过我的担子，替我通知克里斯托弗的同学。她对孩子们说，虽然克里斯托弗不在了，但是大家想念他的时候，可以说说他万圣节穿的狮子王衣服，他枫糖般的金棕色眼睛，他有多喜欢火车……她还请全班同学写下他们与克里斯托弗的故事。

几周后，我收到一本小小的回忆册，带横线的纸上写着一些话，全是用英文大写字母写的，笔画歪歪扭扭的，像蚯蚓一样在纸上乱爬，旁边还画着爱心、五角星、几个手掌大到不成比例的小人。

"他是我最好的朋友。"其中一页写道,"我们经常一起玩绳球。"

"我摔破膝盖时,他给了我一个创可贴。"另一页写道。

有些是用聋哑儿童的独特语法写的,充满了天真与童心。"小克天堂去了。"在某些孩子的画中,克里斯托弗飞上了湛蓝明亮的天空,像天使一样飘浮在画的右上角。

我很羡慕他们能编织一些自我安慰的小故事,因为我找不到语言,也找不到文字,去编织任何聊以慰藉的故事。哪怕是一句最平铺直叙的陈述句,也会沦为自欺欺人的谎言。"我有一个儿子"——可我的克里斯托弗在哪儿?"我曾有一个儿子"——可我怎么忍心让我的克里斯托弗成为过去?无论哪一句,我都无法将它变成真的。我既无法将他找回,也无法接受他离去。失去他之后,我的心破了一个无底洞,像两颗星星之间无法填补的空虚。

当人们想描述悲伤时,字典似乎也爱莫能助。你找不到一个名词,去指代"深不见底的悲伤",指代"永不可能得到回应的祈祷"。你能在英语字典里找到"orphan",指"失去父母的孤儿",找到"widow",指"失去丈夫的妻子",却找不到一个名词,指"失去孩子的父母"。梵语有"vilomah",字面意思是"违反自然规律",特指"孩子比自己先死的父母",即白发人送黑发人。葡萄牙语有"saudade",一个在英语中找不到对应词的名词,指的是"对逝去之人的深深思念"。西班牙语有"madrugada",指的是"午夜与黎明之间无尽的黑暗"。可它们对我有何用?

～～～～～

克里斯托弗刚去世的那阵子，人们纷纷向我伸出援手。报社的一位老同事主动替我写了克里斯托弗的讣告，因为他知道我无论如何也无法提起笔来，写出这么残忍的事实。朋友们建议我搬回西雅图，住得离亲人近一点，好有个照应。可搬家意味着要收拾他的房间，我不舍得处理掉他的任何一样东西。克里斯托弗还小的时候，准备出门或上班的我偶尔会发现手表不见了。后来，我找到了那块表，它被他塞进了自己的秘密抽屉里，里头还藏着他从学校里带回来的宝贝。要是心理学家见了，应该会将那块表称为"依恋物"——孩子用来安抚分离焦虑的物品。

现在轮到我需要一个依恋物了。有哪一样东西能将克里斯托弗带回我身边，仿佛他不曾离开过？他的发条恐龙、弹簧圈、蝙蝠侠创可贴、红色腰包、蓝色哮喘药物吸入器，还有他最心爱的View-Master。那些他曾爱不释手的小物件，每一样都被我牢牢揣在身上。

我没有将他的东西收起来，全部装进箱子里，而是像他每次放假去找他父亲那样，简单地打扫了他的房间。我扔掉干涸的水彩笔，放好画笔颜料，收好一个7岁男孩的生活剪贴簿，将他穿不了的衣服和幼儿时期的玩具装进箱子里，送到回收站。我把他的衣服叠好放进衣柜里，把日历翻到最新的一天，把作业本高高地堆成一摞，把他的拼图物归原位，然后拿起他许久不玩的小东西，放在手里把玩了一会儿——这是我一个人的祭奠仪式，纪念他经历过的每个成长阶段。

整个房间收拾好了，我的心却更乱了。我渴望看到的不是一个干净整洁的房间，而是他像龙卷风一样，兴冲冲地跑回家，将房间翻得乱七八糟。我想念他每晚在地板上搭建的"营地"，宁愿像小探险家一样席地而睡，也不肯躺到柔软舒服的床上。我想念他堆积如山的衣服，想念他乐此不疲地改变玩具火车的轨道，一会儿往这边摆，一会儿往那边放，整个房间都是火车跑过的轨迹。他的房间被我收拾成原样，仿佛什么也没有变，却冷冷清清的，无情地拆穿我的徒劳，残忍地提醒我，他是真的不在了。

起初，我一刻也离不开这里。后来，我一秒也不敢待下去。

这就是失去亲人后的矛盾心理。

第一篇

童年的礼物

　　孩子们衡量幸福的方法与我们不同,他们对世界的理解与我们不一样。赛思即使身患不治之症,他们关心的也永远不是死亡,而是活着,要活成饱满的生命。一个人是否不枉此生,只有爱能定夺。在爱的尺度下,他们的一生与别人的一样长,一样饱满。

第一章

每天早晨，我从家里出发，去《西雅图邮报》上班，总要穿过老常青点浮桥（Evergreen Point Floating Bridge）[1]。那是世上最长的浮桥，桥面全靠浮枕支撑，紧贴着华盛顿湖的湖面，一有大风大浪，就会立马封锁交通。以前，报社的人总爱说，那桥是用口香糖粘起来，用鞋带拴牢的。虽说是玩笑话，实际情况却也好不到哪儿去。

车子开到桥中部时，经常陷在车流中，动弹不得。碰到晴朗的日子，被堵在桥上倒也算赏心悦目，南边是巍峨耸立的雷尼尔山（Rainier），西边是金光罩顶的奥林匹克山（Olympics），华盛顿湖怡然地依偎在群峦之中，而我依偎在车里，如被蚕茧包裹着，暂时逃离梦魇的纠缠。梦里，克里斯托弗还活着，可我忘了去接他放学；梦里，他没有穿外套，单薄地站在暴风雪中，迷失了方向；梦里，他被他父亲带走了，带到了一个我不知道的地方……那些破碎绝望的梦，夜里叫人惊出一身冷汗，辗转难眠，白天如幽灵般萦绕在脑海中，挥之不去。

---

[1] 又译"常绿岬浮桥"，竣工于1966年，跨越华盛顿湖，连接西雅图和麦地那，桥长1.4英里（约2.253千米），分为老桥与新桥两部分。

出门时，我带了几样克里斯托弗留下的东西在身上。他最喜欢的几个蝙蝠侠创可贴，还有一张边角都卷了的图书馆卡，就夹在我的钱包里。一颗小金星戴在我的胸前，纪念我们曾一起数星星的美好时光。穿过浮桥之后，我重新戴上职场人的面具，用坚强武装自己，迎接又一个艰难的日子。

6 年前，我辞去了一份好工作，不再是专门报道航空航天和高科技行业的记者，而成了朝不保夕的自由职业者，什么活儿都接。离开 P-I 时，我曾担心从此与新闻业渐行渐远。如今，再次回到老东家，领着固定的薪水，我却不确定这是不是我想要的。

初到 P-I 时，我才 20 多岁。研究生一毕业，我先是进了郊区一家小日报社，辛苦熬了几年，才跳槽到这家大报社，彼时心情无比激动。那时，P-I 的办公室仍位于西雅图市中心的"第六和华尔"大楼，楼顶上放着一个 13 吨重的蓝色圆球，那是报社的标志，中间用红色的霓虹灯点缀着一圈大字，随着球体缓缓转动，仿佛在骄傲地告诉路人——"P-I 尽知天下事"（It's in the P-I）；一只雄鹰盘踞在球顶，闪烁着黄色的霓虹灯光。那座大楼沿袭了 20 世纪 40 年代朝气蓬勃的现代主义风格，四四方方的，稳若城墙，占据了一整条街，整座楼每天伴随着印刷机的轰鸣声，轻轻颤动着。每天来到这里上班，我都会抬头仰望那个标志，仿佛自己是前程似锦的露易丝·莱恩（Lois Lane）[1]，没有什么是我征服不了的。

---

[1] 《超人》作品中的女记者，也是超人的女朋友，热衷于深入调查新闻内幕。

后来，P-I换了办公地点。几年后，我也去了洛杉矶。新办公室在西雅图海边一栋高档的写字楼里，新的新闻编辑室看上去不像老旧的电影片场，更像一间乱哄哄的保险办公室。某天夜里，P-I的老板赫斯特（Hearst）让人像拆复活节彩蛋似的，将那球拆成两半，放在宽敞的平板车上，从旧楼运到新楼，再重新拼装好，摆在新家屋顶，看上去与周围的环境格格不入，有种时代错乱的感觉。

克里斯托弗去世两年后，再次回到新闻编辑部的我也有这种错乱感。不管走到哪个角落，我总能撞见过去的自己，如幽灵般浮现：在楼梯间，我第一次悄悄告诉同事我怀孕了，对方惊喜地尖叫起来，给了我一个大大的拥抱；在洗手间，预产期前两周得知克里斯托弗可能无法存活的我，伤心地躲在里头；在办公桌前，一名声音低哑的消费者专栏作家前来给我送饭，克里斯托弗一出生就住进了重症监护室，在那漫长煎熬的几个月里，是她热心地打点我的工作餐。

这里是一座记忆的迷宫。以前，每天早晨，我都会经过总编办公室的玻璃隔墙，走到咖啡机旁，查看员工公告栏。当我决定搬去洛杉矶，向总编递交辞呈时，他曾祝福我："照顾家人比任何工作都更重要。"现在，我找回了曾经的工作，却找不回一丝快乐。照顾家人是人生的头等大事，可我失败了。

每天晚上，结束一天疲惫的工作后，我会将自己关在书房里，瘫坐在暖气旁边的地板上，倚靠着墙壁，一边痛苦地喘息，仿佛被一只无形的兽爪扼住喉咙，一边将心情全倾倒进日记本里，用尽各种晦涩的隐喻，描述心中无法言说的痛苦和原始猖狂的迷失。那个曾仰望蓝色圆球的年轻女人，那个无论如何也想象不到这一天的她，究竟去哪儿了？

我想回到过去，变回那个年轻的她，沉浸在满满的爱意中，热切地盼望孩子出生，满怀期待地装修老房子，为新成员的到来做准备。我想变回那个每年为全家人做感恩节大餐的她，那个邀请朋友夏夜来家中烧烤的她，那个为朋友生日自制巧克力馅饼的她，那个无数个夜晚埋首在八股编织机前织婴儿毯的她。我想改写人生的剧本，好让克里斯托弗继续活下去，好让我还能像以前一样，将头探进他的房门，叮嘱他把作业写完，或是跳上他的床，给他读小故事……每天晚上，我就这么坐着，任由过去在脑中倒带重放，直到眼泪流干了，躺在地上睡着了，回忆才停歇。我曾想一了百了，哪怕上班路上桥塌了，跟着车子一同沉入湖底，我也不在乎，只要能结束这无尽的黑暗。

~~~~

刚回到报社时，我被安排坐到商业组那里，就在我以前待过的办公室后面的小角落里，避开了新闻编辑部最忙碌的地带，不会一不留神，就踩到回忆的雷。我就这么躲在一个小格子间里，竟也成功地逃避了一阵子，没有撞上过去的自己。

有些同事的座位正对着一览无余的普吉特海湾（Puget Sound），冬天的夕阳落在海面上，美得让人移不开眼睛，暂时忘了迫在眉睫的截稿日期。而我的座位背对着它，面向南边沿着海岸线绵延远方的铁路。每天,拉着货物的火车轰隆隆地从窗前驶过,大楼跟着它轻轻地颤悠,我也跟着无意识地数起车厢来。这是我和克里斯托弗两人的小游戏——每当火车从面前呼啸而过,我们总会乐此不疲地数它有多少节车厢。

大多数时候,我必须掐断对他的思念,才有可能好好工作。因此,我的办公桌上不曾摆放他的照片。同事们聊起自家的孩子时,我也从不开口提他。尽管如此,他依然悄无声息地潜入每次对话。我总是无意识地将手放在心脏的位置,默默地比着他的名字——一个圆形的字母"C",甚至不经意地比出我经常对他用的那些手语——"热""停""开心""请""谢谢""对不起"。有时,我的手会比成"C"形,先是放到喉咙处,然后落到胸骨上——这是在说"饿",说"渴望",说"想念"。脱离了聋哑人的环境,大多数人不会注意到我的小动作,即使注意到了也只会认为,这人也许说话时就喜欢这样,手部动作比较丰富。

回来报社不到一年,原本负责医学版块的记者汤姆·保尔森(Tom Paulson)申请到大学做研究员,休长假去进修了。本地新闻主编凯西·贝斯特(Kathy Best)让我搬到本地新闻部的主编辑室去,接替他的工作。那时的我对尔虞我诈的美国商界早已提不起兴趣,能够离开商业,转战医学,我乐意至极。年轻时,我曾起底一个商业骗子,写出轰动全国的新闻,刊登在《福布斯》(Forbes)上,文章中还有我的照片,孕相十足。那时,我有一个叫"宝贝记忆"的盒子,珍藏着我与腹中胎儿的点滴,那篇文章也被我收进了盒子里，还开玩笑地说，这是我和孩子第一篇"合写"的新闻。后来，我报道了基因重组技术的早期成果——初现曙光的可注射生物药物，包括促红细胞生成素（一种能够促进红细胞生成的激素）和生长激素——它们后来成了克里斯托弗用来对抗肾衰竭的主要药物。现在，我对商业早已失去了往日的激情。过去那7年，为了照顾儿子，医药占据了我的大部分时间，也许报道医学更适合现在的我，只不过这将意味着，我不能再继续躲在我那安静偏僻的小角落里了。

本地新闻主编辑室位于一个宽敞开放的办公区，两旁各竖着一排锃亮的玻璃隔间，隔间里头是高级编辑的办公室。主编助理坐在编辑室的中央高台上，占据着视线的高地，可以看到整个编辑室的人。一有突发事件，他们就站在那儿，大喊着分配任务，动员所有人。记者们散落在编辑室的每个角落，蜗居在各自的小工位上。我的办公桌紧挨着一张巨大的会议桌，那是编辑大人的"作战指挥场"——每天早晨，他们会坐到桌前，讨论哪些新闻有头条潜力，决定当天要跑哪些新闻。编辑室里总有一种让人坐不住的流动感。

每天早晨到了办公室，我都会打好几轮电话，翻阅一叠叠报纸，筛选新闻线索，寻找灵感。我会仔细阅读报纸上的简讯，试图从轻描淡写的事故报道中找到一些蛛丝马迹，拼凑出故事的其余部分；我会翻到讣告页，想象逝者的亲人是如何独自活在这个没有他们的世界里；我会安静地听同事或线人讲述那些突逢变故的人物……我总是忍不住去寻找别人人生中的转折点。它们将一个人的人生撕裂成两半，一半是"从前"，一半是"此后"。我无法强迫自己停下，因为那些我们无法控制也无法预料的时刻，才是现在真正吸引我的故事。

～～～

4月的一个下午，我正准备离开座位去吃午饭，眼角不经意扫到一条国立卫生研究院（NIH）的公告，便又改变主意，坐回到位子上。文章称，"科学家们发现了一种基因突变，是造成儿童早衰症的罪魁祸首。患上这种罕见疾病的儿童，身体衰老速度比正常人快很多倍，最终可导致过早死亡，一般活不过13岁。"一看到这儿，我的心忍不住颤了一下。克里斯托弗离开已经8年多了，尽管我早已学会将过去和工作分开来，却还是猝不及防地被这条新闻撕开了心里的伤疤。

我将它塞到一堆报纸底下，假装不曾看到它，却还是晚了一步。过往的记忆如决堤的洪水喷涌而出，转瞬就要淹没我的大脑，心脏亦如攥紧的拳头，狠狠揪在一起。我站起身来，走到会议桌旁的窗前，死死盯着艾略特湾（Elliott Bay）的水面，努力深呼吸平复心情。

天地之间挂上了细密的珠帘，太阳偶尔透出重围，绽放出几许光线，一阵微风拂来，吹断了几缕雨丝，碎裂成水珠，跌落人间。一艘庞大的货船，驮着色彩明艳的蓝色集装箱，缓缓地驶向对岸的港口，一群高大威猛的橙色起重机镇守在那里，如同在岸边等待食物被潮水冲上岸的滨鸟。慢慢地，我的呼吸恢复平稳。我回到办公桌前，努力搜索其他突发新闻，任何能够让我暂时忘记过去的东西都行。

　　过了很久，也许是几小时，也许只有几分钟，我的脑子里依然盘旋着那篇关于早衰症的新闻。它仿佛伸出了一只小手，固执地拉着我的衣角，要将我拽回它那里。最后，我还是回到那堆报纸前，将它从底下抽了出来。

　　再次阅读它时，我努力屏蔽个人情感，用专业记者应有的眼光看待它，就像我对待其他新闻故事一样。新闻的大意是，虽然人们并不知道早衰症的根源，但是科学家们正离真相越来越近，很快就能破解它的秘密，有望研制出有效的治疗药物，甚至可能找到治愈它的方法。

　　一看到这意义非凡的新闻，我本该激动地跑去向领导"进谏"，可我并没有马上行动，而是一边看着纸上的文字，一边想象着患有早衰症儿童家人的心情，那些知道孩子将活不到成年的家人。他们很可能看不到孩子高中毕业，看不到他们笨拙地开始初恋，看不到他们实现童年梦想，看不到他们结婚生子，看不到他们心情忐忑地参加驾照考试……我不知道他们该如何承受那些遗憾，也不知道我为什么至今仍承受着同样的遗憾。我唯一能做的，就是埋头搜索更多信息。

　　1886年，人类首次发现这种非遗传的随机疾病。自那以来，它便困扰着一代又一代科研人员。到今天，全球只有一百多例早衰症的记录，研究起来困难重重。最新科学研究发现表明：某种基因突变使细胞核支架中的一种关键蛋白出现缺陷，导致细胞分裂得更快。

这一突变基因的发现，为科研人员提供了一个潜在的治疗靶点，甚至可能让他们找到治愈早衰症的方法，让它不再是一种不治之症。我迅速浏览网络上的信息，发现很多媒体早已对这项研究议论纷纷，认为它也许还能揭示人类衰老过程的基因机制。

如果我能找到一个家庭作切入点，那么这个故事完全有上头版的潜力。关乎全人类福祉的重要基因发现，总能引起广大读者的兴趣，尤其在遍地都是医学研究员的西雅图。对一家报社而言，头版故事就是金钱，只有傻瓜才不去写它。可我无法不考虑，如果我真的决定要写，这对我将意味着什么？它意味着我要面对另一个知道自己即将失去孩子的母亲。

失去克里斯托弗后，我每天犹如生活在悬崖边上，脚下是不可名状的无底深渊。我必须用尽全部力气和理智，才能让自己不坠入深渊，不被记忆的潮水卷回那段暗无天日的日子——那时，刚失去克里斯托弗的我曾以为自己会死于这无法承受的悲痛，每天都在乞求上帝让我从痛苦中解脱。白天，忙碌的工作、紧迫的截稿日期，让我得以逃离深渊；夜里，思念却背叛了我，再度将我拉回深渊边缘。

我一次又一次地做着噩梦，一次又一次地失去他。在那些梦魇中，他总是穿着他最喜欢的红蓝相间的衬衣，戴着龟壳造型的头盔，踩着一辆蓝色的小三轮车，朝着悬崖的方向远去。我看不到他的脸，无论我再怎么狂奔，再怎么声嘶力竭地求他停下，他都听不到。我永远无法在他坠入深渊前，拉住他……

后面的几个月里，我试图将那条新闻从脑海中抹去，可它并不甘心就此放开我，而是像帆脚索结一样，风刮得越猛，它就拉得越紧。为了让自己彻底死心，我拨通了国立卫生研究院和早衰症研究基金会的电话，请他们提供早衰症儿童家庭的线索。当时，全世界的早衰症儿童加起来不到40个，住在美国的只有7个，想找到一个离我很近的患者，方便我日常采访的概率微乎其微。尽管机会渺茫，当我滚动鼠标，浏览电脑屏幕上的名单时，心跳还是不自觉地加快了。突然，滚动的鼠标在某一行戛然而止，我的胸口传来一种失重感，心跳漏了一拍。以前我也曾有过这种感觉，以为是心脏杂音，但是医生反复向我保证不是。在那7个美国早衰症儿童中，有一个就住在华盛顿州的达灵顿（Darrington）。

达灵顿是一座山城，坐落在北喀斯喀特山脉中，离西雅图北部不远，开车只要一个半小时。它临河而建，曾是水陆联运的交通枢纽，现已不复往日水运繁忙，但是捕鱼和林业依然发达。那天，我从名单中了解到，达灵顿是一个名叫赛思·库克（Seth Cook）的10岁男孩的家乡。材料中没有他的健康状况，只记录着一个残酷的事实：他是世上最不幸的儿童之一，出生时的随机基因突变，决定了他这一生将极其短暂。

我的手一边颤抖着，一边在手机旁的黄色便笺本上记下他的家庭信息。我告诉自己，就算记了也没什么，我不一定要打这个电话。我撕下便笺，将写有他号码的那一面朝下放，不让它盯着我看。

那天晚上，我失眠了。回忆推搡着，挤入我的脑海：克里斯托弗第一次玩软式垒球时，因为击球成功而得意地大笑；克里斯托弗依偎在我怀里看书；克里斯托弗躺在病床上，身上插满管子，连着监护仪，昏迷不醒……"他走的那天，我不在他身边。"我怎么也无法将这个念头赶出脑海。

我翻身下床，踩着满室寂长的影子——那将世间所有色彩变成黑与灰的影子，在客厅里踱步。我想知道赛思过着怎样的生活，想知道一个明知自己时日无多的孩子，他眼中的世界是什么样子的。也许透过他的眼睛，我能看见克里斯托弗的世界。

第二天早上，我向我的编辑劳拉·科菲（Laura Coffey）提出了这个想法，说我想以一种类似于拍纪录片的方式，呈现一个早衰症男孩短暂的人生。它的价值在于，人们可以从一个比常人衰老得更快的男孩身上，学会如何坦然面对死亡。我建议跟踪赛思一年，用足够的时间去了解他。

劳拉有一头漂亮的红发，笑声爽朗，心地善良，热情洋溢，喜欢充满人文关怀的新闻，也喜欢与关爱动物有关的故事。她的电子邮件总是带许多感叹号，和她这个人一样无比热情。一听到这个想法，她立马举双手同意，只要我承诺这一年的跟踪采写不会影响其他日常报道，比如献血活动、流感统计、医院并购、医学研究成果。

并非每个编辑都知道克里斯托弗，但是负责大都会版块的丽塔·希巴德（Rita Hibbard）知道。从我刚进这家报社，她就认识我了。几年前，我曾带克里斯托弗参加她的迎婴派对，我俩因为"母亲"

这个共同的身份而结下情谊。克里斯托弗去世后，我重新回到报社，是她建议将我从商业组调到医学版块。听说我的选题后，她将我拉到她的玻璃房里，面色凝重地看着我，问我是怎么想的。丽塔不是一个知难而退的人。年轻时，她也曾是一名敢"啃硬骨头"的记者，报道过罪孽深重的"南山强奸犯"，那个令整个斯波坎市（Spokane）人心惶惶的连环强奸犯。在我调过来之前，她也曾负责过医学这块的新闻，亲手写过无数人间疾苦。后来，她从众多编辑中脱颖而出，一路升迁，成为一名"杀伐果断"的主编，总能够在最艰难的时刻，做出最困难的决定。然而，她似乎并不认为，这是我应该写的故事。好几分钟后，我才反应过来，她担心的不是这个故事好不好，而是写这个故事的我。

"请你好好想想自己在做什么。"她点到为止，蓝色的眼睛里似乎闪着泪光，没有说破此时我们脑子里也许都在想着的东西——那些与克里斯托弗有关的事，那些令我放弃其他新闻线索，一心只想写这个故事的原因。

然而，摆在我面前的，自始至终只有一条路。那个想法一直不停地浮现在我脑海中。我总是忍不住想象赛思的模样，想象他的声音，想象他是和克里斯托弗一样活得很快乐，还是因为身上的不治之症而郁郁寡欢。当死亡来临时，我不知道克里斯托弗是否害怕过，也许这个故事能让我找到答案。

第二章

约好与赛思初次见面的那个早晨,我一遍又一遍地查看赛思母亲告诉我的路线,确保不会开错方向。走出报社几百米后,我猛地想起笔记本被落在新闻编辑室里了,而且本子上写着这次见面我想问的话题,便连忙转身跑回去拿。再次匆忙走出办公室时,我的心里突然有点没底了,不晓得是不是被丽塔说中了,我也许不该去见他。

赛思的父母帕蒂(Patti)和凯尔(Kyle)暂时同意让我报道他们的孩子,只不过这篇报道最终能不能成形,得先过赛思那一关。为此,我需要亲自跑一趟达灵顿,征得一个 10 岁儿童的同意。

克里斯托弗去世后,我很少和孩子们相处。即使是自己的亲侄子、侄女,我也无法自然地面对他们。看着他们稚嫩的脸庞,我总会想起克里斯托弗,内心酸涩,却要强颜欢笑。现在,我不仅要和一个比克里斯托弗去世时大不了多少的孩子说话,还要故作镇定。

达灵顿很小,住了不到三百户人家,镇上只有一条大街,街上只有一家杂货店、一家咖啡馆,还有一家银行。镇上也有学校,唯一的一所学校。在那里,孩子们可以从幼儿园一路念到 12 年级。

虽然镇子很小，可我还是迷了路，找不到赛思家，不得不停下来问路。咖啡馆的女服务员认识赛思一家，她指了指一条路，通往镇外的林子里。

小镇后方群山连亘，一条长长的碎石子路一头扎入山丘之间的树林之中，路的尽头坐落着赛思家的房子，建在一片空旷的平地上，背倚白马山（Whitehorse Mountain）。到了门前，我将车子猛地刹住，轮胎与地面摩擦的声音吓到了路边的一只鹿，它倏地跳开，飞速跑远了。我停好车，伸手去拿本子，却发现手在微微颤抖，还没来得及多想，我就已经站到门前，叩响了门。

对于即将看到的画面，我以为自己早已做好了心理准备，但是当木门"吱呀"地拉开来时，我低头看着身前的赛思，依旧忍不住目光微凝，呼吸一滞。10岁的他个子矮小，和蹒跚学步的幼童差不多，还不到我腰部高，貌如八旬老人，秃头，满脸皱纹，皮肤薄，血管显露，双眼浑浊。我的心脏漏跳了几拍，才恢复正常。

"你就是赛思吧？"我开口问，喉咙发紧，吐出来的声音有些尖细。在那一瞬间，他眼中闪烁着的光芒，令我不由自主地想到了克里斯托弗。尽管外表长得完全不同，可他们迫不及待地想探索世界的好奇心是一样的。

赛思礼貌地冲我点点头，伸出一只瘦骨嶙峋的小手。我轻轻握了上去，如握住一枝纤细的花茎，轻晃了两下。他笑了笑，把我领进家里小小的客厅。到了沙发边上，他趴在坐垫上，好奇地打量这个抱着笔记本的女人。墙上挂着一张熊皮，隐约透着几丝其生前的威武凶猛，是他父亲某个冬天猎来打牙祭的。

"这里的熊有时会直接冲到人家的前院里。"赛思顺着我的目光望去，他的声音又细又尖，跟吸了氦气似的。

我附和了一句，说"那一定很吓人"，突然就收了声。那么吓人的事，他早已亲身经历过，现在才感叹可怕，似乎不合时宜。我急忙喝了口水，不置可否地说了句"你真勇敢"，希望这听上去不会太虚。

过了一会儿，他突然从沙发边上站了起来，"想不想参观我的房间？"

一幅熟悉的画面从我脑中闪过。每次外公外婆来家里，克里斯托弗做的第一件事，就是拉着两个老人家去他的房间。我看了一眼帕蒂，她默默地点了点头，同意我跟过去。当我从沙发上站起来时，心忽然钝钝地痛了一下。

赛思带我穿过一条走廊，走廊两边的墙上挂满了他的照片，记录了他成长的过程，让我忍不住想起我为克里斯托弗拍过的照片，照片里的他总是抱着心爱的玩具或球。后来，那些照片被送给了各个亲戚，珍藏在他们的皮夹子里。眼前这两面照片墙，仿佛在用快进的方式，向我播放赛思的人生。在他刚出生的照片里，他的头发闪着丝绸般的金光，胖嘟嘟的小脸上长着一双明亮的蓝眼睛，仿佛嵌着两颗水灵发亮的蓝宝石。后来，时间每流逝一年，他就苍老10岁。

赛思发现我正盯着照片看，便耸了耸肩。"我比其他人老得快，"他说，"跟狗狗长大的速度一样。"

就在这时，一只大大的黑蜘蛛在走廊里跳呀跳，一路跳到我腿上来，吓得我差点跳脚。

"别怕。"赛思咧嘴笑了，露出藏在手心的遥控器，就是那东西操控着它。

尽管被吓坏了，我还是忍不住大笑，忽而因自己的笑声怔住了。搬回西雅图后，我一直小心翼翼地生活着，有意避开孩子成群的地方。我从不去伍德兰公园动物园（Woodland Park Zoo），不去希尔索尔海滩（Shilshole beach），因为很多家庭周末会涌到那里去。我也从不去西雅图中心（Seattle Center），那里有一座国际喷泉，很多孩子喜欢围在它边上玩耍。我像是在这座城市中圈了一块地方，筑了一道高高的围墙，将自己封印在里头，画地为牢。围墙外是一座充满欢乐与童真的孩子城，一座我不敢踏足的城中城。我似乎已经很多年没有在孩子身边这样自发地笑了。应该说不是似乎，而是确凿。

我不记得我们聊了什么，也不记得自己是否说了什么可能让10岁小孩不高兴的话，只记得初次采访结束后，赛思送我到门口，咧嘴笑道："下次见。"

过了一会儿，我才反应过来他话里的意思，心照不宣地冲他笑了笑。在笨拙的摸索与尝试中，我通过了他的考验，也通过了我自己的。

我兴高采烈地开车走了。经过这一次见面，我更加渴望了解他，也更有信心能向编辑打包票，这个故事绝不会辜负他们给的版面。

我开车穿过包围着赛思家所在社区的森林,沿着与斯蒂拉瓜米什河（Stillaguamish River）北岔流平行的旧公路蜿蜒而下。细密如织的森林偶尔变得稀落,露出开阔的视野,现出低缓起伏的喀斯喀特山麓来,层层叠叠,错落有致,漫山遍野,绿意葱葱。在清幽的山谷、溪涧中,我能想象许多散落其间的渔夫、伐木工、艺术家、清居者,远离西雅图的喧嚣,过着自给自足的生活。

我开上五号州际公路,一路向南行驶。郁郁森林往后急退,两旁的景象变成了奥特莱斯购物中心,还有当地部落的赌场,我的兴奋感也随之消退。突然,我想到了赛思和他家人的未来,一股深深的遗憾再次涌上心头：他们也许会像我一样,有好多想对克里斯托弗说的话,却再也找不到听的人；曾答应陪他玩糖果乐园[1],陪他看道奇队[2]比赛,陪他放风筝,陪他去露营,却再也找不到机会兑现诺言……那些我们曾找不到时间一起做的事,如今哪怕时间再多,也不可能一起做了。

回到办公室的我,胸口仿佛压着一块沉甸甸的石头,随时都可能被压垮。我想,这个故事我恐怕没法写下去了。

"今天还顺利吗？"劳拉问。

我没有告诉她实情,而是拖着疲惫的身子回到家里,无力地爬上床,乞求上天给我一个没有噩梦的夜晚。

---

1 一种经典棋盘游戏。
2 洛杉矶的一支棒球队。

和赛思见面后的头几个月里,我的勇气像钟摆一样摇摆不定,难以预测。每次想好要去见他,但我总能临时找到更紧急的事去做,给自己拖延的理由。这就是干这行的好处,每天都有新闻可以跑。

那阵子正好发生了一件骇人听闻的事:一名年轻女子到某医院做手术,却在手术过程中被麻醉师过早地拔掉呼吸管,导致昏迷不醒。一收到这条新闻线索,我便全身心投入跟踪报道中。原来,那位麻醉师先前曾被其他州的医院开除过,出事后,他才坦白自己一直在偷窃和盗用病人的麻醉药品。为此,我特地联系了各州医疗委员会,调查他们是如何处置医护人员案底的,为什么档案没有随着人走,任由一名有毒瘾的医生瞒天过海,在另一个州继续为非作歹。那段时间,我一门心思扑在这条新闻上,但是偶尔还是会想到赛思。

距离第一次见面过去了好几个月,我才终于下定决心再去见他。赛思每年都会去幼儿园,给新来的小朋友读故事,今年也不例外。帕蒂邀请我跟他们一块儿去。

于是,我冒着 11 月的大雨上了路。怕自己半路上心生退却,我很早就出了门,让自己有足够的时间,整理思绪,重拾勇气。我一路平静地开到阿灵顿(Arlington),驶下通往达灵顿的无法回头的出口,然后驶离主道,停在路边一个加油站的停车场,坐在车里,默默复习准备好的问题,为即将到来的采访做准备。这一次,我会对着帕蒂,问她:"你们是怎么发现赛思的病的?这给你们夫妻俩的生活带来了什么影响?"可我怎么忍心叫她回想那些痛苦的过去?怎么忍心听她亲口诉说那些回忆?

到了赛思家时,我整个人都很焦虑。帕蒂非常热情地迎接我,仿佛我们第一次见面是在几天前,这中间几个月的空白不曾存在过。我大口喝着她递给我的水,努力放松紧绷到话都说不利索的喉咙,假装在打量房子,给自己更多时间,做开口的准备。厨房的窗台上摆着一排陶瓷做的小天使,墙上挂着一个相框,相框里是《圣经新约》里的一句话:爱是忍耐,爱是仁慈。冰箱上贴着赛思上一次拼写测试的卷子——"危机、刀子、钢琴、波浪、愿望、军队、英雄、西红柿、独木舟"。他拿到了一百分,为自己赢得了 5 美元的奖励。

帕蒂有一头及肩的秀发,透着淡淡的茶色,闪着蜂蜜般的光泽。她很爱笑,脸上没有一丝皱纹。赛思在一旁收拾着去幼儿园要用的东西,而她平静地在厨房里做花生酱三明治,仿佛不曾受过命运的捉弄。每次看到她笑,我的心就会被狠狠蜇一下。明知上帝早已写好了赛思的结局,不等他长大成人,就会收回他的生命,她是如何做到能说能笑,不被悲伤压垮?我低下头,假装在看笔记,害怕脸上的表情会出卖我的内心。在继续胡思乱想之前,我及时拉回思绪,请她告诉我,她和凯尔是怎么发现赛思生病了的。她点了点头,开始讲起那段往事。

赛思三个月大时,帕蒂第一次察觉到,自己的孩子似乎和别人不太一样。将他抱在怀里时,她能感觉到那肉嘟嘟的触感,正在像冰雪一样,一点一点地消融。"也许是我第一次当妈妈,太紧张孩子了吧！"她这么安慰自己，却仍然无法摆脱心中的不安。他们带着赛思去看儿科医生，医生也找不出任何问题。于是，他们努力叫自己不要多想。6个月大的时候，赛思的皮肤似乎变薄了，血管也更明显，恐慌从此在他们心中扎了根。

帕蒂说："他的各项生长发育指标都不达标。"其他的宝宝在不停地长身子，赛思却渐渐跟不上他们的速度，一天天落后。到了一岁时，他的头发已经完全脱落了。"后来，我们做了越来越多的检查。"却没有一项检查能告诉他们，问题到底出在哪里。

那些曾经医生也无法为我解答的问题，此时一个接一个地涌入我的脑海。他们回答不了，为什么我的克里斯托弗会有先天缺陷？为什么他的肾脏功能会严重受损？为什么他有癫痫？为什么他听不见？他们回答不了，我该如何活在这个没有他的世界。我知道，当时的帕蒂一定无助极了，尽管她还不知道孩子究竟怎么了。

赛思18个月大时，帕蒂和凯尔将他的病历和照片寄给了纽约一名专门研究儿童发育疾病的医生。几周后，帕蒂收到了医生的回信。

她独自坐在客厅里，打开医生的回信，"早衰症"三个清晰的黑字，仿佛化作三根尖锐的刺，从纸上跳出来，扎入她的眼睛。她知道这三个字意味着什么，也知道这张诊断书带来的是一个无法辩驳的残酷事实：患有早衰症的儿童，通常十几岁就会衰老死去，很少有人能活到21岁。当时的帕蒂也才不过21岁。

对于即将到来的打击，震惊和麻木是身体所能做出的最好防御。

帕蒂开着车，手里拿着信，来到凯尔工作的木材厂。拿着那封信，他们看了一遍又一遍，努力想从纸上看出并不存在的破绽，告诉他们这个可怕的预言是假的，却什么也没看到。帕蒂不是一个轻易落泪的女人，骨子里有着军人的傲骨。她父亲曾在军队里服过役，她母亲是一个坚强的墨西哥女人，她从小就活蹦乱跳的，自认为是个坚强的女汉子。收到信的那晚，她的眼泪毫无预兆地掉了下来，她从此打开了眼泪的闸门，哭了一次又一次。

帕蒂压低了嗓音，害怕被另一个房间的赛思听见。"我当时想，我该做什么？我该怎么办？"

我沉默地听她往下说，胃里却已翻江倒海。当初得知克里斯托弗可能一出生就会夭折时，我也曾有过这种排山倒海的恶心感。我低下头看着笔记本，咬紧下唇，强忍着泪水。

早衰症无药可治，医生唯一能做的是将赛思一家介绍给一个名为"阳光基金会"的团体，在那里他们能够接触到其他同病相怜的家庭。为了帮助罹患重病的儿童实现心愿，一名费城退休警察创立了这个基金会，每年赞助早衰症儿童的聚会活动。凯尔不是个喜欢出远门的人，可他知道他的家人需要走出去，需要与其他病友交流。在达灵顿，他和帕蒂周围全是"正常"的孩子。别人家的孩子像野草一样疯长，身子一天比一天高，衣服一天比一天小，玩得一天比一天野，他们的孩子却一天比一天虚弱。那年夏天，他们去了佛罗里达州（Florida），第一次参加早衰症儿童的聚会。那是生平第一次，赛思不再是一个跟周围小孩不一样的异类。

我想象着赛思在聚会上的样子。在那里，他遇到了自己的同类，他们和他长得很像，个子小小的，面庞皱皱的，像一朵正在枯萎的花。在那里，他们做着一些常规的事，身边不再有人投来同情或异样的眼光。第一次看见克里斯托弗走进一个满是聋哑儿童的房间，与其他人打着手语交流时，我也曾这般欣喜过。看到他不再孤单，我很欣慰。

然而，温馨的画面很快就消散了。帕蒂和凯尔在阳光基金会活动上认识的第一批孩子中，有一个在6岁时去世了。当时的赛思只有三岁，还不懂死亡意味着什么，但是帕蒂懂。以前，她从不敢往深处想，此时她却忽然明白了：她与儿子在一起的时间，正在一天一天地减少。为了能有更多时间陪儿子，帕蒂在丈夫的支持下，辞去了达灵顿加油站和便利店的工作。凯尔在厂里白、夜班连着上，这样夫妻两人总有一个能更多地陪伴赛思。

凯尔是个说话很温和的男人，喜欢丛林和山涧的生活，一有空儿就带着儿子满山遍野地跑，在河上度过悠长的周末，教他如何在丛林里生存，时间似乎怎么也不够用。帕蒂试图赶走心中的恐惧，可它总会一次又一次地卷土重来，渗入她的四肢百骸。"我就像一具破烂的躯壳，一直不停地哭泣，凯尔全看在眼里，努力安慰我。"她说，"是他一直支撑着我，我才没有垮掉。"

坐在厨房桌子前的我忍不住想告诉她，克里斯托弗出生后，我也曾每天活在害怕他死去的恐惧中。直到现在，我晚上仍会梦见他还活着，而我仍有机会在他坠入黑暗前，拉住他。就在我张口想说什么时,赛思从他的房间里走了出来,套着一件灰色的连帽衫,帽子被他拉上,罩住脑袋,抵御秋寒。他问帕蒂他的书包在哪儿,接着转过身来,冲我咧嘴笑了。

我的胸口蓦地一紧。几个月不见,他的脸似乎更小了,和同龄人一般大的牙齿,衬着短小内收的下颌,显然格外突兀。收拾好书包后,赛思转身去刷牙。我跟在他身后,第一次注意到,他有一点跛脚。他的手指患有关节炎,拧了几下也没打开牙膏的盖子。我想冲进去帮他,却还是忍住了。他既不是我的儿子,也不曾开口要任何人帮忙。我不得不提醒自己,我的工作只是在边上默默地观察他,而不是插手他的生活。最后,他靠自己战胜了盖子,成功将它拧了开来,接着又将所有的力气投入与水龙头的"缠斗"中。在浴室灯光的照射下,他的血管呈现紫色,脉络分明。

"我们出发吧!"他说,"我可不想迟到。"他朝门外走去,宽松的外套从肩上垂下,背上拖着一个几乎和他一样大的书包。我没得选,只能跟上。

～～～～～

到了教室外,我犹豫了起来,神经像高压电线一样嗡嗡响。克里斯托弗死后,我再也没有跟幼儿园小孩共处一室过。刚才在帕蒂的厨房里,我差点就哭了出来,向她袒露一切。在这么多孩子面前,我不知道自己能不能隐藏得住,可是现在转身已经太晚了。

赛思一瘸一拐地走在我前面,一只胳膊下夹着一本画册,光秃秃的头顶上戴着一顶棒球帽。进入教室后,帕蒂和我挨着墙站,他走到一群幼儿园小朋友的中间,一屁股坐到一把小椅子上,细瘦的小腿从裤管里露出来,往上是患有关节炎的膝盖,肿得跟网球一样大。教室里的小朋友们全围着他,像一群虎视眈眈的小线卫[1]。这阵仗并没有吓住赛思,他看上去很淡定,用肿得粗细不一的手指翻开绘本。

"我是一只爱吃苍蝇的大嘴青蛙。"他开始朗读故事,下颌骨在几近透明的皮肤底下,一张一合。随着故事的展开,这群5岁的小孩开始在椅子上不安分地扭来扭去,时不时指着绘本里的动物尖叫。赛思尽职地在同学面前表演着,抖动绘本上的弹出式动物插图,仿佛是它们自己在动,营造逼真的效果,一直绘声绘色地读到故事的尾声。

最后,赛思合上绘本,安静地等待着:"有问题吗?"

我屏住呼吸,心脏像书中的青蛙一样乱跳。有时,孩子的童言无忌可以残酷得直戳人心窝子。因为肾衰竭的关系,克里斯托弗发育得比同龄人慢,后来接受了肾移植,长期服用类固醇,导致浮肿虚胖。每次送他到一个新班级,我总忍不住担心其他孩子会在背后嘲笑他是个哑巴,嘲笑他的脸又圆又大。

这时,10只小手举了起来。我的每根神经都倏地绷紧了。

"我喜欢鳄鱼。"一个小朋友说。

---

[1] 美式足球上一个主要的防守位置,需要冲向对方四分卫,擒抱跑卫,协助阻拦前锋。

"我喜欢赛思读的故事。"另一个小朋友接着说。更多人开始你一句、我一句地往下接,仿佛在玩用"我喜欢"造句的游戏。那个无人说出口的问题,像一个被束缚住的气球,悬在半空中。帕蒂站在小朋友围成的圈子外,安静地看着他们。最后,她举起了手。

她说:"我喜欢每只小动物都长得不一样。"孩子们立马转过头来看她。

她问:"赛思和你们长得一样吗?"

我的手一下子僵住了,笔在纸上戳出了一个洞。

"我可以看到他的血管。"一个小男孩说。

纸上的洞又大了点。帕蒂的声音很冷静:"是的,那是因为赛思生了一种病。"

"他是怎么生病的?"另一个孩子问。

"他生来就有这种病。"她淡淡地说道,仿佛在说一件稀松平常的事,"这是一种很特殊的病,会让他一直长不大。"

我抬起头来,看见孩子们纷纷点着小萝卜头,仿佛听到了什么很有道理的话。

"你们每个人都有什么不一样的地方?"帕蒂接着问。

"我在中国出生。"一个小女孩用清脆的声音说。

"我戴眼镜。"一个小男孩说。

"我也是!"另一个跟着说。

"他在地球上的时间比我们还要长。"一个女孩指着赛思说,"他在上学前班时,我还没出生呢。"教室里短暂地安静了几秒,接着十几张小嘴叽叽喳喳地叫了起来。年龄是相对的。在5岁的小朋友眼中,10岁已经是"老古董"了。

我连忙用手捂住嘴,不让自己笑出声来。这一刻,我的心不再乱跳,下巴也不再紧绷。我合上笔记本,感觉整个身体都变轻了。在这个漫长的上午,这是我第一次真正放松下来。

第三章

再次去赛思家中拜访时,我正好碰到他们在吃早饭,看见他坐在桌首,俨然一家之主,认真地监督两个堂弟吃饭,一个是5岁的特里斯坦(Tristan),一个是一岁的杰丹(Jaedan),两人都有着乡下小孩红彤彤的脸蛋、胖嘟嘟的身子。赛思还不到一米高,得坐在儿童垫高餐椅上,才能够到餐桌,"主持"饭局。

"你能帮我打开这个吗?"赛思递给我一瓶维生素软糖。

赛思现在在念小学5年级,这天我来他家是为了和他一起去学校,观察他的校园生活。当天的任务很轻松,不过我很快就会知道,想安静地站在赛思身边做一名观察员是不可能的。

他指着一片低剂量阿司匹林和一片维生素C,问特里斯坦:"我应该先吃哪个?"不等对方回答,他就抓起两种药片,全塞进嘴里,然后从椅子上滑下来,跑去房间拿书包。

我跟着他进了卧室,记下他如何吃力地将课本塞进书包,如何往后迈出那条更僵硬的腿,好让自己能够弯下腰。我专心地做着笔记,完全没注意到特里斯坦跟在我们身后,进了房间。

"杰丹在欺负小猫咪。"特里斯坦跑过来告状。

赛思立马跳脚，跑出去找他那只饱受"蹂躏"的猫——南瓜。

"够了，弟弟，"赛思对杰丹说，"住手。"

杰丹浑身胖嘟嘟的，身上的肉似乎能将赛思压扁。他又伸出小手，企图去抓南瓜的尾巴，赛思设法让他分了心，好让南瓜逃离魔掌。我不禁笑了。别看赛思个子小，他可是家里的孩子王。

~~~~~

10岁的孩子，介于儿童与少年之间，是一个无比微妙的阶段。在赛思5年级的教室里，女孩儿们涂着闪亮的眼影，还未完全褪去的婴儿脂肪从低裤腰上挤出来。男孩儿们摆出酷酷的姿态，懒散地坐在座位上，帽檐戴在脑后，互相打趣调侃。我在教室后面找了个位子坐下，想象着10岁的克里斯托弗会是什么样子。赛思坐在我前面，隔了好几排的座位。他驼着背趴在桌上，双脚耷拉在半空中，帽檐比他的脸还大，脖子顶多只有成年男子的手腕那么粗。

上午的这门课是数学，任课的老师格林先生（Mr. Gerring）正固执地将全班同学的注意力拉到数学上。他有一头花白的卷发，眼镜后面的瞳孔里似乎染上些许愠怒，渐渐化作一丝无奈的笑，偶尔转过身来，盯着某个不听课的学生看，用眼神警告他们不要讲话。突然，他毫无预兆地说要随堂测试，整个班级顿时像火箭燃料似的轰地点燃，哀声四起，一片躁动。最后，老师只好作罢，叫大家站起来，罚做开合跳[1]。

---

1 开合跳，在英国又称"星星跳"，一种常见的跳跃运动。

老师一声令下，赛思立即跳下座椅，其他孩子也跟着跳起来，跟小弹珠似的，蹦来跳去。不管是谁，只要不小心碰到赛思，都有可能将他撞倒。我急得身子往前倾，想看赛思会如何化解危机。在他对面的墙壁上，我看见那里贴着一张海报，上面写着解决问题的三步法：制订计划、改进计划、精选策略。赛思坚守着椅背后方的根据地，原地上下蹦跳，老师一数到零，他就"扑通"一声坐回椅子上，继续淡定地上课，仿佛什么也没发生过。

他的体重只有12千克左右，身高只到同班同学的腰部，这在学校里确实给他带来了一些不便。那一天，为了喝水，赛思不得不将椅子挪到饮水机前，站上去接水。午休期间，他让每天和他一起吃午饭的堂妹埃米莉（Emily）帮他拧开苹果汁的盖子，调皮地称呼她"我的开罐器"。说完，两人都咯咯地笑起来。上体育课的时候，其他孩子都出去运动了，只有他留在教室里玩扫帚，自娱自乐地喊："我有一个70岁的身体，看我的厉害！"

课间休息时，赛思往计算机实验室走去，在一台电脑前坐下。"想不想看一些很酷的东西？"他献宝似的问我，开始在虚拟器上解剖青蛙。我的视线越过他的肩膀，落在电脑屏幕上，看他标记青蛙的身体部位，接着切换程序，向我演示如何在电脑上解剖猫头鹰的"食丸"[1]。"这是它们便便里的东西。"他灵活地操作鼠标，从"便便"里提取出一堆细散的骨头来，重组成一只虚拟的老鼠。

---

1 部分鸟类对其食物中无法吸收或排泄的东西会以食丸的形式反吐出来。

15 分钟后,其他同学涌了进来,打断我们的对话,和他一起练习打字。尽管我很喜欢和赛思一对一交流,但是我能看出来,他最喜欢的是跟其他孩子在一起。他挺起瘦弱的胸膛,背也尽可能挺得笔直,看着似乎长高了几厘米。

"给我一些皮肤。"一个女孩从赛思身边经过,跟他默契地击了一下掌。她有一头中分的长发,嘴唇微微噘起,有点"小甜甜"布兰妮[1]的感觉。实验室里充满了敲击键盘的声音,还有孩子们谈笑的声音。

赛思的举止——他走路的姿势、他大笑的模样,经常让我联想到克里斯托弗。我敢肯定这两个小家伙会成为很好的朋友,甚至能想象他们一起捣蛋、恶作剧、发明新游戏的画面。这么久以来,这是我第一次想起克里斯托弗时不禁莞尔,而不是只有苦涩。

老师一走开,赛思就开始玩起屏幕上的图片来,将它们一张张放大。

他低声说:"我喜欢把东西放大,这样它们就可以长大了。"

我的笑容顿时消失了。赛思看上去很开朗,从不因为外表而自卑,但是不自卑不代表不自知。

~~~~~

赛思家四周是一片灌丛草甸。放学后,赛思带我去草甸边上的树林里玩。他找了一颗小石子,一边走,一边踢。我想问他是怎么

---

[1] 美国著名女歌手,全名布兰妮·斯皮尔斯(Britney Spears),以青春可爱的甜美形象出道。

看待早衰症的,想问他知不知道这意味着什么样的未来,可我不能在学校里问,那里有太多他的同学在。现在,我们终于可以安静地独处,这让我既高兴又紧张。

我们一边往前走,一边踢着同一块小石子。我不知道该如何问赛思,"你是否想过死亡?"这似乎是个错误的问题。万一他不知道自己可能比朋友更早离世,也从来不曾设想过死亡这个结局呢?如果他的父母不曾对他说过这些,那么我不该鲁莽地抛出这个问题,逼迫他去面对。每当我想问他一个现实的问题,我的喉咙就会突然堵住,仿佛被一只无形的手掐住,记者的本能也全部丧失,只能将嘴边的话咽回肚子里。我用手遮在眼睛上,挡住12月温柔的阳光,抬头眺望白马山。它犹如站在高山上的守卫者,肩头上披着白雪,居高临下,俯瞰人间沧桑,看着山谷里春来秋去,聚散离别,看着人生如蝶,绚丽短暂。一想到这儿,我的心突然安定了。

"看!"赛思指着地上的一只小东西。它刺溜一下,从我们脚下迅速爬过去。"蜥蜴跑得太快了,"他耸了耸肩说,"它不想被我抓到。"

克里斯托弗大约5岁大时,有一天我打开家门,在门廊里发现一只迷路的小猫。我将它抱起来,让他抚摸它如丝绸般顺滑的毛。"猫咪,我的。"他用手语说,手掌重重地拍着自己的胸脯,特意强调"我的",满心欢喜地抚摸它,爱不释手。但我们一放下猫,它便"唰"地一下跑了出去,和赛思的蜥蜴溜得一样快,消失在门外。克里斯托弗震惊极了,整张小脸猛地皱在一起,胸腔里爆发出声嘶力竭的哭声，一下又一下，止不住抽泣。我想安慰他，可他用手臂抵住我的胸口，不肯让我抱。他哭得那么伤心，仿佛将这一辈子所有求而不得的遗憾都哭了出来，谁也无法安慰他。这深深地刺痛了我的心。直到今天，一想到那些我给不了他的东西，我仍会感到心如刀绞。

我不想继续被痛苦啃噬。心慌意乱中，我来不及思考，就脱口而出："赛思，早衰症对你有什么影响？"话一出口，我便屏住呼吸，心脏开始狂跳，接着心虚地低下头，看着脚下的土地、路边的野花。那里有五角星状的顶针莓花萼、晚季的野玫瑰果，还有毛茸茸的马尾草轻挠我的膝盖。

赛思踢了几下小石子，说："因为关节炎，我没法自己系鞋带；因为心脏不好，我每天都要吃阿司匹林，就这些。"

我盯着赛思的脸，想从他脸上看出更多答案，但他早已跳到别的频道。"我打算养一条狗。"赛思佯装悄悄地对我说，仿佛在分享一个天大的秘密。我笑了，心中的郁结立马消散，问："你爸妈知道吗？"赛思点了点头，嘻嘻地笑了几声，继续有点跛地往前走，跟我分享他做过的其他了不起的大事。为了买梦寐以求的电子产品，他曾很努力地挣钱，在自家车库前摆摊卖二手货。每天晚上，他都会把赚到的钱拿出来，一美元一美元地数，直到有一天，终于攒够了 220 美元，买了一台属于自己的 Xbox 游戏机。除此之外，他每天还想办法逃避做家庭作业，尤其是他最不喜欢的科目——数学。

我差点忍不住将他抱起来。那些克里斯托弗哭得很伤心的记忆，如冬天的晨雾，在日出后渐渐消散。克里斯托弗哭得那么伤心，也许只是因为他想再摸一下那只猫，想拥有一只属于自己的猫，而不是因为其他求而不得的东西——健康、听觉、未来，不是因为那些我希望他能够拥有的东西。这让我如释重负，真想瘫坐在地上。

～～～

我已经很久没有和生病的孩子相处了，几乎忘了那样的生活犹如过山车，有起有落，急速而惊心。

在报社的大多数时间里，我都在做枯燥乏味的日常工作，采写我负责报道的领域，为地方新闻的简讯专栏写短文，四处打听新闻线索，填满当天的报纸。我们管这叫"投喂野兽"，因为日报如同一只饕餮，每天都要投喂它新闻。到了周末，记者还要轮流值班。轮到我的时候，我会给警察打电话，打听前一天晚上是否有大事发生。有时，读者也会打电话来，抱怨新闻写得不好，报纸没有送到，或者为什么不再连载他们最喜欢的漫画。接到这样的电话时，要做到彬彬有礼有时需要很大的力气。随着赛思越来越频繁地出现在我脑海中，我发现自己正变得更和善，更耐心，甚至重拾笑容。

那时，另一位医学记者汤姆已经结束休假，重新回到岗位上，就坐在我对面。有一天，他从抽屉里拿出一块巧克力给我，那是他留着赶稿子时吃的口粮。"你看上去心情不错，"他故作严肃说，"但是在我的地盘里，好心情是被禁止的。"汤姆每天上班都穿一件夏威夷衬衣，戴一顶棒球帽，骄傲地称自己是一名"暴躁的挪威人"，还经常在报社里这么自损，因此大家都知道这个梗。我知道他是想听我说，为什么最近突然变得神清气爽的，但是我不会告诉他为什么。即使面对自己，我也说不清为什么。我接过巧克力，对他话里隐藏的问题，避而不答。

几周后，我接到一通电话，电话那头是帕蒂。"卡罗尔？"她的声音没有一丝波澜，却又隐约透着一丝不同。赛思今晚需要住院观察，她觉得我可能想知道。我本能地用手遮住话筒，在人多嘴杂的新闻编辑室里，给自己隔出一点隐私的空间。帕蒂和凯尔并不知道赛思怎么了。她的声音很平静，平静得像一条直线，让人揣摩不出更多信息来。

我挂了电话，猛地从座位上站起来，撞倒了桌上的一叠文件。我的脑海中浮现出9年前的那个早晨，克里斯托弗和他父亲一起去看望他的爷爷奶奶。那时，克里斯托弗已经熬过最危险的阶段，似乎再也不用饱受病痛的折磨。就在我开始憧憬各种可能的未来时，电话突然响了，接踵而来的是他奶奶发疯似的声音，他父亲震惊到语无伦次的声音，噼里啪啦地说着一些我听不懂的话，一些我至今仍无法消化的话。

我知道，赛思总有一天会离开，但不是现在。一阵莫名的恐慌涌上心头，那种感觉就像是忘了做什么很重要的事，比如给克里斯托弗吃药。是赛思的从容淡然让我放松了警惕，忘记了他是一个生命正在迅速消逝的小男孩。

我急促地喘着气，努力告诉自己帕蒂并没有透露任何不好的信号,也没有说赛思快死了,可身体却不听劝,兀自分泌大量肾上腺素和皮质醇,就像每次克里斯托弗被送去医院,而我不知他能否平安回来那样。

  我冲进寒风中,忘了穿上外套,任凭雨点打在身上。我弯下腰,双手撑住膝盖,大口地呼吸。蓝色圆球在楼顶上缓慢地旋转,我抬头看了看,除了拍打着脸颊的雨水,什么也看不到。脸上冰冷的感觉将我拉回现实,告诉我不要鲁莽。我回到编辑室,拿起钥匙和外套,朝停车场走去。

  劳雷尔赫斯特(Laurelhurst)是西雅图历史最悠久的社区之一,沿着西北角一条漫长的车道开到底,就是西雅图儿童医院。克里斯托弗刚出生不久,便是那里重症监护室的常客。这家医院的设计很有童心,各个侧翼以动物命名,候诊室里摆放着各种玩具走珠,珠子在迷宫中横冲直撞,发出清脆的响声,无形中抚慰了烦躁的孩子和焦虑的父母。和克里斯托弗去过的其他医院一样,一旦跨入它的急诊室,你只能悉数交出你的爱、你的命运、你的未来。那里没有明确的答案,只有生死的无常。无论你曾对生活有何规划,那一天、那一月、那一年,你的一切都将变成与死神博弈的赌注。

  一走进医院,抗菌清洁剂和酒精棉球的味道就立马包围过来,将我裹挟着带回那一天,我终于得到允许,穿好防护服,洗手消毒,进入新生儿重症监护室,第一次将我的孩子抱在怀里。我贪恋着克里斯托弗的体温,努力想停留在他温暖的身子依偎在我胸口的那一刻,却感觉到脚下的大厅地板在倾斜,仿佛踏入了用硬纸板做的倾斜迷宫[1]，一着不慎，就会掉入通往迷宫的陷阱孔里。

当我终于来到赛思的病房时，我止不住地颤抖。赛思的身体连接着各种监护仪，几只输液软袋挂在头顶上方，连接着长长的静脉输液管，额头上凸出的青筋与病房里的白色床单形成鲜明对比，一只写着"早日康复"的祝福气球，轻飘飘地浮在床头上空。我进来的时候，赛思短暂地掀开眼皮，挤出一个虚弱的笑。我想听他像往常那样，给我讲10岁小孩的冷笑话：长得很丑的龙叫什么？恐龙。可是今天没有笑话。他看了我一眼，便又陷入半昏睡的状态，单薄的身子与病床融为一体，几乎快要看不见。

我曾无数次看到克里斯托弗在各种维持生命的设备下，变得和他一样渺小脆弱。我想像安抚克里斯托弗那样，轻揉赛思的手，轻抚他的额头，可我不敢伸出手去，只能双手合十，仿佛在祈祷。

帕蒂很平静，如同我曾在医院里故作镇定，不敢让克里斯托弗看见我的恐慌，怕会吓到他。她的声音很轻快，我的声音也曾是这样的——只要我听上去不害怕，那就没什么好怕的。克里斯托弗去世那天压在我胸口的大石，如今又带着令我无法呼吸的重量，重重地落在我胸口。

我在赛思的床边驻足了几分钟，便退开了。"你们一定累坏了吧，"我对帕蒂说，"我就不打扰你们了。"不等她回应，我就转身离开，逃回车上。

---

[1] 一款寻找平衡的益智游戏，需要倾斜迷宫平台，让球避开陷阱，抵达终点。

在停车场，我沮丧地坐在车里，额头抵着方向盘。帕蒂主动给我打电话，可我非但没有安慰到他们，还做了逃兵，将赛思抛在身后。回忆的触角又一次伸了出来，唤醒蛰伏在我心底的痛苦，咆哮着要将我压垮。克里斯托弗最需要我的时候，我犯下了最无法原谅的错误，没有陪在他身边。今天，历史再一次重演，我再一次重蹈覆辙。

～～～～～

不同的是，这一次，赛思还活着，我还有机会弥补。

几周后，赛思需要回医院复诊。我拿着笔记本，鼓起勇气，从车里下来，去找正在医院里等我的帕蒂和赛思。我不想重蹈上次的覆辙。我要找回他们对我的信任，我要找回我对自己的信任。

"这里。"赛思一看见我，便指了指电梯的方向，冲我喊了一声。我暗自松了一口气，跟随着他们的脚步，走向医院里一块全然陌生的区域，不用担心有与克里斯托弗有关的回忆埋伏在那里。

出了电梯之后，我下意识地转头去看等候室边上的小门。会有医生站在那里，将家属叫过去，告知不好的消息。克里斯托弗去过的大多数医院都有那样的诊室，当医生站在门口向我点头，示意我过去时，我的心就会急速下坠，全身因恐惧而僵硬，抬起脚艰难地往前走，经过一道道焦虑的目光和一个个忐忑地等候通知的陌生人。

令我意外的是，这里似乎没有那样的房间，如果有也很隐蔽。大厅里有许多医生来来去去，没人一脸忧容，也没人穿着手术服。相反，他们穿着便服，外面套着一件白大褂，看上去更像是来去匆忙的普通上班族。我找了一个位子坐下,做好了等待的准备,思绪飘到了赛思和帕蒂身上,不知他们此时在想什么,会不会害怕即将从医生口中听到的话。我一直很讨厌等待,不管结果是好是坏,不管即将面对的是什么,我宁愿立马知道,也不想一颗心总是悬着。这也许是我一厢情愿的看法,但我总觉得知道得越早,就能越好地未雨绸缪。

赛思正忙着折纸飞机。他和帕蒂隔得不远,几架纸飞机在两人之间飞来飞去。

"一、二、三!"赛思数到三,两人同时发射纸飞机,飞机大多在半道就偏了航。赛思匆匆跑过去,将飞机从地板上捡起来。因为关节炎,他的膝盖很僵硬,每次弯腰去捡飞机,就像在笨拙地行屈膝礼。"各就各位——"越挫越勇的赛思喊道,"预备——飞!"他们两人又一次将纸飞机朝对方抛过去。在我心跳停顿的间歇,两只纸飞机的航线短暂交汇,接着直奔前方而去,抵达对方的手中,被对方牢牢截获。

"太棒了!"赛思兴奋地挥舞着小手,比了个"胜利"的手势。

"太棒了。"我小声地对自己说。大厅的一面墙壁上镶嵌着绘满星辰的彩色玻璃窗,午后的阳光将玻璃照得流光溢彩,透过星辰的图案进入室内,将一层金光洒在地板上。我看着玩得不亦乐乎的赛思和帕蒂,看着他们身后从宇宙倾泻而下的光芒,压在胸口的石头突然就落下了。

我不记得那天医生对他们说了什么,只记得那一幕留给我的安宁。当我打开电脑，将这天的笔记敲进去，和故事提纲保存在同一个文件里时，那种淡淡的幸福感依然萦绕在心头，不曾散去。那一刻，我想到了克里斯托弗。每当他发现一个新世界，学到一个新词汇，他总会笑得很开心。有一天，我带他回家看望老人。他一见到外公的滑水艇，就打手势惊呼："快船！"我父亲将他抱上船，慢悠悠地驶离码头。他套着一件橙色的救生背心，脸几乎完全陷了进去，两只手从又大又胖的背心里伸出来，打着手语催外公："快快！"

那天，与赛思在一起提醒了我，孩子们衡量幸福的方法与成年人不同。他们对世界的理解，与我们不一样。

〰〰〰

尽管我很想和赛思一直待在他的童真世界里，但是他的时间不多了。

冬天快结束的时候，赛思的心脏和眼睛开始出问题，关节炎越来越严重，甚至有中风的风险。达灵顿一直负责给他看病的儿科医生将他转给了脑卒中方面的专家。在一个寒冷的冬天早晨，帕蒂开车下山，带赛思去看他人生中的第一次老年病门诊。我们约好了在医院碰头。

到了检查室里，赛思爬不上检查床，只好让别人抱他上去。他枯瘦如柴的手臂从红色卫衣的袖子里露出来，表面覆盖着一层布满皱纹的皮肤，看上去又薄又脆弱。他抱着一个几乎和他上身一样长的水瓶，咬着吸管小口地喝水，转动着眼珠子打量四周的环境，一双好奇的眼睛在苍老的脸上显然格外突兀。房间里其实没什么看头，只有挨着墙放的几只绿色氧气瓶，还有一个写给老年人的温馨提示语：如需帮助，请打电话，谨防跌倒。

超声医生将滑滑的凝胶抹在探头上，问："这个会滑滑凉凉的哦，你准备好了吗？"我想，她家里应该有一个年纪很小的孩子，平时爱看尼克国际儿童频道，所以她说话才会这么稚嫩温柔。赛思没有回答。

女医生拿着探头在赛思头颈部左右移动，检查大脑血流情况，评估中风发病风险。随着探头的移动，屏幕上出现实时渲染的灰色沟回，像一幅沟壑纵横的"脑部山水图"，动态跳跃、变换。赛思激动地喊了一声："太酷了！"他认真地盯着屏幕上的图像，像极了Xbox里的游戏世界。

赛思的脉搏声被放大了，像一面电子鼓发出的鼓声，整个房间里都是"咚咚"的响声。"这个地方在医学上叫'脚'，位于中脑。"女医生说，"你是不是从来不知道，原来自己的小脑袋这么吵？"

赛思机灵地说："嗯，每次上数学课，它就会这么叫。"这句话把所有人都给逗笑了，检查室里的气氛顿时轻松了许多。

超声检查结束后，我们前往下一个检查点，在另一头的脑卒中门诊部。赛思坐在一辆便携式婴儿车里，那是帕蒂特意带过来的，碰到要走比较远的路，就给赛思用。到达脑卒中门诊部后，他从婴儿车里跳了出来，将车停好。"我的坐骑。"他幽默地说，仿佛在炫耀一辆哈雷。我们找好位子坐下，旁边的桌子上堆满了《黄金岁月》

（*Prime Times*）的报纸，一份专门写给老年人看的周报。如果赛思注意到那堆报纸，应该只会选择性地忽略它隐含的意义。

在检查室里，护士试图给他量血压，但是袖带太大了，慌乱地试了几次都没成功，最后打电话让前台送一个婴儿袖带过来，才终于包紧他枯瘦如柴的手臂。在赛思身边，她显然很窘迫，不知该如何对待他。"你多大了？6岁？"在所有人都沉默地等着血压量好的时候，她突然问了一句，声音格外响亮。

我无声地倒吸了一口气，祈祷她别再说下去了，我不希望赛思因为她眼中看到的模样，对自己的想法有任何动摇。

赛思挺直腰板，用力打开瘦弱的肩膀，背上的两块肩胛骨几乎要碰到一起，倔强地说："10岁。"

"怎么可能？你看起来好小。"

赛思坐得笔挺挺的，直视她的眼睛，坚定地说："我10岁。"

我的心情立马就变了，先前的紧张烟消云散，被平静所取代。在年龄这个问题上，我一直带着"失去"的滤镜看它，总觉得每长大一岁，生命就减少一年，不曾认为它是一种"收获"。克里斯托弗永远不可能活到10岁或16岁，不可能拥有自己的Xbox，不可能拿到驾照，不可能结婚，不可能有自己的小孩。有时，光是想到这些"不可能"，就足以令我窒息。

但是克里斯托弗并不知晓，自己的生命正在倒计时。他跟赛思一样，一直以年龄为豪。每当他新认识一个人，他就会将小手握成一个"C"，在胸前画一个圈，代表他的名字，接着再加上一个数字。

有一天，在回西雅图的飞机上，他用同样的手势向邻座的人介绍自己是"克里斯托弗，6岁"，然后转过身来，指了指我，五指张开来，用大拇指抵住下巴，表示我是他的"妈妈"，最后依样画葫芦地加上我的年龄。

世上果然没有不透风的墙。

这也许就是他面对生死的态度：活过的每一年都是斩获的战利品。我闭上自己的眼睛，用赛思的双眼去想象克里斯托弗的生活，那是我这个年纪的人想象不来的生活，遑论想念。透过那双眼睛看到的过去，有着很不一样的色彩。

第四章

5月,我又去了赛思家一趟,陪他在家里玩。和他在一起时,我总能感觉到克里斯托弗的气息,仿佛他还在我身边,同往日一样亲昵。每次去见他,我都无比期待。为了见他,有时我会找一些借口,比如告诉我的编辑,我要出去"采风"。

"不会太久的。"我这么对劳拉说,但愿她贵人多忘事,不记得我去看一次赛思,往返就得大半天。

每次开车去达灵顿,我会不自觉地瞥一眼副驾驶座位,想象克里斯托弗就坐在那里,穿着自己最喜欢的红色卫衣,棕色的小眼睛里写满喜悦,手舞足蹈地描述一路见到的风景。

如果回忆是一盏灯,那么这么多年来,为了相安无事地度过每一天,我一直刻意将它调到最暗,不敢看清它的脸。然而,此时车里的克里斯托弗是那么地真实,仿佛他还活着,只要我伸出手,就能替他拨开额前垂下的棕色碎发,只要我侧过耳朵,就能听见他在车子开出市区后,对着路边的牛马兴奋地咿呀叫。我开着车,双手握住方向盘,一只手指无意识地虚划着。以前,每当我开着车子,行驶在洛杉矶漫长的高速公路上,我和克里斯托弗就会盯着沿路的路标看，用手指去写从路标上看到的地名。后来，这成了我开车时的小习惯。我用手指默写他的名字，那刻在我心底的名字，想象着如果他在这里，会怎么用有限的手语词汇，描述车窗外的景物。到了他那两只会说话的小手上，"渡船"也许会变成"车船"，"蒲公英"也许会变成"风中花"，"喷泉"也许会变成"水之舞"。

我的思绪在记忆的丛林中漫无目的地游荡，直到车子拐入通往赛思家的蜿蜒小路，才慢慢回神。一听见车子碾上碎石子路的声音，赛思就兴冲冲地跑到门口，拉着我往房间走，急不可待。

男孩子的卧室就是他们为自己布置的宇宙。赛思的卧室门口装着神秘的紫外灯，门板上贴着魔幻海报。在崇拜他的堂弟眼中，他的房间就是梦想中的基地。他们会兴奋地冲进去，跳上跑车造型的床，满眼羡慕地望着房间里的宝贝——被封印在琥珀中的蝎子，来自佛罗里达州的鳄鱼头骨，赛思爸爸的"小伐木工"足球奖杯……

5月的这一天，赛思飞快地跑出来，告诉我他有一个大惊喜，然后拉着我的手，一路来到他的房间门口。"看！"他边说边推开门，一只茶杯大小的幼犬，正围着他的网球鞋转。赛思用手捧起这只连路都走不稳的小东西，放进我的手心里，骄傲地说："它是一只混种的猠犬。"

"它有名字吗？"我一边问，一边拿笔头逗它，然后坐在赛思的床边，拿出笔记本来。

他说:"我本来想叫它'浩克'(Hulk)或者'哥利亚'(Goliath)[1],后来还是决定叫它'子弹'(Bullet)。"它爬到赛思身上,缠着他玩了一会儿,最后似乎是玩累了,钻进他大腿上的棒球帽里,蜷缩成一团,呼呼地睡着了。我放下手中的笔,安静地看着他们两个,心中升腾起久违的满足感。

这时,电话响了。赛思接起电话,用手捂着话筒,不让厨房里的妈妈听到。

"全套7本吗?"他小声地对着电话说,"全买下来。我回头把钱给你。"

"你买了什么书?"他挂断电话后,我好奇地问。

他凑到我身前,小声地说出他的秘密:"是全套的《纳尼亚传奇》(The Chronicles of Narnia)[2]。"他打算在母亲节那天,将它们送给他妈妈,作为母亲节礼物。6岁那年,他第一次听妈妈给他读《纳尼亚传奇》的故事。从此便对奇幻历险故事情有独钟,其中最喜欢的是它的最后一卷——《最后一战》(The Last Battle)。

我绞尽脑汁,试图回想书中的情节。我知道他对史诗般恢宏的战斗和冒险非常痴迷,不过《纳尼亚传奇》是那样的书吗?

那天晚上回到家后,我跑到珍藏着我童年最爱书籍的书架前,从最深处的犄角旮旯里找到一本《纳尼亚传奇》,翻到最后几页看了看,这才逐渐回想起来,刘易斯是如何带领笔下的人物,穿梭于

---

1 "浩克"即美国漫威漫画中的绿巨人,"哥利亚"是传说中的巨人。
2 英国作家C.S.刘易斯(C.S. Lewis)创作的一套儿童游历冒险小说。

不同时期的纳尼亚王国。在每一部书中，主人公都会历经一段奇幻的冒险，最后来到旅程的终点，接着在下一部书中进入另一个时期，踏上全新的征途，为所谓的"伟大的故事"拉开序幕。

我扶着书架，稳住摇晃的身子。这背后的意图已经不言而喻。赛思肯定也感觉到了，他的父母在隐晦地引导他，面对死亡的终局。

我步履不稳地走进卧室，爬到床上，将身体蜷缩成胎儿的姿势，想象着克里斯托弗正依偎着我，用他的体温包裹我。我不停地啜泣，直到肋骨生疼，直到精疲力竭，直到再也哭不动了。"我不在他身边。"这句话一直在我脑中盘旋，像一列火车日复一日地碾过同一条铁轨。

直到天黑，我才重新回到书房。将书放回去时，我不经意看到旁边的《小王子》(*The Little Prince*)，伸手将它抽了出来。克里斯托弗刚去世的那几年，我经常翻来覆去地看这本书，从书中寻找安慰。睡不着的时候，我会走到屋外，盯着满天星辰，想着小王子说过的话：

在那满天繁星中，我就生活在其中一颗星星上，站在它上面笑着。

当你在夜晚仰望星空时，你会觉得所有的星星都在笑……

我走进料峭的春夜中，习惯性地抬起头来，在夜空中寻找北斗七星的影子。我抚摸着戴在胸前的星星，想起他的同学在他去世后寄来的画，那些画着爱心、星星、小人儿的画，那些克里斯托弗像天使一样落在右上方天空的画。

我望向右上方的夜空，在那里寻找着我的克里斯托弗。

～～～～～

达灵顿居于索克河（Sauk）和斯蒂拉瓜米什河（Stillaguamish）之间，是一个水网密布的地方。春天的一个午后，赛思和父母沿着索克河，来到他们最喜欢的一处河畔，将船往河里推。在河上钓鱼是他们家的传统活动，赛思想趁机向我展示他的身手。

凯尔将船推下去，沿着倾斜的河岸，滑入河中。他的足迹遍布这里的大小河流，不管什么季节，他都会来这儿钓鱼，狗鲑、粉鱼、王鱼，什么鱼都钓过。他最大的心愿不是钓到大鱼，而是他的儿子能感觉到鱼线一沉，用力一拉，将一条咬住鱼饵的硬头鳟拉上来，看它银色的身子挣扎着跃出水面。"硬头鳟的战斗力可强了。"出发时，凯尔说了这么一句，被拉得有些长的元音，依稀能让人听出一丝北卡罗来纳州的口音。

凯尔钓了一辈子鱼，第一次钓鱼时比赛思还要小。据说他对自己钓到的第一条鱼爱不释手，晚上睡觉时也要抱着，抱得死死的，鱼身上都压出手指印来了。听到这个故事的我笑了，也因此更了解凯尔这个人。一旦他爱上一样东西，就会投入满腔热情。

我、赛思还有帕蒂坐在船头，凯尔则负责划船，船桨像节拍器一样，有节奏地拨动水面，逆流而上。赤杨弯着银色的腰，将头伸到河面上。河道两边堆满了汛期留下的沉积物，一行行秋沙鸭优哉地朝远方游去。帕蒂似乎很享受河上的时光，享受一家人围在一艘小船上，而赛思依偎在她的膝上。我至今没有对她提过克里斯托弗的事，因为我一直找不到合适的时机，告诉她其实我也有过相似的经历。

凯尔目光如炬地盯着水面，寻找鱼儿可能藏身的角落。今天似乎不太走运，他说："东风果然不适合钓鱼。"不过，这并没有影响到赛思的心情。船儿沿着河流漂了很远，始终没有碰到一条鱼。为了打发船上的时间，我们先是玩起了"猜电影"的小游戏，接着聊到了"狗骷髅头岛"（有一年，赛思捡到一颗狗的头颅，将它埋在自己最喜欢的一个野营地，并将那里改名为"狗骷髅头岛"），最后还问赛思，如果今天钓到鱼，他打算怎么处理。凯尔告诉赛思，你必须放它走——"抓住，然后放手。"

我努力打量他的脸，却看不透他的表情，猜不透他话里的意思。

我能采访赛思的机会不多了。为了争取到单次更长的时间，我说服领导让我飞到佛罗里达州，参加早衰症儿童一年一次的聚会，和我一起记录赛思生活的摄影师丹·德朗（Dan DeLong）也会去。

经过近 6 小时的飞行，我们终于抵达奥兰多市（Orlando），拖着疲惫不堪的身躯，到奥兰多机场万丽酒店办理入住。我不知道该怎么面对那么多孩子，也不知道接下来会发生什么。虽然我可以很自在地跟赛思相处，但是只限于他一人。一想到要和一屋子十几岁大的孩子在一起，而且还要面对他们的父母，我不免心生怯意。

在大部分时间里，支撑着我完成采访的，是帕蒂和凯尔的坚强。他们没有崩溃，我更不能崩溃。然而，其他父母不一定有他们那么坚强，尤其是那些第一次面对早衰症的父母。我站在酒店大堂门的内侧，紧张地幻想接下来可能出现的画面：初来乍到的家长将在聚会上看到早衰症晚期患者的模样，从而知道自己的孩子即将面对的未来是什么；来过多次的家长则会黯然地发现，今年又少了一两张熟悉的面孔。就在我胡思乱想之际，赛思突然出现在我面前，小脸上泛着兴奋的红光。他从凌晨三点就醒了，一直盼着聚会时间赶快到。他将我领进大堂深处，在我还没反应过来之前，害羞地抱了我一下。

这个拥抱令我有些惊讶。赛思通常只会礼貌地与我握手，我也会礼貌地予以回握。光是握手，我就已经很满足。与采访对象在情感上保持适当的距离，是一个记者应该遵守的礼仪。然而这一次，他情不自禁地拥抱了我，我也拥抱了他。但我还没来得及细细品味这种感觉，他就已经转过身，对站在一起的一群大人和小孩说："我的记者到了！"

我自豪地红了脸。"我的记者。"听见赛思这么向大家介绍我，我忍不住笑了。

克里斯托弗还在上学的时候，我也曾这样被其他孩子的爱包围着，理所当然地享受着他的朋友和同学的爱戴。进入一个孩子的世界，仿佛推开一扇神奇的大门，让你接触到更多孩子，以及他们天真无邪的爱。现在,赛思再一次为我推开了那扇大门。

赛思一看到来参加聚会的人出现在门外,就会跑去推酒店入口的旋转门,仿佛在玩旋转木马,热情地同他们打招呼。一群孩子跟着家人从世界各地赶来,有从比利时来的,有从英国来的,有从阿根廷来的,也有从澳大利亚来的。他们枯瘦如柴,脸上皱纹堆积,头发全掉光了,站在赛思身后的大堂里,像一只只陀螺似的,好奇地打转。他们的到来,将这里变成了一座"老人院",一群"小老头"看着好久不见的老朋友,咯咯地笑着。耶斯佩尔(Jesper)是一个6岁的丹麦男孩,这是他第三次来参加聚会了。他朝赛思走近了些,伸出手指了指赛思的胸牌。他不会说英语,只会念几个简单的单词,赛思也不会说丹麦语。

"赛思,"耶斯佩尔念出他胸牌上的名字,然后指着自己的胸牌,"耶斯佩尔。"

塞思点了点头,突然玩心大起,开始将人和名字胡乱配对。"艾丽西娅。"他嘴里这么喊,手却指着他的父亲凯尔,而真正的艾丽西娅,一个患有早衰症的小姑娘,此时正站在边上看他恶作剧,笑着走开了。我在笔记本上迅速写下这一幕,试图将这里发生的一切全记下来。

接下来的几天里,孩子们可忙了,每天参加完各种活动,依然精力充沛,活蹦乱跳,大人们却累得够呛。他们去各种游乐园玩,吃冰激凌圣代自助餐,每天尽情地泡在游泳池里。我全程盯着孩子们,一刻也不敢松懈,怕他们玩疯了,不小心磕碰到。这让我一下子回到了以前带孩子的状态，只要他一出去玩，我就全身戒备，高度紧张，很快就累得只想中场休息。

在一个潮湿闷热的午后，下午的活动一结束，我就立马回房间，想小睡一会儿，再去参加晚宴舞会。回房后，我将疲惫的身子甩到床上，吹着凉爽的空调，享受这片刻的清静。我长长地吁了一口气，默默地等待意识模糊，沉入甜美的梦乡，大脑却不愿配合。过了好一会儿，我睁开双眼，盯着天花板看。慢慢地，房间的天花板变成一片白色幕布，我的大脑变成一台投影仪，克里斯托弗的一生变成电影胶片，一帧一帧地滚动播放，一针一针地刺入我的心，折磨着我。我翻过身，侧躺着不去看天花板，却也无法屏蔽脑海中的画面。克里斯托弗还小的时候，我也曾这样，虽然陪在他身边，却累得只想睡觉。一想到这儿，我就无比内疚。我踢了踢脚，抱着被子翻来覆去，想找个舒服的姿势继续尝试入睡，耳边却响起凯尔说过的话——抓住，然后放手。

过去那些年里，朋友和心理咨询师也曾劝我放手，要我向前走。可是"向前走"，意味着要将克里斯托弗留在身后，这是我穷极一生也无法做到的事，无论是过去，还是未来。我不想放手，因为放手等同于忘记，忘记意味着克里斯托弗只是这世间一缕无关紧要的孤魂。

我爬下床，将眼泪憋回去，走进浴室里冲澡。平复好心情后，我拖着沉重的脚步回到楼下。我想，这次出差我再也不会渴望午休了。

当天晚上，酒店临时将一个普通的宴会厅布置成舞厅。为了这次"正式"的舞会，孩子们盛装打扮，在舞池里扭着小身子，笨拙地跳舞。他们的父母站在舞池边上，神态放松地聊着天。我环视了一圈，最后在一个角落里看到了赛思，还有他身旁的一个女孩。她穿着一条粉红色的裙子，光秃秃的脑袋上裹了一条与裙子颜色相近的丝巾。只见她朝赛思凑过身去，在他脸颊上落下一个吻。赛思蓦地睁大双眼，不知是羞愤还是喜悦。后来，他们在闪烁的灯光下，笨拙地跳了一支舞，那种高中毕业舞会上经常跳的慢舞。看着他们徐徐地转换舞步，轻轻地摇曳，渐入佳境，我的眼中闪过一丝赞赏。

我想，赛思心中一定走马灯般闪过许多情绪。从害羞到紧张，再到兴奋，这些丰富的情感将在他心中留下深刻的印记，多年以后再次回味，仍能准确地忆起这初心萌动的时刻。任外面的世界变得再快，孩子们的舞步永远从容不迫。看着他们挽着彼此的手跳舞，看着他们与自己的父母共舞，我感觉时间流动的速度似乎变慢了。在孩子们心中，这个夜晚一定如永恒般漫长。克里斯托弗还活着的时候，他对时间的感知也许也是这样的。

那晚，我睡得很沉，一夜无梦。醒来时，佛罗里达州明媚的阳光，透过酒店的窗帘钻进来，将久违的希望照进我心房。

不知不觉中，截稿日期快到了，初稿一个月内就要交。编辑们开了一次绿灯，给我留了一个特别版面。日报上刊登的新闻稿，篇幅通常是10英寸[1]或20英寸，而这篇关于赛思的故事，将享受到杂志般的待遇，总长超过100英寸。对报纸记者而言，这是一种不可多得的奢侈。我的故事已经写得差不多了，只差一个问题，一个我一开始就拟好的问题，只是直到快交稿了也没问出口。

帕蒂知道我想问赛思对死亡的看法，也对我说过没关系的，他们家从不忌讳死亡，反而经常谈到生老病死，谈死后的生活。他们家谈论这些，不是因为害怕终将到来的死亡，而是因为宗教信仰的关系。在他们家，宗教是家庭生活重要的组成部分。赛思确诊后，是宗教支撑他们度过那段暗无天日的日子。赛思的爷爷还有基金会几个孩子去世时，也是宗教支撑他们走出悲恸。赛思每周都会上一次课后《圣经》学习班，星期天和父母去教堂，晚上全家人一起祈祷。尽管如此，我一直没有找到合适的机会，或者说始终无法鼓起勇气，和赛思开诚布公地讨论死亡。可我知道，与他交流的机会不多了。

再一次拜访赛思时，我问他想不想出去散步。那是7月里炎热的一天，赛思很想去山下的池塘边玩。于是，我们踏上下山的路，口袋里装着沉甸甸的一角美元，准备去镇上买给硬头鳟吃的鱼虫。

---

[1] 1英寸=2.54厘米。——编者注

一路上,赛思一刻也闲不下来,一会儿凑到邻居家的铁丝网前,探头去看院子里的马儿在不在,一会儿突然停下脚步,盯着地上的蜥蜴努力地瞧,然后宣布:"它死掉了!"

我伸手去拿包里的笔记本。这是我唯一的机会。如果现在不问,以后就更问不出口了。汗水沿着我的手臂往下滑。"在你眼里,死亡是什么?"我假装漫不经心地问。

赛思突然安静了下来。在等待他开口的那几秒里,我的心脏疯狂地跳动,全身血液仿佛都在往头上冲。说出口的下一秒,我就后悔了。万一他说,死亡是一场永远无法醒来的噩梦呢?万一他说,他很害怕死亡呢?如果他感到害怕,克里斯托弗一定也很害怕,这是我最不忍心听到的真相。我很想收回那个问题,很想告诉赛思:"你不需要回答。"可我没有。我必须和他进行这场对话,这场我没有机会与自己的儿子进行的对话。

我也曾试着对克里斯托弗解释死亡是什么。那时他还很小,正在上学前班,教室里养了一只小仓鼠,住在堆满木头屑的笼子里。每次去教室里接他放学,他总爱拉我去看那只小家伙。有一天,小仓鼠死了。我不知该如何告诉他这个消息。学校寄来了一张告家长书,用单倍字距列出与孩子谈论死亡的几点注意事项:

- 不要在沉默中突然挑起这个话题。
- 不要说"没关系,伤心是很正常的"。
- 不要说"它睡着了"或"它走了"。

- 不要用谎言掩盖事实。

......

纸上还列了很多注意事项，却给不了我太多帮助。虽然上过手语课，但是我的词汇量只有 5 岁儿童的水平，最多只能用手语说一些恐龙的名字，更复杂的就不知该如何表达了。想说的很多，能说的却很少。

我想告诉克里斯托弗，他不需要害怕。死亡是每个生命的终点，天堂是每个人的精神归宿，他会永远活在我们心中，我们也会永远活在他心中。可我的语言如此贫瘠，像是变成了一个哑巴，徒劳地张着嘴，却什么也说不出来。

最后，赛思打破了沉默。"我在天堂的房子有很多房间，有给人住的，有给小动物住的，还有一个是无重力房。在天堂，我可以出去捕猎，每天捕到好多小熊软糖和巧克力兔，还可以钓鱼，每天最少钓到三条。"赛思站到池塘边的浮坞上，手里握着一把鱼虫做的饲料。几只蓝蜻蜓轻轻地掠过水面，像一条细长晶莹的丝线，在半空中留下一道优美的弧。赛思每撒一次饲料，就有鱼儿翻身游过来，聚到他脚下抢着吃。喂完之后，他扔了一枚硬币进去，许了一个愿。

"你许了什么愿？"我问。

他顿了一秒，说："我希望今年的生日快点到。"

几天后，我收到赛思的生日会邀请，时间就在那周六，地点是他奶奶家。他奶奶的房子也在达灵顿，是一栋小木屋，沿着赛思家门前的路往前走就到了。他堂弟特里斯坦的生日也在同一天，两人将是当天的主角，最受瞩目的寿星。我的故事快写完了，和赛思见面的机会也不多了。无论如何，这次我都必须去。

然而，在开车去参加生日会的路上，第一次去见赛思时曾出现的恐惧，又一次爬上心头，啃噬我的勇气，让我差一点掉头回去。一想到赛思的生日，我就忍不住想到克里斯托弗的生日，那些我再也无法为他庆祝的生日。他去世10年了，也缺失了10个生日。没想到，他缺失的生日，已经比他过过的生日还要多。和赛思在一起的时光，让我重温了许多与克里斯托弗在一起时的感觉。许多回忆重新活了过来，仿佛就发生在昨天。可我担心赛思的生日会，会将一切打回原形，无情地撕开我心中正在愈合的伤口。

依然是那个高速出口，那个加油站，那个停车场，我沉默地坐在车里，笔记本一动不动地躺在副驾驶座上。那句诅咒般的话，再次钻进我的脑海——他走的那天，我不在他身边。

我不知道以后还能不能见到赛思。每写完一个新闻故事，记者一般会毫不留恋地转身，马不停蹄地投入下一条新闻。这是我们的本分。如果我现在回头，也许就再也没有与他告别的机会。一想到这儿，我重新挂上挡，继续往前开。

赛思一见我来了，开心地朝我大喊，又蹦又跳的，领我到一把长椅上，递给我一个纸盘子，让我装开胃菜。他举起一个碟子，上面放着许多奶酪块，整齐地串在一起，骄傲地对我说："这是我做的。"许多孩子在我们身旁跑来跑去，叽叽喳喳的说话声此起彼伏。赛思将碟子放在我面前的桌上，转身跑去玩了，一会儿操控一辆玩具车在草地上的洒水器之间穿梭，一会儿跟其他孩子玩扔水球，一会儿跑去包礼品盒。

我驼着背坐在长椅上，努力将自己变成一个透明人，一边看孩子们玩耍，一边强忍着眼中的泪水。很快地，孩子们的欢声笑语在我耳边淡去，取而代之的是克里斯托弗的声音，越来越清晰——我听见他欢呼着从公园里的滑梯上滑下来，开心地在游泳池里扑腾；我看见他出现在一架小飞机的驾驶舱里，坐在外公的腿上，一边"驾驶"它在停机坪上滑行，一边兴奋地挥舞着小手……原来，克里斯托弗曾拥有那么多快乐，不比我身边的这些孩子少。他的快乐，历历在目，让我坚定了许多。这是赛思的生日，但他给了我一个礼物，让我再一次清晰地看到，克里斯托弗是幸福的。

吃完晚餐的三文鱼水果沙拉后，赛思耐心地等堂弟拆完礼物，才动手拆他自己的。几张不老实的钞票从贺卡里滑了出来，他将它们捡回来，顺手塞进帽子里，将帽子戴回头上。

"赛思，要不要我帮你保管帽子？"摄影师丹狡黠地问。

"想得美！"赛思调皮地说。

这一次，他收到了期盼已久的 CD 播放器、超大号水枪玩具，还有夜光龙拼图。他每拆一件礼物，就会引来一阵"哇哦"的叫声。我也跟着大家一起羡慕地大叫，仿佛自己也是这个家庭的一员。

夜色渐渐深了，蚊子出来觅食了，客人也陆续走了。赛思坐在一张白色的塑料椅上，巡视他今晚的战利品。

"我11岁了，"他说，"真是中大奖了！"

我咧开嘴笑了，笑得和他一样灿烂。

～～～～

几周后，我的稿子写好了。交稿时，我的内心无比平静，是克里斯托弗去世后不曾有过的平静。隔了那么多年，我终于再一次拥有快乐的梦。梦里，克里斯托弗长大了，会开车了，会和朋友打篮球。梦里，他有时会开口对我说话，声音像铃铛声一样爽朗，有时会对我比手语。梦里，他终于不再骑着三轮车，朝着悬崖而去。

自从他去世之后，这是我第一次从梦里醒来，不再心痛到无法呼吸，第一次不用花太多力气，就能平静地出门，穿过老常青点浮桥，去报社上班。

赛思的故事见报后，几百个读者打电话或写邮件告诉我，他的生命如何令他们动容。我将那些邮件打印出来，与赛思的家人分享，在自己的格子间里默读。有些令我微笑，有些令我哭泣。它们让我想起了克里斯托弗去世后孩子们送给我的那些卡片。

"他让我的心碎成一片一片，又将它们一片一片地拼凑回去。"一名读者这么写道。我明白她的意思。身为记者，我应该保持客观，保持中立。然而，赛思深深地触动了我。命运偷走了他的青春，让他来不及长大就老去，他却将这看似悲剧的人生转变成奇迹，让我也用看待奇迹的眼光，去铭记克里斯托弗的一生。

刚失去克里斯托弗时，我总以为他的童年完全笼罩在痛苦和疾病下，一思及此就心如刀绞，甚至偏执地认为他在濒死时一定很恐惧，一定很需要我，而我却不在他身边。内疚和羞愧蒙蔽了我的双眼，让我看不见原来他的生活充满了爱，充满了快乐，并非只有苦难。

看着赛思努力过着一个10岁男孩的普通生活，以10岁男孩的眼光看待世界，我才明白一个孩子即使身患不治之症，他关心的永远不是死亡，而是活着。正因为他们总是专注于活在当下，而不是日思夜想还能活多久，他们的生命才会如此饱满。看到他努力过好每一天的样子，我才明白生命的长短无法衡量人生的价值。一个人是否不枉此生，只有爱能定夺。在爱的尺度下，克里斯托弗的一生与别人一样长，一样饱满。是赛思让我放慢脚步，看清了孩子们总是活在当下，洞悉了时间的长短并非一成不变，它会因人世间的体验而拉长，生命也会随之延长，无论这段体验是几天、几周，还是几年。一段提前画上句号的人生，你可以认为它不完整，也可以认为它是完整的，这是两种截然不同的人生观。

然而，我依然要学习如何与痛苦共度一生。赛思教会我的这一切，虽然无法完全消除我内心的痛苦，却帮助我看清了它的真面目。我的痛苦来源于对克里斯托弗的思念，而不是因为我辜负了他的爱。当那些一同度过的美好时光，那些关于未来的美好憧憬，随着所爱之人一同消逝在风中,活着的人往往会哀恸欲绝,自欺欺人,不愿接受事实。我的痛苦是真的,伤口也是真的。但是只要想到克里斯托弗知道我们有多爱他,我就能开始平静下来,不再总想着他受过的苦,想到寝食难安。

几年后,我在《纽约时报》(*New York Times*)上读到,高棉族人将"分娩"比喻为"过河"(chhlong tonle)[1]。

乍看到这个词语时,我猛地放下报纸,像扔开一块烫手山芋,过了几秒又将它拿起来,仔细看了一遍,表面平静,内心却早已波澜起伏。我想,没错,这个比喻说得很对,它让我终于找到方法形容我的生活。失去克里斯托弗,就是涉过湍急险恶的河流,回到没有他的彼岸。河上的每一天都过得犹如溺水,有时我会绝望得想要放弃挣扎,任由自己被急流冲走,沉入无悲无喜的河底,看着河面上的斑驳光影渐渐远去。但是赛思的故事成了我延续生命的浮木,让我始终漂浮在水面上,不被急流险浪淹没。我所报道过的每个人,皆是指引我回到河对岸的明灯。

---

[1] 在高棉语里,"分娩"是"ឆ្លងទន្លេ",发音近似于"chhlong tonle",意味着女人生产和过河一样,可能风平浪静,一帆风顺,也可能险象环生,遭遇不测。

第二篇
母爱的力量

"凤凰涅槃，浴火重生"是烧伤患者身心蜕变的完美写照，他们从内心深处找到了以前不知道的力量。我常常思考当一个人的外貌变得连自己都认不出来时，心中是什么感觉。"我仍然是那个我，不曾因伤疤而有所改变"是约翰和比利给我共同的答案。

第五章

"您有孩子吗？"正坐在发廊里剪头发的我，猝不及防地听到这个问题时，瞬间从恍惚中惊醒，被黑色塑料围布遮住的身子不自在地动了一下，抖落一撮刚剪下的湿发。

这是我第一次来这家发廊。一把银色的剪刀定格在我头顶。理发师停下手头的动作，两眼盯着镜子里的我，似乎在等我回答。透过镜子，我可以看见她身后的一排椅子，坐满了不同年龄段的妇女，有的头发用铝箔纸包裹起来，有的藏进罩式头发风干机里。发廊里充斥着吹风机"呜呜"的运转声，还有妇女们"叽叽喳喳"的聊天声，一些细碎的片段飘进了我的耳朵里——大学怎么申请，学前班几点放学，沉迷于电子游戏有多不好……喉咙突然有些发涩，我咳嗽了一声，掩饰自己的犹豫。

"没有。"我故作镇定地回答。

头顶上的剪刀又开始"咔嚓咔嚓"地响起来。

"您真幸运。"她叹了一口气，然后说起她十几岁大的儿子，说他最近又闯祸了，不经他父亲同意，就偷偷开他的车去兜风，结果撞坏了邻居家的围栏。"那撞得叫一个惨哟！"她一边笑，一边描述细节。我想跟着笑,却瞥见镜子里的自己神色复杂,不像是在笑,更像是苦着一张脸,颧骨上浮现两团红晕,眼眶烫烫的、红红的。我闭上眼睛,庆幸她看不见我被围布遮住的手,看不见我的指甲用力地掐进掌心里,用这种近乎自虐的方法,将眼眶处的热意憋回去。

每次被问及有没有孩子,我的内心总是很挣扎,不知道该怎么回答。我会迟疑片刻,思忖问的人是否需要知道真相。如果说"有",我不可避免地要追加一句,他已经去世了。一听到这儿,四周会陷入一阵尴尬的沉默,提问的人脸上会流露出懊恼的表情,恨不能收回刚才的话。他们会说:"哦,非常抱歉。"然后找一个理由,匆匆结束对话。他们会将自己的孩子搂得更紧,仿佛不幸是会传染的。

如果说"没有",这相当于否认克里斯托弗的存在,相当于让他又死去一遍。生活是一片雷区,到处埋着同样的禁忌,一不小心就会踩到,尤其是在有孩子的地方,比如聚会上,比如杂货店里,比如邮局里。

这个问题指向的是另一个无法言说的问题。有时,我会盯着镜子里的我,问自己:如果我不再是一个母亲,那么我是谁?

～～～～～

怀上克里斯托弗的前一年,我和前夫弗兰克(Frank)曾跟几个朋友一起畅游欧洲。当时的我们才20多岁,没有孩子,也没有工作以外的负担,恣意地在这个大千世界里遨游,无牵无挂,来去自由。

在普罗旺斯的一个晚上,我们坐在一家小餐馆里,喝着鱼汤,品着美酒。坐在我们对面的是一家人，4个深色头发的孩子围着一个女人，叽叽喳喳地笑着。他们的母亲有一头长长的直发，像瀑布一样散开来，从后背垂到腰间，看上去比我大不了多少，举止间散发着成熟和稳重。不管身边的孩子有多吵闹，她身上始终透着一股温柔恬静，脸上焕发着母爱的光彩。他们一家人围在一起，自成一个小宇宙，她是宇宙中心的太阳，她的4个孩子则是围着她转的行星。我一边吃饭，一边偷偷打量她，心里滋生出一种难以言表的羡慕，突然很想揉一揉那几个孩子细软的头发，捏一捏他们粉嫩的小脸蛋。我渴望像她那样，也属于某个人。走出餐馆时，我的心情很愉悦，仿佛跨过了心中的某个门槛，向前迈出了意义重大的一步。长这么大以来，这是我第一次深深地、发自内心地想要孩子，而不是因为别人说的"你是个女人，你就该生儿育女"。我也想成为某个宇宙的中心，拥有围着我转的行星。

　　真正成为一个母亲时，我全身的分子仿佛改变了形态，重组了一遍，如同水分子凝结成固态的冰，从此固定在一处，不再漂泊。我依然是那个我，我的世界却从此不一样了。

　　那些荣升人母的妇女经常开玩笑说，自从成为"孩子他妈"之后，她们每天顶着一头来不及打理的乱发出门，衣服上残留着从孩子嘴里吐出来的可疑物，每个毛孔都散发着牛奶的馊味，女性虚荣心大受打击。如果有一天，孩子陷入危险之中，身为母亲的你一定会毫不犹豫地飞奔去救他，哪怕要扑到车轮子底下，你也不会眨一下眼，勇猛到超出自己的认知。无论是在操场上还是在教室里，只要孩子受到一丁点儿威胁,比如别人家的小孩咬了你家的小孩,或者某个老师对你孩子的学习方法略有微词,你心中的猛虎就会跳出来,将你变成一头凶悍的母老虎,凶悍到连你自己都害怕。后来,你慢慢驯服了这头野兽,做到张弛有度,可它始终蛰伏在你体内,不曾消失。

当护士用针头扎我儿子,试了好几次都没找对地方时,我心中的猛虎就会醒过来,不悦地问:"还要拿我儿子练手多少次?"克里斯托弗看上去比实际年龄还要小,因为某种药物的副作用,胳膊和腿上布满细密粗长的汗毛,身边经常带着医疗设备,比如轮椅、胃造瘘管、助听器、氧气瓶。当陌生人问我儿子生了什么病时,它也会瞬间苏醒过来,说:"他没有任何'毛病'。"

现在,当别人问我有没有孩子时,我越来越常说没有,然后迅速转移话题。这么回答,不光是保护他们不受我心中的猛虎伤害,也是在保护我自己。

在家里,克里斯托弗的照片全被我收了起来。从帕萨迪纳带过来的东西,大多存放在离家几千米远的仓库里。每天晚上下班回到家,我会将车子停在车道旁,打开收音机,坐在车里,一坐就是一个小时,甚者更久。我害怕走进一个空荡荡的房子,或者说是无法睹物思人的房子,我不知道哪个说法听上去更凄凉。

许多语言中的"妈妈"与"mama"的发音十发相近,比如"ma""mère""moeder""madre""mother",这并非巧合。语言学家说,"a"是婴儿发出的第一个声音,因为它最不费力,只要张嘴吐气就可以。"m"的声音也很容易发出,只要将嘴唇合紧嘬起来，像婴儿吸奶那样就行。将"m"和"a"连起来，就能发出"ma"的声音，于是便有了"妈妈"。我们学会说的第一个字，来源于吸吮的本能，来源于求生的意志。如今，失去了"妈妈"这层身份，我不知还能拿什么来维持我求生的意志。

我不知该将心中的猛虎放在何处。我能做的，就是将它放逐到工作中。

～～～

"嘿，汤姆。"在两张没有阻隔的办公桌中间，我做了一个屈指叩门的动作，想引起对面的注意。方才，我在港景医疗中心（Harborview Medical Center）的线人苏珊·格雷格（Susan Gregg）打来电话，告诉我那里的烧伤外科医生正在试验一种新开发的人造皮肤，希望能造福重度烧伤病患，减少皮肤移植的痛苦。说起皮肤移植，光是想象那画面，就令人战栗。

"你觉得怎么样？"我问汤姆，想知道他看不看好这条新闻，因为他以前也曾报道过这种内容，还在烧伤病房里待过很长一段时间。他眯起帽檐下的眼睛，开始向我描述港景的"澡堂"。他说，烧伤病人会坐在不锈钢水槽中，让护士们帮他们清除身上被烧毁的坏皮肤，那是伤口愈合及皮肤移植之前必须经历的"剥皮"之苦。他还说，严重烧伤的病人全身会包扎得跟米其林轮胎人似的。他才起了个头，我就已经听不下去了，头皮阵阵发麻。看到我被吓得不轻，他可能正在心里偷乐着。听他滔滔不绝地讲完那些血淋淋的细节，我在心里给自己下了诊断书——我绝对不敢直视那些被烧得面目全非的病人。

我从座位上起身，努力摆脱脑中那些惨不忍睹的画面。我转身朝咖啡机旁的小冰箱走去，打算拿一瓶酸奶，碰巧遇到几个同事在煮咖啡，便聊了几句。她们穿着正装，喝着咖啡，讨论着截稿日期——这些琐碎的日常，让我感觉自己几乎与常人无异，仿佛我真的如自己所表现的那样，是一名普通的单身白领，也让我暂时忘了，下班以后的我其实过着与周围人完全不同的生活。我将头探进塞满东西的冰箱里，四处寻找我的酸奶。这时，身后一名年轻的女记者开始对其他人说她和孩子如何用手语交流。我猛地转过身去，脸一阵发烫。

"她会做这个动作，表示她还想要。"她一边说，一边模仿她的宝宝捏着拳头，做挤奶的动作。其他妈妈们——那些将孩子照片贴在办公桌上或钉在隔板上的妈妈们，很快就围到咖啡机边上，七嘴八舌地聊起来，说自家的宝贝已经会学《芝麻街》（*Sesame Street*）[1]里的一些手势。

一位母亲说："他们说孩子多学点手语，可以提高理解能力。"

其他人纷纷点头。

一股怒火猛地蹿上来，我的身体忍不住颤抖，全身肌肉都绷紧了。我想发火，想发飙，想抢走她们手中的咖啡杯，狠狠往地上砸。

1　美国一档儿童教育电视节目。

可我什么也没做，只是转身朝外走，在她们察觉我的异常之前，落荒而逃。我唯一能找到的不受打扰的地方，就是报社二楼的哺乳室。我跌跌撞撞地走进去，锁上门，摸黑躺到沙发上，听心脏在耳边咚咚狂跳。我连对自己孩子笑的机会都没有，她们凭什么可以对自己听力健全的婴儿——那些根本不需要手语的婴儿使用手语？我好想抱住克里斯托弗，好想紧紧搂住他，好想听他"啊啊啊"地喊"我爱你"，想到全身没有一处不疼。

当我整理好心情，重新回到位子上时，我迫切地想找一些事做。只要能让我觉得自己还活着，只要能抵御这极度压抑的空虚感，让我做什么都行。我拿起书上的本子，看着关于烧伤病患的笔记，拨通了苏珊的电话，告诉她我想观摩一台植皮手术，请她帮忙安排。一周后，她答应了。

港景医疗中心建在第一山（First Hill），那里医院众多，因此又叫"药山"（Pill Hill），站在山顶上可以俯瞰整座城市。港景是严重创伤病患的第一选择。任何时候往楼顶停机坪望去，你都能看到直升机的身影，不分昼夜地将其他地方的烧伤和骨折病人送过来。它的地下室是西雅图的停尸房。

我一大早就到了手术现场，换上医院提供的外科手术衣，将头发塞进蓝色纸帽里，穿上纸鞋套，戴上黄色口罩。我对手术一直很着迷，它能让我们看到人体的构造，知道人体是如何工作的。我观摩过开颅手术、心内直视手术，也观摩过拇指再造术，亲眼看着手术台上的医生用大大的手掌，为一个天生没有大拇指的婴儿再造一根小小的手指。

那天早上，我一走进烧伤手术室，就感觉气温不太对。手术间通常很冷，这里的空调却调到了32度左右，接近人体的温度。于是，我脱掉长袖的手术外套，只穿一件宽松的手术衣。一名护士向我解释，烧伤病人的皮肤被损毁，无法像正常人一样靠自身调节体温，因此手术室里的温度不能太低，要和人体体温差不多。皮肤是人体最大的器官，也是一道覆盖全身的保护屏障，能够抵御外来的感染，防止体内水分丢失。没有它，我们将难以存活。医生衡量烧伤深度时，通常会结合患者的年龄，计算烧伤面积，评估存活概率，也可以说是死亡概率。事实是，如果烧伤面积达到人体表面积的50%以上，医生就很难从患者身上其他完好的部位找到足够的皮肤，移植到损伤部分。因此，他们希望找到其他有效的替代物，解决皮肤来源匮乏的问题。

今天的病人是个孩子，一个叫玛丽亚（Maria）的幼童。她跑进厨房，想拿被大人藏在柜子里的糖果，结果不小心撞到了灶上的锅子，沸腾的开水先是泼洒到她的后脑勺上，接着流淌到肩上。她的背部大面积烫伤，面部、颈部、胸部局部烫伤，总烫伤面积在30%以上。这个数字稍加转换，就成了三分之一，代表死亡的概率是三分之一。一想到这儿，我就忍不住颤抖。

以前，我在观摩别的手术时，会努力将注意力放在别的地方，不去看铺巾底下盖着的病人。今天,我想采用同样的策略,却发现自己完全无法忽视手术台上的小女孩。手术即将开始,我紧紧抓住笔记本,汗流浃背,紧挨着墙站,努力做一个隐形人,目不转睛地盯着围着玛丽亚的3名外科医生和4名护士。他们必须争分夺秒,迅速完成手术。主刀医生妮科尔·纪伯伦(Nicole Gibran)博士拿着气动取皮刀,稳稳地切取移植皮,轻轻提起切下的皮片,放到制网机下,压出许多小裂缝,制成网状皮片,让它可以像渔网袜一样拉伸扩张。玛丽亚身上坏死的皮肤已经完全切除。真皮层位于皮肤的下层,一旦被烧毁就无法再生。医生在烧伤创面上平铺一层Integra人工皮肤(一种由牛的胶原和从鲨鱼软骨中提取的碳水化合物制成的真皮替代物),构成真皮基质,然后将玛丽亚的自体皮片覆盖在上面。这种人工真皮结合自体表皮的移植术,能够帮助医生尽可能使用更薄的皮片,最大限度地减少对患者自体皮肤的取用,进而减少患者的痛苦。听着取皮刀振动的声音,我感觉空气也跟着震动起来,随时可能震断我紧绷的神经。我的胃里泛起一阵恶心,胆汁似乎倒流到了喉咙。我忽视身体的不适,埋头继续做笔记。

  4个小时后,手术终于结束了。纪伯伦医生坐在一张梯凳上,背靠手术间的墙,头枕着手臂,向身旁的同事交代玛丽亚的后续护理。我扯下口罩,快步走出手术间,站在外面大口地呼吸,双腿微微发颤,胃里一阵翻江倒海。我赶紧走进更衣间的厕所里,反手将门锁上,无力地坐下,垂下头埋进双臂,强忍着胃里的不适,不让自己吐出来。

一幅画面闪过我的脑海。画面中是7岁的克里斯托弗，时间是圣诞节前，地点是我们在帕萨迪纳租的小房子。我和他坐在带拱门的厨房里，一整个下午都忙着将片状的蜂蜡卷起来，放进金光闪闪的闪粉里滚一滚。几天后，我们要坐飞机回西雅图，和我的家人一起过圣诞节。小时候，我经常和我母亲一起做手卷蜡烛。今年，我不仅将这项"祖传"的手艺传给了克里斯托弗，而且还会带着我们一起做的蜡烛送给她，她一定会很惊喜。克里斯托弗对一切需要占用整张餐桌的手工活都很感兴趣，很快就撸起袖子开工，自豪地将他卷好的蜡烛堆成积木。接下来，他又心血来潮地想点一根玩。

"火柴。"他的食指划过另一只手的手心，跟我讨火柴。我帮他点燃了一根蜡烛。

"呼！"他欢呼了一声。一看到让他高兴的东西，他就会发出这种声音，强调他的喜悦。

"小火焰。"他兴奋地打着手语，5根手指像火苗一样摇曳着。我们继续做蜡烛，沾满闪粉的手闪闪发光，房间里弥漫着花粉和蜂蜜的香气，椭圆状的烛光像一只小灯笼。突然，克里斯托弗伸出手去，似乎想握住蜡烛，将它吹灭。我还没来得及制止，几滴熔化的热蜡油就已经滴到他的手指上。他痛得叫出了声，一脸委屈地看着我，仿佛被我欺骗了，接着号啕大哭。我连忙抠掉他手上的蜡，亲了亲他的手指头。

我渴望能一辈子保护他，不让他受一丝伤害，尽管我知道我不能，也知道我不应该。从轻微的侮辱到沉重的打击，一个孩子只有经历过挫折的千锤百炼，才能蜕变成百折不挠的成年人。然而，看着他伏在餐桌上，乖巧认真地卷蜡烛，我只想将他抱进怀里，护他一生安全，怎么忍心让他受伤？我将喉间的哽咽吞了回去，闭紧双眼，不敢再去看这段回忆。

两周后，他死了。

我靠着洗手间的洗手池，捧一把凉水泼到自己脸上，张嘴漱了几次口，试图冲淡嘴里的酸味。每个动作都无比缓慢，仿佛置身于水底，整座海洋的重量，都压在我身上。

几分钟后，苏珊带我去玛丽亚的康复病房。我努力避开视线，不去看走廊两边病房里包着敷料的患者。到了拐弯的地方，一个出来透气的病人正好站在我前方，挡住了我的路。我赶紧侧身避开，唯恐撞到对方，低着头含糊地说了一句："对不起。"这里的病人穿着让人看不出性别的宽松病服，脸上缠着米白色的压力绷带，只露出两只眼睛、一只嘴巴。那些绷带紧紧包裹住全脸，跟抢劫犯套的丝袜一样，抹去了他们的面部特征。我不禁打了个寒战。

一名护士对病人微笑："出来遛弯儿？"病人点了点头，继续往前走。

后来，我每次去烧伤病房看望玛丽亚，都会注意到那些戴着"恐怖面具"的面部烧伤患者。在所有烧伤治疗里，面部烧伤处理起来最为复杂。因为这个部位的肌肤十分娇弱，一旦形成瘢痕，还会带来许多后遗症。如果一个病人面部重度烧伤，治愈出院时往往整张脸都变了，变成了一个外表与内在无法对应起来的人，一个连自己都认不出来的人。他们所面临的矛盾,也映射出了我内心的纠结——如果我不再是一个母亲,那么我是谁?

　　我想知道他们的故事,想知道失去熟悉的面孔后,他们以什么面孔继续面对这个世界。

第六章

距离我第一次去烧伤病房只过了几年,医学界便开始深入探讨全脸移植的可能性。这个话题在社会上引发了巨大的争议,因为它意味着移植受体将顶着别人的脸活在世上,这不仅会埋下许多社会隐患,还会引发诸多伦理问题。一个人的容貌与其身份认同紧密相连,这种联系是神圣的,"换脸"会让人觉得是对这一联系的亵渎。我想写一篇文章,探讨容貌与身份的关系,用两个人物、两条故事线展开。首先,我想从一个早期患者的故事出发,剖析他从面部受创到得知再也无法恢复容貌的心理变化过程;然后,我会切换到一个已经"换脸"多年的患者的视角,探索他如何以新的面貌、新的身份生活下去。要想写好这个故事,我需要找到两个愿意让我长期跟踪调查的对象。这会花很多时间,做起来并不轻松,但是如果想进入他们的内心,深入剖析争议点,做有深度的报道,这是最有效的办法。当我将选题告诉劳拉时,她非常感兴趣。为了写好这个故事,我早已想好了该做什么。一得到劳拉的批准,我便毫不犹豫地朝那个地方赶去。

港景医疗中心的整形外科门诊部位于8楼,就在玛丽亚病房的另一头。我找了个地方坐下,将笔记本放在大腿上,等一个叫约翰·斯旺森(John Swanson)的人。我们约了在这里见,但我不知道他的长相,也无从想象他的长相。8年前,约翰遭遇了一次可怕的事故,整张脸都被烧毁了。最近,他要来医院再做一次手术,便约了我在这里见。我紧张地转动手中的笔,脑海中轮番闪过一张张从小说和电影里看到的可怕面孔——《歌剧魅影》里相貌丑陋的魅影、《猛鬼街》里满脸瘢痕的杀人狂弗莱迪·克鲁格、《英国病人》里毁容的机师……我努力忽视那些拼命钻入我脑海的狰狞面孔,却又忍不住想象当约翰朝我走来时,他的脸会更像哪一张。

几分钟后,一个人大步流星地走进整形外科的候诊室。他穿着一条蓝色牛仔裤,脚上踩着一双平底帆布鞋,头上留着很短的棕色头发。我一脸慌张地站了起来,笔记本从腿上滑落,"吧嗒"一声,掉到地板上。

"抱歉,我迟到了。"来的人正是约翰,他无奈地笑道,"医生在我这里都快排不上号了。"他和父亲一起做包船生意,在阿拉斯加东南部的内海航道提供捕鱼体验和野生动物观光服务。他们最近正忙着修理游船,准备迎接夏天的旅游旺季。今天,他是直接从码头过来的。

"那是什么船?"我有点结巴地问,努力迎视他的目光,但又不敢直勾勾地看。约翰的脸看上去绷得很紧,像一张面具,没有抬头纹,没有法令纹,也没有眼睫毛,移植过的眼皮像两条细缝,又肥又厚的嘴唇半张着,无法完全合拢。

我的问题像一把神奇的钥匙，瞬间打开了他的话匣子。他开始滔滔不绝地讲述它传奇的身世。原来，他们父子两人正在翻修的那艘船叫"探索"号，是用木头做的，古典优雅，诞生于20世纪30年代，原主人是威廉·莫里斯经纪公司的创始人，红木装饰的特等舱房住过那个年代的许多名人。可惜好景不长，"二战"期间，它被美国海军征用，涂成了灰不溜秋的颜色，从此告别笙歌浮华，战战兢兢地做一艘毫不起眼的巡逻船，守卫着阿拉斯加的海岸线。战争结束后，它沦落到去运送犯人，载着华盛顿州最穷凶极恶的囚犯，往返于普吉特海湾的麦克尼尔岛联邦监狱。约翰刚讲到后来海上侦察队发现它，将它解救于水深火热之中时，护士便探出头来，示意我们进去。

起身时，我第一次察觉到旁人的眼光。那些原本假装在看杂志的人，一见我们站起来，要么迅速低下头，要么眼神往上瞟，假装在看挂在我们后上方的钟表。

约翰肯定也注意到了。"别担心，我已经习惯了。"他说，"每个人看到我，都会忍不住多看一两眼。一开始我会纳闷，他们在瞅啥呢，我有这么帅吗？过一会儿才反应过来——哦，对，我现在长得跟正常人不一样。"说到这儿，他忍不住笑了，走到检查室中间，在一把椅子上坐下，接着说："有时，他们会问我一些问题，通常是在酒吧里，我准备要结账离开了，他们才凑过来，好奇地问一两句。那个时候，他们已经喝了不少，胆子也大了。"

到目前为止，约翰总共做了几十次手术。大多数时候，他已经不再在意自己的五官长成什么样子，除了嘴巴。伤口愈合留下的瘢痕组织，令他的嘴唇无法完全张开，也无法完全闭合，日常清洁护理牙齿变得很困难，这就是他今天来这里的原因。几位负责给他治疗的医生已经无计可施，便请了一名新的整形外科医生过来。

约翰靠在检查椅上，任由约瑟夫·格鲁斯医生（Dr. Joseph Gruss）在他的脸上戳来戳去。他伸出一只手指，钩住约翰的嘴角，将上嘴唇往上拉。

"这里没多少皮可以取了。"格鲁斯医生说。为了让嘴唇合得拢，他给出的权宜之计是从下唇取一块带蒂皮瓣，和上唇缝合在一起，填补上下唇之间的缝隙。他的上下唇会保持缝合的状态，几个礼拜过后，等皮瓣建立新的血液循环供应，且医生确定皮瓣转移成活，才会切断蒂部，让它们重新分开。

"听上去挺有希望的。"约翰不置可否地说。他的脸虽然很僵硬，做不了多少表情，但是他的声音告诉我，他知道什么是"希望"，什么是"奢望"。

～～～

埃特蒙德是普吉特海湾沿岸的一个小城镇，在西雅图以北约29千米的地方，约翰在那儿租了房子住。意外发生的那晚，他一直待在车库里，埋头修理一辆用了很多年的福特皮卡车。那时的他22岁，有着一手好手艺，五官端正，轮廓分明，头发乌黑，眼睛深邃且温柔，很像超人时期的克里斯托弗·里夫（Christopher Reeve）[1]。那是二月的一个夜晚，天气冷极了，约翰的室友 T.J. 没有出门，而是宅在家里陪约翰，他的摩托车也停在车库里。那时，他们约会的对象正好是一对同卵双胞胎姐妹，因此有很多话可以聊。

两人在车库里聊得很起劲，完全没注意到身后有一盏吊灯松了，"扑通"一声掉了下来，正好掉入一只敞开的汽油桶里。直到"哗"的一声，火焰迅速蹿起，他们这才惊觉，油桶烧起来了。约翰慌忙跑过去，伸出手将油桶拎起来，手柄却迅速在他手心熔化。"砰"的一声，油桶掉落到地上，汽油全倒了出来，变成一条熊熊燃烧的河，蜿蜒地流向 T.J. 的摩托车，一辆加满了油的车。

T.J. 飞奔去找水，但是来不及了。"轰"的一声，他的车像炸弹一样爆炸了。朝他跑去的约翰瞬间被火焰吞噬。

"趴下！" T.J. 一边大喊，一边拼命朝他身上倒水。

奇怪的是，起初约翰什么感觉也没有。大概是因为火焰烧得太快，神经还来不及向大脑传递痛觉，就瞬间被烧毁了。约翰真正感觉到痛已经是很后面的事了。

但是，约翰至今仍记得身上的肉被烧焦的味道，仍记得自己被烧后，还冲去院子里拉水管来灭火。当火终于被扑灭时，他转头看了看 T.J.，T.J. 正盯着他，浑身颤抖。

"我的脸怎么了吗？"约翰问。

---

[1] 克里斯托弗·里夫（1952—2004 年），出生于美国纽约，1978—1987 年期间，因主演《超人》系列电影而蜚声国际影坛。

看着约翰苍白得像涂了一层石灰的脸，T.J. 犹豫了一下，没有立马回答。先前忙着修理发动机时，约翰戴了一副乳胶手套。现在，那手套已经完全"熔"入他的肉里。后来，T.J. 回忆说，他当时的手比脸还要可怕，但他没有那么说。

他说的是："你的眉毛烧没了。"

~~~~~~~

格鲁斯医生继续检查约翰的脸。讽刺的是，经过十几次五官重建手术，约翰脸上唯一没变的就是眉毛。

重度烧伤后，身体仿佛在流泪，体液从血管渗出到细胞间隙，血容量下降，血压也下降。随之而来的炎症反应让人痛不欲生，那是一种难以忍受的剧痛，和大拇指被锤子敲中一样痛，而且遍布全身。除此之外，身体组织严重肿胀，心脏和肾脏开始衰竭。为了维持生命，身体需要调动全身器官，24小时不间断地高速运转，相当于24小时不间断地跑马拉松，消耗大量的能量。

后来，我去找给玛丽亚动手术的纪伯伦医生，想了解重度烧伤的身体是如何自愈的。我见过她在手术台上的样子，下了手术台以后，脱去手术衣的她看上去年轻了不少。她向我介绍烧伤的愈合过程，神情看上去并不比在手术台上轻松多少。

她告诉我，烧伤早期需要大量的营养和热量。过去，因为进食困难，烧伤病人不少是饿死的。他们在饥饿中日渐消瘦，直到呼吸衰竭，无力咳嗽，感染肺炎，最终痛苦地死去。现在，医疗技术极大地提高了存活率,但是病人依然要靠自己来阻止病情的恶化。

我点了点头,将她说的话记下。

"身体有它自己的一套复原机制,"她说,"而它自我复原的方法之一是挛缩。"为了加快伤口愈合,人体演化出挛缩的机制,牵拉周围皮肤组织和神经,迅速封闭伤口,比如撕裂伤。当一只野兽从你身上咬下一块肉,当务之急是尽快闭合伤口。我停下手中的笔,思考她说的话。

当一只野兽从你身上咬下一块肉。

我的视野迅速缩小,仿佛走入一个隧道,四周一片漆黑,除了尽头的光点,什么也看不到。忽然之间,我感觉自己跌入了记忆的虫洞,来到9年前我收到克里斯托弗死讯的那一刻,整个人瞬间被撕裂成碎片。在那之后,我每天过得浑浑噩噩,神志错乱,一直以为是自己做了什么,或者忘了做什么,才会害他死去。"是我害死了他"这无法承受的痛,让我夜不能寐,食不下咽,难以呼吸。如果有野兽跑来撕咬我,我一定不会挣扎,任由它将我拖走。

我几乎听不清纪伯伦医生在说什么。"移植""收缩""疤痕"——她的话变成一堆零散的碎片,断断续续的,像是从远处飘来。我强迫自己看着她的脸,盯着她的嘴唇,集中注意力,努力跟上她。

终于,我听见她说,虽然人体演化出迅速封闭伤口的机制,但是随之而来的挛缩却给烧伤部位带来不少危害。由于创缘受到牵拉,呈向心性收缩,植皮也会随之缩紧,尤其是在眼、鼻、嘴构成的T区,即面部表情集中的区域。正是因为移植物收缩的关系,脸孔才会变得如万圣节面具般僵硬，像是被两只无形的手捏住脸颊的肉，用力往外拉，整张脸皮绷得紧紧的。如果移植区皮肤收缩得太厉害，导致出现严重的功能障碍（比如，下唇下翻就含不住水，眼睑紧缩就留不住具有润滑作用的泪水），患者最后往往需要重新植皮，才能恢复创面的重要功能。疤痕让问题变得更复杂。人类有自己独特的结疤方式，不同于其他动物。人体皮肤遭受深度烧伤后，极易增生肥厚的瘢痕，这是结缔组织过度反应，并在病变处大量增殖所致，烧伤愈合的皮肤因此变得凹凸不平，扭曲变形。它们是无法自愈的"二次创伤"，像一把看不见火焰的暗火，在最初的烧伤痊愈后，继续"灼烧"患者的皮肤，长期折磨着他们。

就像丧亲之痛。这个想法从我脑中一闪而过。虽然一直有好心人鼓励我，告诉我一切都会好起来的，但是随着时间的流逝，失去克里斯托弗的痛苦不减反增。突然之间，我想起了坐在医生办公室里的约翰，想起了"希望"与"奢望"之间的不同。

我努力想跟上纪伯伦医生，可是手指却不听话，僵硬得连字都写不好。我低头看了看笔记本上的潦草字迹，开口请她再说一遍，趁机整理思绪。

采访一结束，我向她道过谢，便转身离开，不作片刻停留。开车回报社的路上，简·赫什菲尔德（Jane Hirshfield）的诗《是什么将我们结合在一起》（*For What Binds Us*）一直在我脑中盘旋，挥之不去。她把"爱"比作将两个相爱之人连在一起的"伤疤"，"看死亡的绳索，如何织成一张网，剪不断，补不了"。克里斯托弗呱呱坠地时，被他一并带出的索状脐带，曾将我们连在一起，两颗心同步跳动着。如今，连接着我们的只有一条死亡的黑色脐带，无法剪断，无法修补。

这些年来，我很少再哭。一旦忍不住哭出来，眼泪就会刹不住车。它们会像倾盆大雨，哗哗地往下流，冲花睫毛膏，模糊视线，刺痛双眼。在报社 1.6 千米以外的地方，我将车子停在海边的一座高架桥下。头顶上的车辆"突突"地碾过伸缩缝，我的太阳穴也"突突"地跳着，两种声音重叠在一起，刺痛着我的神经。我用后脑勺去撞椅背，一下又一下，直到脑中不再有任何声音，直到所有情绪都随着眼泪流光，我才重新发动车子，回到嘈杂的新闻编辑室，一个很少有人知道我曾有过一个儿子的地方。

~~~~~

将伤口封闭起来，就是我一直以来努力尝试的疗法，但它无法治愈失去亲人的痛苦。这么久了，我一直假装自己没有伤疤，从不谈论死去的克里斯托弗，也不谈论活着时的他。

不管走到哪儿，我都竭力回避其他人。当同事喊我一起吃午饭时，我会悄悄溜出报社，沿着马路往上走，来到安妮女王山（Queen Anne Hill）上的社区中心，换上泳衣，跃入泳池，沉浸在水中的世界，那里没有报社的电话声，也没有同事的聊天声。我会一圈接一圈地游，游到手臂酸胀，再也扑腾不动，就潜到池底，翻过身来，看着灯光随水波摇曳，渴望就这么一直待在水底，直到不得不换气才浮出水面。

这天,我游完泳后,到更衣室换衣服,无意中听到几个女人在聊天,下意识地转头去看。"只要他健康就好,其他的我都不在乎。"一个年轻女人脱掉泳衣,裸着身子站在日光灯下,凸起的肚皮上泛着水光,身旁站着另外两个女人,一边换衣服,一边问她预产期是什么时候、哪家妇产科更好、导乐分娩[1]和无痛分娩各有何利弊,问题一个接一个,毫不掩饰她们想要孩子的心情。另一个角落里,一个女人正在帮她年幼的儿子穿衣服,他身上有一条横贯上半身的疤痕,半边脸是下垂的。当她和他说话时,他一直盯着她的脸看,满眼都是急切的眼神,视线不曾离开她。

我习惯性地伸手去摸胸前的吊坠,感受它尖尖的小角顶着我的手指头,努力回想克里斯托弗是怎么看我的脸的——这张他第一次睁开眼来看到的叫作"母亲"的脸。再也不会有人用他那样的眼神看我。不知是什么刺痛了我的眼,也许是水里的消毒剂,也许是我的泪水,我赶紧抓起毛巾,胡乱擦去眼里的液体。这时,"吧嗒"一声,似乎有人的化妆包掉了,各种瓶瓶罐罐散落一地。那几个女人闻声,先是停歇了一会儿,接着又聊起另一个孕妇来,说她在一次产检中查出胎儿有唐氏综合征。

"她想留下孩子,可她丈夫不肯,两人后来就分开了。唉,太糟心了。"站在右手边的女人说,"换作是我,我应该做不到她那样。"

---

[1] 又称"舒适分娩",是指在分娩前后,由一位富有爱心、有分娩经验的女性给予产妇专业化、人性化的辅助分娩服务,从心理上达到分娩镇痛的作用。

"我肯定做不到。"三人中的孕妇说。

做不到什么？我在心中想，是做不到将一个不满足你期望的孩子生下，还是做不到留住一个有缺陷的胎儿？

我想冲过去将那几个女人摇醒，告诉她们：你们的担心完全是多余的！无论健康与否，每一个孩子都是天使，会将无尽的爱带到人间。你们所害怕的事，同样会为你们带来无法想象的快乐。有一天，你们会愿意付出一切，用自己的金钱、健康、生命，去换回那个孩子。

我心乱如麻，身体还没完全擦干，就胡乱套上衣服。紧身的衣物碰到潮湿的肌肤，有些部位卷了起来，穿着很不舒服，可我顾不上这些，迅速收拾好东西，就朝更衣室出口走去，急着想离开这儿。当我匆匆经过那对母子时，那位母亲冲我笑了笑，引起了我的注意。有那么一瞬间，我想她可能认出了我。也许是我身上的某种东西，某种我们都有的东西，让我们心灵相通。我迟疑了一两秒，莫名地相信她能够理解我，莫名地想和她聊几句，最后却什么也没说，只是回以微笑，转身走出游泳馆，踏入冷冽的空气中，心情一下子轻松了不少。

报社有几个老记者知道我的过去，甚至记得我搬去加州前的情况。梅里·奈（Merry Nye）是其中之一，她热情幽默，在报社里负责处理每天如纸片般涌入的读者来信。她有三个女儿，在我怀孕时经常陪我游泳，亲眼看着我的肚子一天天变大，在我不安时开导我，帮助我克服产前的焦虑。还有玛丽·林恩·莱克（Mary Lynn Lyke），她是报社的特约撰稿人，在我搬去加州之后，给我写了一封长长的鼓励信。她也曾经历过痛苦，但是她告诉我，痛苦会让我们成为生活的智者，可是当时的我非但不信，还对它避之如蛇蝎。

丽塔也是，还有汤姆——我的"科学怪人"同事，以逗我笑为己任。在报社里，他们总会出现在我身边，鼓励我、帮助我、开导我。到了傍晚，快要截稿时，汤姆总能搜刮出一块巧克力来，递给坐在他对面的我，还经常跟我分享线索，就是他给了我约翰的信息。

～～～～

与约翰见过第一面后，过了几个礼拜，我又去找为他做过多次手术的洛伦·恩格瑞夫（Loren Engrav）医生。他系着一条男士常戴的蝶形领结，将我请进他在港景医疗中心的办公室，任我好奇地打量他的工作环境：小猪摆饰随处可见，有陶瓷做的、玉石做的、塑料做的、卡纸做的，甚至还有一只小猪造型的储蓄罐，侧面写着"恩格瑞夫医生的研究基金，欢迎捐款"。见我好奇地盯着那些小猪看，他说它们是同事、病人、好心人士送的礼物。在所有动物中，猪的伤疤和人类最像，因此在研究人类烧伤治疗上发挥着重要的参考作用。

"要想真正修复烧伤，我们需要能够阻断挛缩、消除丑陋疤痕、抑制色素沉积的药膏。"他说，"如果我能研制出这三种药膏，诺贝尔医学奖就是我的了。"

他想了一下，又往这张"心愿单"里加了第四种药膏："还有心理伤疤，我希望我们能发明出一种药膏，用它可以治疗创伤后应激障碍、抑郁症和负罪感。但是,没有哪一款药膏可以包治百病,所以光研制一种肯定是不够的。"

接下来,恩格瑞夫医生带我来到一间昏暗的会议室,打开一台幻灯片投影仪。从第一场手术开始,每做一次手术,他就会拍下一张照片,记录约翰术后的恢复情况。狰狞扭曲的脸孔,一张接一张地投放在白色的墙壁上,每切换一张照片,我的眉头就忍不住皱一下,几乎不忍去看。在每张照片中,约翰都面对镜头,不苟言笑。恩格瑞夫医生修复了数百张脸,唯独约翰的脸至今仍困扰着他。

当约翰在汽油爆炸后第一次来到手术室时,他的脸上出现三度烧伤的标志特征,受损部分呈白色、红褐色、焦黑色,其中白色是损伤最深的区域,眼睑和一只耳朵完全被烧没了。在他的脸还没有愈合到足以接受自体组织移植之前,恩格瑞夫医生的团队暂时以尸体皮肤应急,为他争取更多时间。

烧伤外科医生的目标是重建一张既有生理功能又能被社会大众接受的脸,但这不是一件容易的事。整形外科医生都知道,人类大脑对面部的识别有多精准。假如有一个人撞碎了下巴或眉骨,哪怕修复之后跟原来只有1毫米的偏差,别人依然能够精确地捕捉到这细微的差异,正如他们能够一眼看出某个明星或朋友"微整"了一下,不管对方整得多精致、多细微。

和伤口愈合机制一样,面部识别也是人类在漫长的进化过程中形成的一种防御机制。为了区分朋友和敌人,从而更好地生存下去,人类进化出了识别人脸的本能。婴儿生长到第6~9周,便能够分辨陌生人的脸。

一开始，约翰的植皮之路走得并不顺利。因为排异反应，最先移植的那批异体皮没能成活。由于他的烧伤面积高达47%，没被烧伤的皮肤几乎都用于局部补片治疗了。

"他的植皮结果很不理想，当然很少有人是理想的，原因之一是他很容易长疤。"恩格瑞夫医生继续切换幻灯片。"后来发生了一件不可思议的事，"他暂停放映，"他开始带着爱人和孩子一起来医院。"

在其他创伤患者身上，恩格瑞夫医生看到的往往是相反的。通常情况下，他们会将自己封闭起来，不再扩大自己的圈子，也不允许别人进来。

我又何尝不是这样？画地为牢，囚禁自己，甚至不再联系西雅图的老朋友。克里斯托弗出生后，他们曾陪我坐在等候室里，喂我吃东西，甚至让自己的孩子学手语，只为日后能跟克里斯托弗交流。如今，我不再给他们寄圣诞贺卡，不再参加他们孩子的生日会。他们都有各自的生活要奔波，有为人父母的烦恼要处理，那是我不再拥有的烦恼。一看到他们，我就会想起我失去了自己的孩子。对我来说，不见他们，不去想以前的生活，会更好过些。除了不再见老朋友，我也不再交新朋友。一听到克里斯托弗的事，大多数人会难过，会不自在，因此我从不提他，这将我困在原地，让我无法再接纳任何人，因为我既做不到对他们坦白，也做不到在他们面前永远守着一个谎言。

约翰却不是这样的。烧伤两年后,他的大儿子迈克尔(Michael)出生了。"看这一张。"恩格瑞夫提醒我去看投在墙壁上的下一张照片。身为一名外科医生,他从不满足于当前的结果,总是希望精益求精。不过,他承认这一张照片让他很高兴。"这是他烧伤两年半后的模样,"他说,"他开始能够小幅度地微笑了。"

～～～

林伍德位于西雅图以北几千米的地方,那有着发达的零售业。几天后,我开车去那里见那个后来经常陪约翰去医院的女人。她叫杰米·库珀(Jamie Cooper),有一个双胞胎妹妹。认识约翰的那一年,她才18岁,梦想是成为模特儿。她觉得他很风趣,很聪明,暗自期盼他能给自己打电话。

在约翰心目中,那个留着一头棕色长卷发的女孩很腼腆,也很美好。和他相比,她似乎太单纯了。后来的6个月里,他一直没有联系她,等他终于鼓起勇气拨去电话时,她一下子就听出了他的声音。"他身上有一种很独特的气质,"她说,"他很幽默,很随和,跟谁都能有说有笑的。"不到一年,她就坠入爱河。

那时,他们才刚私订终身,不久后,她接到了电话,被告知约翰遭受火灾的事。她急忙赶去医院,完全不知道自己即将看到的会是什么。一开始,医生将她拦在病房外。当他们终于允许她进去时,她整个人被钉在原地,说不出话来。约翰的眼睛才刚做完植皮手术,上下眼睑缝合在一起。医生将她拉到一旁,告诉她——约翰的脸再也无法恢复原样，并且他很有可能要截掉一只手；在未来两年的时间里，他每天都要戴着面具生活。

那天晚上，她开始写日记：

> 护士说你想见我。当我见到你时，我差点哭了出来，可我知道我必须坚强。

只要能从艾伯森商店的工作中抽出空儿来，她就会去医院，坐在他床边，安静地守着他，努力想说话给他听，却不知该说什么。

约翰烧伤5天后，她在日记里写道：

> 下午5点左右，我走进你的病房，看到你躺在床上一动不动，从头到脚缠着绷带，身上连着三四台仪器。伯父让我和你说说话，可我什么也说不出来，只有眼泪不停地流。他对你说，他爱你。看到你这样，他的心都碎了。我告诉他，我也是。他拉起我的手，将它放在你胸口，然后将他的手掌覆在我的上面，对我说，看到我们像一家人一样，你一定会很高兴。我们两人都哭了。后来，伯母进来了，什么也没说，只是抱着你的脚，抱了大概一刻钟，然后离开了。我留了下来，轻轻地抱着你的胳膊，轻轻地抚摸你。终于，我开口对你说："约翰，是我，杰米，你很坚强。"

后来,她每天都奔波于艾伯森的熟食柜台和医院之间。有异性约她出去,都被她拒绝了。夜深人静时,她一个人躺在床上,却怎么也睡不着。朋友们约她出去玩,想让她暂时忘记不开心的事,她也开始接一些跑腿的活儿,每天忙得脚不沾地,没有时间去想约翰的伤。在家里,她将他的手表和皮带放在床边。

到了三月中旬,距离事故发生已经过去了一个多月,约翰的父亲在日记中写下了他不曾说出口的恐惧:

> 他的脸现在很吓人……我不知道以后能不能好起来……

两周后,杰米和往常一样去了医院,却发现约翰的病房是空的。他没有打电话告诉她自己出院了,而是一声不响地消失了。震惊之下,她打了好多通电话给他,但是他都没有接。后来的几周里,他一通电话也没打给她,音信全无。

最后,她终于从医院打听到,约翰新移植的眼皮出现感染,医生认为送他去父母家静养,康复的希望更大。但是,就因为这样,他便要将她拒之门外吗?

约翰走进客厅时,正好听到她那么问。"我是在给她空间,让她自己做决定,"他说,"我不希望她因为同情而和我在一起。"

一开始,约翰也恐惧过,不知道自己的脸会变成什么样子。还住在病房里时,他曾听到其他人窃窃私语,说他"整张脸都烧坏了",许多怪物的脸立马钻进他的脑海。事故发生几周后,他依然不敢照镜子。他讨厌同情,更讨厌自怨自艾。

烧伤第 57 天的早晨,他一个人溜进浴室,先是低头看着自己的手,接着转动盆沿上的水龙头,眼睛习惯性地瞟向镜子。与此同时,镜中有一张红肿的脸也瞟向他,植过皮的地方,针脚依然清晰可见。那张脸有一副全然陌生的五官,然而他眼中看到的,并非它有多陌生。

"我看着镜子里的我,"他说,"镜子里的我也在看我。"

第七章

在与约翰认识的同一时间,我还请医院给我介绍一名新烧伤病人,帮助我讲述另一半的故事。碰巧的是,几天前正好有一个新患者从阿拉斯加飞来这里治病。

初见比利(Beeley)时,他还很小,才 15 岁。这个年纪的男孩应该在街头玩滑板,和朋友四处晃荡,在女孩子面前耍帅。烧伤前他确实过着那样的生活,见到我时却已是头上缠着压力绷带的样子,一双眼睛透过绷带上的两个圆孔打量我。

"你好。"我的手指动了动,下意识地想用手语——在医院里见到一个男孩,这触发了我用手语的本能,尽管我知道他听得见。比利穿着一双毛茸茸的麋鹿拖鞋,腿上垂着一只集尿袋。他手上戴着压力手套,无法与我握手。

"你好。"他回道。

他的声音礼貌且温柔。我坐在一旁,耐心地等他完成今天的理疗,看他在玩一个叫"冰雪世界"的虚拟现实游戏,用雪球瞄准目标。那是医院的一个试点项目,医护人员给患者更换伤口敷料时,会让他们玩一些小游戏,分散注意力以减轻痛苦。他告诉我,他很喜欢海洋生物学。15 岁的他还是一个没完全长开的男孩,却已经很受异性的欢迎。他常说:"我就是这么招人爱,我也没办法。"

在烧伤之前,他是一个英俊的男生,嘴巴上已经长出稀疏的绒毛,留着很有个性的发型,两边减短,中间留长。他在学校里很受女孩子欢迎,放假时喜欢去他家乡那儿的广播电台站玩。他的家乡是凯奇坎(Ketchikan),在阿拉斯加的东南部,主要以渔业为生,号称是"世界鲑鱼之都"。他很聪明,只要想学,就能拿到好成绩,但是他不喜欢做作业。

"下了课就是我的私人时间,这些时间才不是用来写作业的,你懂吗?"他一脸认真地盯着我的眼睛,似乎在判断我是不是一个能够理解他的听众。我差点就脱口而出——"你应该先做完作业",但是我及时咬住嘴唇,没有说出心中的真实想法。身为一名记者,我需要保持中立,不管别人对我说什么,我都不能表达个人的观点。有时要做到这点很难,尤其是当采访对象是一个孩子时。出于母亲的本能,我总忍不住想保护他们,即使伤害他们的人是他们自己。

火灾发生当晚,比利与他的父母起了争执。那是新年的第二天,他和父母吃了一顿愉快的晚餐,便打算去广播站找朋友玩,但他妈妈要他先把作业做完,否则不准出门。他还有很多作业没写,应该趁寒假还没结束,赶紧补上。

"这让我气疯了。"他说。

那晚,因为作业的事,他跟大人吵了一架,但是吵得并不凶,一切都很正常。到了晚上 10 点左右,比利从外头回来了,身上一股汽油的味道。

"看，这就是我在找的东西。"他这么对他母亲说，手里拿着一盒火柴。

当一个人陷入极端的震惊之中，他会感觉时间过得很慢，像慢镜头般被拖得很长。

我能想象，那一刻他的母亲一定惊恐至极，眼睁睁看着噩梦上演，却无力阻止。她曾百般呵护、千般疼爱孩子，不让他受到一丝一毫的伤害，一根小小的火柴却让她功亏一篑，轻而易举地烧毁她筑起的护墙。我为她感到心痛，我也为自己感到心痛。我想到了我钱包里克里斯托弗的创可贴，想到了父母所能给的防线，原来是那么不堪一击。

火在他身上燃烧着，不知烧了多久，也许是几秒，也许是永恒。两个大人吓疯了，猛地将他扑倒在地，用地毯裹住他打滚，疯狂拍打他身上的火焰。

"我会变丑吗？"他在救护车赶到之前问妈妈，"我的胡子还会重新长出来吗？"

过了大约一周，也就是我们初次相见的这天，他的脑子已经完全清醒了。他希望我知道，他不是故意的。

"我是说，正常时候的我是不会这么干的，"他说，"我当时是昏了头。"

我知道。科学家已经证实，青少年的大脑，尤其是男孩子，缺乏像成人一样深思熟虑的能力，这也是为什么有些人在青少年时期会做出一些令成年后的自己追悔莫及的事。

但是，覆水难收。不管说什么，都改变不了已经发生的事，不是吗？我希望我能安慰他，告诉他一切都会好起来的，可我说不出口。我郁闷地离开医院，突然觉得自己很没用。

～～～～

2月，我再次穿戴好个人防护用品，进入手术室，打起十二分精神，观摩比利的手术。这次面部移植所需的皮片大部分取自头部，因为头皮与脸部肌肤最为相似。医生还将从他大腿内侧取下部分皮肤，移植到他手上某些伤及肌腱和骨头的区域。

悠扬的小提琴声从手术间的音响中流淌出来，演奏技巧与即将开始的手术一样精湛且细腻。除了主刀医生恩格瑞夫之外，手术台上还有两名助手、三名护士，在主刀医生的指挥下，各司其职，紧密配合。为了减少病人的出血量，并减少热量流失，所有人都在争分夺秒，但是皮肤移植是精细活儿，不能操之过急。

恩格瑞夫医生的一双眼睛透过蓝色手术帽下的金框眼镜，全程密切关注手术的进展。他对正要取皮的助手说："我们只有一次机会。"手术间里再次响起熟悉的取皮刀振动的声音。

看着取皮刀刮下的一块和羚羊皮一样厚的皮，恩格瑞夫医生忍不住赞叹道："太漂亮了！评得上 A+！"他将它像一块绷带似的覆盖在比利已经清创的额头上，接着弯下腰来缝合皮缘与创缘，脚不自觉地跟着音乐打拍子。额头的部分完成后，他将剩下的皮片裁成鼻子的形状，平铺到鼻子上，沿着鼻廓压平，接着从比利耳后取了一小块皮，做成眼睑的形状，缝到眼睑处，将缝线埋在眼周的褶皱里，让它们更显自然。最后，所有皮片都各得其所，没有一块皮肤被浪费掉。

然而，不管医生再怎么努力，也不可能让伤痕完全消失。补过皮的地方会愈合，但无法抹去补过的痕迹。伤口可以缝合，却会留下疤痕。

~~~~~~

几周后，医院打电话告诉我，比利要出院了，将回到阿拉斯加去。这是他手术后第一次回家。我来到医院，准备一起坐车去机场，为他和他妈妈送行。

为了这次出行，医院根据他的脸形定制了一个面罩，还让他自己选颜色。他挑了红色，与他正方形的眼镜框以及运动鞋上的方格子最搭。和约翰一样，他每天要戴着它23小时。比利戴上面罩，站在医院大厅里，等接他去西雅图—塔科马国际机场的车。

他知道周围的人肯定会盯着他看。

"那些人把我当怪物。他们什么都不知道。我才不会往心里去。我才不在乎！"他的腿不受控制地上下抖动着，"别人怎么想的不重要，重要的是我自己的想法。"他像在念经似的，重复了好几遍这句话。

我忍不住倒吸了一口气。他仿佛会读心术，一语点醒梦中人，说出了此时的我最需要听到的话。尽管别人眼中的我是一副面孔，而我内心的自己披着另一副面孔，但是别人怎么看我并不重要，重要的是我怎么看自己。内心与外在的矛盾来源于自身。

他双臂交叉，紧紧抱在胸前，腿抖得更厉害了。车到了，将载着他驶向他必须面对的未来。他走出医院大门，被突如其来的寒冷团团包围住，整个人瑟瑟发抖。

当我们到达机场时，那里人满为患，全是要去参加总统日活动的人。比利犹豫了片刻，然后抬起脚往前走，混入拥挤的游客中，全程低着头，一边往前挤，一边喃喃地说："烧伤了。烧伤了。"他以为先发制人地这么说，别人就不会盯着他看。事实上，四周依然有好奇或惊恐的目光涌来，有人偷偷地看，也有人明目张胆地看。

我感觉内心的猛虎在蠢蠢欲动，想冲上去将那些人赶走，像以前保护克里斯托弗那样，不让任何异样的眼光落在比利身上。

长龙般的队伍慢吞吞地朝值机窗口移动。比利的妈妈安抚道："还有一半就到我们了。"到了队伍的前面，比利毫无预兆地摘下和救护车一样红的面罩，一股强烈的创可贴气味，那种在医院里经常闻到的消毒液味道，掺杂着汗水，从面罩后面飘散出来。

"我不怕。"他对着空气说。

当比利和他母亲走到值机柜台前时，埋头工作的女柜台人员请他们出示身份证件，匆匆瞥了一眼比利，又迅速低下头。他们的行李箱鼓鼓的，塞满了医院让他们带回家的医疗用品。那位女士"啪"地往行李箱上贴了一张标签，示意他们去行李检查处。比利步履艰难地往前走，身后拖着一只塞得鼓鼓的行李箱。

行李箱上贴着的标签印着一个字——"重"。

~~~~~

两个月后，比利再次飞来西雅图，到烧伤门诊部复诊。这是他的第一次复诊，接下来的一年里，他每个月都要回来复诊一次，重复同样的流程。我开车去港景医疗中心，迫不及待地想知道他的近况。当我走进检查室时，他正坐在检查床上，两只脚荡来荡去。

他脸上的皮缘长了一圈鲜红的疤痕，头皮上依然能看到一块一块鲜红的区域，是正在缓慢愈合的供皮区。虽然他的头发长长了些，但是还没长到能够遮住它们。检查室里挤进了烧伤科团队的十几名医护人员。

"你会不会很想回学校？"一名护士问。

"嗯……"他盯着自己的脚，轻轻地抠了抠手上的痂。三个月前，他第一次飞来这里，做植皮手术。在这三个月的康复过程中，家乡的朋友给了他很多鼓励。"他们本来已经做好了心理准备，以为会看到一张扭曲恶心的脸，"他说，"结果我看上去比他们想象的要好看多了。"陌生人的反应就不一样了，那是他必须要跨过的另一道坎。

为了让他更好地应对社交场合，有许多人为他提供了心理上的帮助，娱乐疗法专家梅利莎·克里斯琴森（Melissa Christiansen）就是其中之一。

"你看到的每一道伤疤,都在向你诉说一个故事,这就是伤疤的独特之处。"她说。

看不到的伤疤呢?我猛地低下头,羞愧地意识到我正不自觉地代入其中,将自己的伤痛与他的相提并论。尽管如此,她的话却在我心中回响了很久。每一道伤疤都是一个故事,这就是它的独特之处。

大人们还在讨论他该怎么上下学,怎么应对别人好奇的眼光,还有怎么回答那些人的问题。比利默默地听着,什么也没说,任由医生调整面罩的压力分布。当他们结束触诊,将面罩还给比利时,他似乎松了一口气,将红框眼镜戴回脸上。他的脸仍旧缠着绷带,只露出两只眼睛来。

"戴上眼镜的我更有以前的样子。"他说。

我们走进电梯,准备离开烧伤门诊部,到楼下去。电梯下行时,一个纤瘦的年轻女孩毫不掩饰地盯着他看了好一会儿,突然开口问:"你是什么时候烧伤的?"一条疤痕像蚯蚓一样横在她的锁骨上,尾尖正好落在敞开的领口处,若隐若现。

"三个月前。"比利说,目不斜视地盯着电梯的地板。

"我是一年前,"她说,"我有一个朋友和你戴着一样的面罩,其他地方也一样,你们的脸很像。她看上去还不错,你们应该认识认识。"

她的声音很温柔,温柔中透着一丝执着。电梯里其实站满了人,但她旁若无人地和比利说话,仿佛有一肚子话要跟他说,可惜电梯只有8层。她说:"她有一个鼻孔是歪的,前不久才刚矫正过来。"

"我的也是。"他抬起眼皮,瞟了她一眼,努力不去看电梯里紧挨着墙站的其他人,那些人也都非常克制地不去看他。

"我觉得你看上去挺好的。"就在她说话时,电梯门开了。比利抬起头,冲她笑了笑。

~~~~~

如果说电梯里的女孩让比利看到了一个充满希望的未来,那么约翰就是我所能企及的未来。他很爱笑,尽管笑得不自然。每次见面,我都会注意到他的笑容。还没出事之前,他不曾在现实生活中碰到任何烧伤事故的幸存者。他告诉我,他想让别人看见他的脸,不希望外界将他当怪物一样,一看到他,眼里只有恐惧。

烧伤大约一年后,他开着一艘船从旧金山湾区往北走,出发时风和日丽,到了海上却风云突变。"我们的船无法进港,只能顶着暴风雨,逆风行进了好几天。"碧绿的巨浪如上万头野兽扑打船身,掀起咸咸的海水,势不可当地灌进船里,泡坏了发电机,舱底泵也罢工了。"巨浪将船推上6米高的浪尖,一下子抽身而退,留下瞬间腾空的船,猛地跌落到大浪谷底,摔得险些解体。"后来,他干脆抱起一台吸尘器,跑到船舱底部去舀水。"我只是想找点事做,不想坐着等死,反正也没别的事可做。后来,我们成功熬过了那场暴风雨。"

对于自己的脸,他也采取同样的策略。"当有人问:'你都这样了,怎么还跑出来？'我会反问对方：'那你觉得我还能做什么？'"

我很好奇约翰这么豁达，是不是因为他天生比普通人更坚强。我打电话给凤凰烧伤幸存者协会的执行董事艾米·阿克顿（Amy Acton），向她请教这一点。她告诉我，许多活下来的烧伤患者经历了生理和心理的双重疗愈，从中形成了全新的自我认知以及更强的自我认同。神话中的"凤凰涅槃，浴火重生"，正是他们身心蜕变的完美写照。

"这些年来，我认识了许多这样的人，他们在经历心理的疗愈后，从内心深处找到了以前所不知道的力量。"她说，"这些力量让他们能够做到以前不可能做到的事。"

20年前，年仅18岁的阿克顿在一次码头事故中被严重烧伤。那一天，一艘帆船的桅杆撞到了一条高压电线，电线击中了在码头工作的她，烧伤了她的脖子、上半身，还有腿。她奇迹般地活了下来，后来成了一名烧伤科护士。

她还在烧伤病人身上看到了自我意识的变化。"他们往往会变得更有同情心，并且发自内心地热爱生活，更能与他人建立深层次的共鸣，也更能坦然接受真实的自己。"

约翰的话又一次浮现在我的脑海中：我看着镜子里的我，镜子里的我也在看我。

我来到烧伤科，是想知道当一个人的外貌变得连自己都认不出来时，心中是什么感觉。我分别采访了约翰和比利，并从他们口中听到了同样的话——"我仍然是那个我，不曾因伤疤而有所改变。"

在他们身上，我找到了自己一直在寻找的答案：我真正要做的，是与内心的我达成和解，而不是执着于别人的眼光。

克里斯托弗刚出生时，我曾担心他睁开眼来，看到的第一张脸不是我。在新生儿重症监护病房的最初几周里，每天都有一群医生、护士包围着他，低头检查他的肤色和呼吸。呼吸机管遮住了他的脸，无菌黄色口罩遮住了我的脸，让我们看不清彼此的长相。

一名护士捋顺几根交叠在一起的管子，小心翼翼地将他托起，放进我的臂弯里，让我抱一抱自己的孩子。他依然连着呼吸机，指尖夹着一只血氧仪，一闪一闪地发着红光。忙碌的护工在我们四周来来去去，我旁若无人地抱着怀里的至宝，轻轻地摇啊摇。我脆弱的孩子，我初来人间的孩子，他几乎一直闭着眼，不曾发出一丁点儿声响，只有微微颤动的呼吸机，将氧气送入他无力扩张的肺。我看着凝结在蓝色管壁内的水珠，耐心地等待着，等待他有一天睁开眼来，看一看自己的妈妈。

几个星期过去了，接着是几个月。有一天，当我将奶粉注入从他鼻腔插到胃内的管子里时，他突然对着我笑了，笑得牙龈都露了出来，脸颊上的两团肉往上堆，仿佛在对我宣示主权——他知道，我是他的妈妈。他刚才一定是笑了，我不可能看走眼。我想从摇椅上跳起来，叫所有人赶紧过来看，可我身边全是插在他身上的管子。我不敢轻举妄动，只能按铃。

一名护士跑过来查看情况。

"他刚才笑了！他刚才笑了！"我激动地说。她探过身来，给了我一个大大的拥抱。

我是克里斯托弗的母亲，一辈子都是。这就是我在这个世界上的身份。成为他的母亲改变了我。即使他不在了，他带给我的改变，也会永远烙印在我身上。我没有必要在陌生人面前掩饰真正的我，假装自己不曾有过孩子，也没有必要对自己掩饰。

～～～～～

英语里的"person"是"人"的意思，但它其实有一个很奇怪的词源——"persona"，在拉丁语里意为"演员的面具"。面具可以掩饰一个人的容貌，也可以改变一个人的容貌。克里斯托弗很喜欢"面具"的手语，跟玩"躲猫猫"时用的手势是一样的：先用双手遮住脸，再将双手往两边打开，露出后面的脸来。

自从脸被烧伤后，约翰戴了好几年的压力面罩。"你可以继续活在阳光下，也可以躲进黑暗里，"他对我说，"我选择开心地活下去。"

后来，他和杰米结婚了，有了两个儿子。他和父亲还有叔叔一起经营游船，也算是实现了他从小到大的梦想。他在船上长大，也在船上养育下一代。

到了温暖的春天，在碧水蓝天下，约翰将"探索"号停到西雅图的码头边上，带着他的家人接受我的最后一次采访。约翰的船已经修理得差不多了，只要再打磨一遍船体，上一遍清漆，很快就可以对外营业，接这一季的第一单生意。在包船游的旺季到来之前，他不确定自己还能不能抽出时间来，再去医院做一次手术。他说："不管涂什么东西，我们总会很仔细地涂4遍。"再过一两天，他们会将船拖到陆地上，重新涂锌，补漏填缝。今天，他只想放自己一天假，带两个儿子在船上玩个尽兴。6岁的迈克尔跳上码头，开心地跑来跑去。克里斯托弗很喜欢大海，如果他在这里，一定也会开心地到处乱跑。我的眼前浮现出他第一次看到船的样子，仿佛又看见他将双手窝成杯状，兴奋地用手语喊："船！快快！"一想起这段回忆，我不禁笑了。约翰的次子布兰登（Brandon）三岁了，起初在离他父亲不远的地方自个儿玩，突然心血来潮地想跟他父亲玩躲猫猫的游戏，将头伸进红木餐厅的门，大喊一声："捉到了！"他有一双圆圆的大眼睛，琥珀色的眼珠看上去很深邃，和约翰受伤前一模一样。看到约翰朝自己张开双臂，布兰登咯咯地笑了，屁颠屁颠地朝他扑过去。"爸爸，我看到你了，"他兴奋地喊，"我看到你了！"

～～～

那天晚上，我拉开一只柜子，翻出被我藏在最里头的一张照片。那是克里斯托弗拍的，照片中是从他的角度看到的我。当时，我们正在帕萨迪纳的一个公园里。我小时候也在那个公园玩过，长大以后还去那里参加过万圣节篝火晚会，还有女童子军训练营。我喜欢带克里斯托弗去那儿玩秋千，我推，他荡。他会指着天空，用手语说："再高一点。"荡秋千和冥想一样，能让人放松身心。看着秋千有节奏地荡来荡去，我会莫名地感到心安，暂时不去想医生会说什么，也不去想未来会发生什么。

有一天,我们并排坐在秋千上,他突然问我要相机,一台我用了很多年的35mm相机,我一直随身携带着它。"大照片。"他是这么叫它的。我教他将相机抬到眼睛的位置,让他透过取景器看对面的景物。他坐在秋千上荡来荡去,突然转过身来,将镜头对准我。

照片中,我坐在秋千上,身体往后仰,大笑着。透过他的眼睛,我看到了我——曾笑得很开心的我,曾是他母亲的我,仍是他母亲的我。

和每个父母一样,有了孩子以后,我整个人都不一样了。克里斯托弗去世后,我感觉自己像戴着一张面具在生活,不知该怎么将内心的我与外人眼中没有孩子的我联系在一起。

这也是许多失去至亲的人所面临的困境——外表如常,内心却千疮百孔。当有人问:"你最近过得好吗?"我们会回答:"很好。"然而,我们都知道自己在说谎。约翰和比利也面临着同样的困境,当他们外在的形象再也无法匹配内心的面孔时,他们不得不为自己是谁而挣扎。从他们身上我懂得了,外在会变,本质不会变。事实上,外在的改变反而让你看见了自己不曾看到的一面,让那些隐藏在你内心深处的品质浮出水面,让你变得更坚韧。成为克里斯托弗的母亲,给了我一种全新的力量,教会了我包容和耐心,让我知道什么是忍耐。他走了以后,现在的我更加需要这些力量,帮助我在这个没有他的世界里继续活下去。

在认识烧伤患者的过程中,我开始意识到自己和全天下的母亲一样，总是不由自主地想要保护年轻人，甚至会像母亲一样关心他们，希望他们过得好。接受这种心态，而不是否认它，让我更加坚定自己的身份。不管我做什么工作，成为什么人，我永远都是克里斯托弗的母亲。

我将照片放在床边的架子上，然后回到书房里，翻出一张钱包大小的校园照片，将它放进我的皮夹子里，和他的图书馆卡和创可贴依偎在一起。下次再有人问我有没有孩子，我会坚定地说：有。

我会翻开我的皮夹子，说：这是我的儿子，克里斯托弗。

第三篇

不确定的确定

  沙利曾是这个国家位高权重的将军，却也和幼小的克里斯托弗一样，害怕进入磁共振的检查舱中。每个人面临的最大挑战，是被困在一个狭小密闭的空间中，独自面对自己心中最大的恐惧。这个狭小密闭的空间，其实是我们自己的内心。

第八章

怀上克里斯托弗之前,我一直过着平凡简单的生活。我的父母结婚30多年,一直相濡以沫,支持我追求自己的梦想。我体育一般,跑步很慢,喜欢数学和理科,学习刻苦,成绩不错。我的人生看上去很平衡,付出与回报总是成正比。我相信,万事万物,皆有其因,皆有其果。

上华盛顿大学的第一年,我遇到了弗兰克,他是我的第一个男朋友,是我的丈夫,也是克里斯托弗的生父。在学校的老砖房宿舍里,我们一起参演了从电影《北非谍影》(*Casablanca*,又译《卡萨布兰卡》)改编而来的校园短剧,成为又一对因戏生爱的鲍嘉和白考尔[1]。他有一头深色的卷发,长得结实魁梧,是一个外向开朗的阳光男孩,与我这个内向的书呆子完全不同。我爱上了他,后来的发展与我父母的爱情故事几乎如出一辙:两人年轻时相遇,从此深深爱上彼此,并认定对方。

这段感情似乎进展得很完美,后来很自然地就到了谈婚论嫁的

---

1 指亨弗莱·鲍嘉(Humphrey Bogart)和劳伦·白考尔(Lauren Bacall)。二人因合作电影《江湖侠侣》而相爱。

阶段。我披上母亲的婚纱裙，和他走向了婚姻的殿堂，从情侣变成夫妻。那是一条山东丝绸做的白色婚纱，裙摆上系着一串铃铛，走路时会发出丝绸摩擦的沙沙声，还有铃铛晃动的叮当声，从小就令我无比着迷。在某种程度上，我也许是在以我父母为模板，试图复刻他们的人生。

结婚后，我们开始寻找属于我们小两口的房子。有一天，在开车去看房子的路上，我们经过西雅图的绿湖，不经意间瞥到了湖边一栋破旧的老房子，年久失修，价格极低。它有两层楼高，外墙是石棉水泥板做的，刷成了灰绿色，门前有几级向外延伸的台阶，单薄地支撑着厚重的前廊，台阶两侧立着生锈的金属栏杆。

从它门前经过时，我们匆匆瞥了一眼，便扬长而去，不曾放慢车速，也不曾停下来仔细看"业主卖房"的牌子上写了什么。到了山顶，我不经意间回头一瞥，暮地眼前一亮。站在隔了两个街区的山顶，整座湖泊尽收眼底，美得令人窒息。那本是一个古老的冰川盆地，随着雨水蓄积形成开阔的湖泊，为午后的阳光撑起一面波光粼粼的镜子。因为那一瞥，我从湖面的倒影中看到了自己的未来，忘了水中的影子再旖旎，终究不过是幻影，忘了明镜般的湖泊再平静，总有一天也会"发怒"。当狂风暴雨呼啸而至，掀起惊涛骇浪，想在湖上生存，就要学会潜入水底，屏息等待浮出水面的生机。

我们开车在街上转悠，带着全新的眼光，打量那个绿房子。一眨眼间，它摇身一变，变成了我梦寐以求的房子，变成了我梦想的一部分。后来，我们将它买了下来，开始热火朝天地修缮房子，虽然钱不多,却靠着自己的想象力,将它装扮成心中的模样。那一阵子,我们身边不少朋友都买了自己的第一套房子。我们是陪伴彼此多年的老朋友,大学一毕业就结婚,一起为找到工作而庆祝,一起步入职场,一起参考对方挑选的家具,一起打垒球,一起窝在对方的客厅里听传声头像(Talking Heads)和险峻海峡(Dire Straits)的歌,一起畅想未来。

和弗兰克结婚第 7 年的母亲节,我怀上了克里斯托弗。那天,我们来到长岛的尽头,来到我父亲刚结婚时驻扎过的地方。我坐在蒙托克角的灯塔下,心中第一次有了怀孕的感觉。我坐在灯塔下方的草地上,看着海面上的光影随着天空中的云彩变换姿态,感受体内悄然变化的每个细胞。我抬起自己的手,放在眼前好奇地打量。这就是母亲的手吗?然后,我的手指轻轻滑过平坦的腹部,感应到那里有一股骄傲在暗中涌动,酝酿着翻天覆地的变化。

自从我发现自己怀孕后,我们的房子也跟着进入了"妊娠期"。随着我的肚子一天天变大,它也一天天改变,为容纳一个新生命而筹备着。伍德兰公园动物园离我们家不远,我已经开始幻想有一天,我要带着我的孩子去那里看企鹅和大象。离绿湖几个街区远的地方有一座城市公园,林木葳蕤,绿草如茵,自行车和婴儿车专用道环绕着整座公园。我越想越觉得,绿湖真是一个适合一家人生活的好地方。

我们两人都爱看玛莎·斯图尔特(Martha Stewart)[1]的《老房子》

---

[1] 美国著名女企业家,有"家居女王"之称。

（the Old House），应该说它是我们在所有公共电视台里最喜欢的节目，也很认同这个节目的理念——任何东西都可以变废为宝。那年秋天，在玛莎·斯图尔特无数遍"自己动手做"的鼓舞下，我们在阁楼上辟出一块空间，刮掉粉刷石膏，装上石膏墙板，打算用作婴儿房。

在整个孕期，我的肚子都很正常。转眼间，我的预产期快到了。我最好的朋友芭芭拉（Barbara）的预产期比我晚一个礼拜。我们开心地跟对方比肚子大小，互相分享《孕期完全指南》（What to Expect When You're Expecting）的读书心得。

命运的火车正悄然驶向不同的轨道。

距离预产期只剩两个星期了。在一次例行产检中，我的医生安（Ann）突然发现，我怀孕 36 周的肚子没有预想中的大。她对着我的肚子量了一遍又一遍，生怕自己量错了。

"唔，"她有些迟疑地说，"我们去做个超声吧。"

那时，超声检查还不是常规的检查项，尤其是对低风险的孕妇。我正值育龄期，身体健康、不吸烟、不喝酒、无不良病史，很自然地被归入风险最低的那一类。

要做超声检查了，这将是我第一次看到腹中的胎儿。夜里，他会起劲地在我肚子里踢，闹得我整晚睡不着，只能去家附近的社区泳池里游泳，用这种方法哄他睡觉。一想到要见到肚子里的小家伙，我既紧张又兴奋。医生往我肚子上喷了些冰凉的液体，拿起超声探头按在我鼓起的肚皮上，滑来滑去。

神奇的探头,真像一根魔法棒。我一边在心中感叹,一边看着屏幕上实时渲染的黑白图像,直到那里出现一团蜷缩的影子,一个胎儿的形状,一个男孩。我的心怦怦直跳。"你好呀,"我想,"原来这就是你!"

扫描过程中一直在跟我聊天的医生突然沉默了。他将探头反复按在同一个地方,点击切面横纵轴的不同点。那是我看不懂的图像,只觉得它像月球的表面。他低声打了一通电话,喊其他人过来。很快,有几个人挤进了昏暗的检查室里,背对着我分析屏幕上的图像。

"看那个,"其中一个人嘀咕道,"我从没见过那么大的。"

恐惧爬上我的心头。这是我第一次有了不好的预感,仿佛听到了命运错轨的声音。我唯一能做的,就是不停地问医生问题,但是他们不会回答我,也不能回答我。我不依不饶地问,却怎么也撬不开他们的嘴,哪怕我越来越绝望,也动摇不了他们。放射科医师需要先仔细评估超声图。在那之前,他们不能告诉我诊断结果。

那天晚上,安给我打了一个电话。我们认识很多年了,每次去她那里检查身体,我们都会聊彼此的近况。她经常跟我分享她家庭的成长历程,也很高兴看到我有了自己的家庭。听到安的声音,我立马平静了下来,莫名地感到心安。她绝不会放任任何疾病伤害我。

我在二楼卧室里接听她的电话。几个月前,弗兰克和我刚贴好这间卧室的墙纸,墙纸上绘满了枝头的梅花。隔壁是婴儿房,刚刷好的黄色油漆依然鲜亮,一张婴儿床贴着墙放,床沿护栏被刷成了黄蓝两色,床上方挂着一只黑白旋转床铃。婴儿房里还放着一张摇椅,是我家祖上传下来的古董,被我修理好了,放在角落里,静候主人坐上去,俯瞰窗外的绿湖。房间外的走廊墙壁也都贴上了我从长岛淘来的墙纸。正是在长岛,我第一次发现自己怀孕了,还去了阿默甘西特的谷仓市场,买了那些墙纸。"舞台"都布置好了,就等着孩子出生。

"胎儿出了一些问题。"安这么说道,接着切换到医学语言,说胎儿有后尿道瓣膜症,膀胱和尿道受阻,输尿管扩张,肾功能受损,胎儿不排尿,羊水过少,情况很严重。他的肺也有问题,发育不全。体重还算健康。建议终止妊娠……她的话在我耳边嗡嗡地响,我只听到一堆零散的词语,听不懂它们拼在一起意味着什么。

"孩子会没事的吧?"我心跳如擂,不得不提高嗓音,才能听见自己的声音。我固执地想从她口中听到一个承诺,但是我的问题没有带来我想要的答案,只带来了更详细的解释。

她一定是意识到了自己说得还不够直接。也许她只是需要更多时间、更多铺垫,帮助她说出这句残忍的话。

她说:"大多数患有这种严重缺陷的胎儿会在子宫内死亡。"我的孩子正处于死亡的边缘。他的肾脏因尿路梗阻而受损,肺部因羊水过少而无法扩张。没有上天的眷顾,没有医学的支持,他的肾和肺将无法维系他的生命。

听到这句话,我如遭雷击,浑身发麻,乞求她告诉我这不是真的,是医生看错了。

"抱歉。"她能说的只有这句,声音无比悲伤。

我茫然地挂断电话，一种不曾有过的恐惧从四肢百骸漫上来。

我在心中精心构筑的美好生活，开始不受控制地出现裂痕。一个微小的未知变数，导致他肾脏发育不全，让一切超出我的控制和想象，令我的世界天崩地裂，甚至完全打碎了我的世界观，让我无法再相信这世间真有因果一说。一夜之间，我从一个低风险的孕妇，变成一个高风险的孕妇。医生们聚到一起商讨，最终给出的方案都一样，建议等到足月再引产，希望在那之前，我的羊水不要破，能坚持越久越好，为胎儿的肺争取更多发育的时间。

等待是如此漫长。在那一个月里，我每天都提心吊胆的，害怕孩子一生下来就死掉，害怕这将是我和他在一起的最后几周。我坐在他房间里的摇椅上，在角落里摇啊摇，看西雅图漫长的冬日拖着灰蒙蒙的影子落在窗户上，暗自祈祷这一切不是真的，祈祷他在我的肚子里是安全的。

到了生产的那天，时间反而过得飞快。引产药物引起了剧烈的宫缩，在胎儿监护仪上留下剧烈波动的宫缩曲线。我很庆幸有疼痛陪产，它们占据了我的全部感官，让恐惧无缝可入。

～～～

混沌理论在科学界迅速发展了数十年，主要用于解释物理世界中可以预测的不可预测性。克里斯托弗出生的那一年，它的知名度突然大涨，变得人尽皆知。

克里斯托弗出生后，"混沌"在我的世界里有了一层新含义。

任何时候，任何微不足道、无足轻重的决定，任何我不曾在意的内心或外在的微小变化，都有可能以我意想不到的方法或程度，改变我的人生。"混沌"意味着我再也不能用概率学来安慰自己。一旦你成了小概率事件的主人公，那种一百个、一千个或一百万个人中只会出现一个的小概率事件，你将再也无法心存侥幸地想，我才不会是最倒霉的那一个。

多年以后，贯穿我记者生涯的一个主题就是改变或决定人生的意外。在赛思的故事中，早衰症决定了他的一生。这是一种由基因随机突变引起的疾病，基因中单个编码出错的"字母"，导致细胞分裂得更快，凋零得也更快。

意外同样改变了约翰和比利的人生。一根引燃的火柴，一盏摇晃的灯，一件毫不起眼的小事，却引发了一连串的连锁反应，最终诱发不可逆转的重大变故，彻底颠覆一个人的人生。在这个过程中，如果我们能改变某个环节，悲剧很有可能就不会发生。

在一个又一个因意外而改写的人生故事中，我不停说服自己去接受人生的悖论：即使无法预测未来，也要毫无畏惧地生活着；即使不曾享有主宰权，也要努力主宰自己的人生。

~~~~~~

克里斯托弗去世快满 10 年了，这一年冬天，我接到港景医疗中心线人的电话，说有一个地位显赫的大人物中风住院。我曾向医学界的各路线人发出许多至今没有回音的请求，其中一条是给我推荐一个愿意接受跟踪采访的康复患者，让我能够跟进康复医学的最新进展。我当时正在梳理我感兴趣的选题清单，同时也很清楚不是每个都能通过。这些年来，《西雅图邮报》一直在亏损，多亏了与《西雅图时报》（*Seattle Times*）的报纸联合经营协议，才能坚持到现在。这份协议说来话长，总之"联合经营"意味着，《西雅图时报》负责两家报业的经营，收入与《西雅图邮报》的母公司赫斯特集团四六分。

西雅图是一个"两报分治"的城市，两家报社在市场上的竞争十分激烈。我们大多数人在"另一边"都有认识的朋友，某些人的配偶可能就在"另一边"。我们虽然讨厌与规模更大、人员更多的死对头合作，却也知道这份协议是两家报社活下去的希望。不过，对方也给自己留了后路，他们的股东在协议中规定，一旦联合经营连续三年亏损，《西雅图时报》有权退出协议。时间一分一秒地流逝，三年的期限很快就会过去。我不愿去想报社的未来，或者说是我的未来，因为我能看到的，只有一片黑暗。随着网络媒体的兴起，传统报纸的广告收入急剧缩水，全国各地的报社都在焦头烂额地寻找新的营收渠道。当苏珊告诉我，她在港景医疗中心发现一个合适的病人时，我一下子就来了兴致，暂时忘了那风雨飘摇的未来。

她说，这位病人愿意接受跟踪采访，但是我必须谨言慎行，至少在采访的时候，要注意言行。她一说出对方的名字，我就惊讶得倒吸一口气：杰纳勒尔·约翰·沙利卡什维利将军！他在退休之前，一直是美国最高级别将领，曾站在美国总统身边，统领过美国陆军。克林顿总统执政时期他担任过美国参谋长联席会议主席，是唯一一个站上美国军队金字塔顶端的外来移民。

几周前,这位将军有过一次严重的脑出血。我对中风略有了解,知道脑出血的后遗症是什么。他的身体将不再听从大脑的指挥,他将不得不面对无法控制自己身体的残酷事实。采访安排在几天后。

到了那一天,我开车去医院,却遇上堵车,忍不住在心里骂了几句。约定的时间快到了,我可不想第一次见将军就迟到。最后,我踩着点冲进医院的大门,一路跑到理疗室,喘得上气不接下气。

我一进门,便看到了将军。他没有想象中那么吓人,看上去很瘦小,整个人陷在轮椅里,已经到了没人搀扶就无法站起来的状态。在人来人往、灯火通明的康复室里,他坐在轮椅上,左半身动弹不得,耐心地等待康复锻炼开始。一见我来了,他伸出还能动的那只手,说:"叫我沙利就好。"他并不打算多聊,似乎想保存所有体力,应对即将到来的"魔鬼训练"。

这时,理疗师轻快地走了进来,脸上挂着职业的微笑,问:"准备好开始了吗?"将军将右臂放到她肩膀上。她喊着"一、二、三,起",便用力将他从轮椅里扶起来,搀扶到两根平行的平衡杆之间,那些平衡杆看着跟体操运动员用的不太一样。"来,先走几步。"

沙利颤巍巍地站到垫子上,准备开始漫长的征途。他衣着整洁挺括,穿着一条笔直的军绿色卡其裤,灰白的头发剪得很短,金边眼镜闪闪发光。他的目光出了名的凌厉,此时正坚定不移地盯着他的目标——平衡杆的另一头。可他现在的身体状况,似乎无法支撑他走到那里。

理疗师用力地拉他顽固的左膝,直到不听使唤的左脚,僵硬地往前甩出一步。

"接下来换另一只。"她说。

他犹豫了一下,用尽全身的力气,将右脚拽到左脚前面,整张脸都涨红了。他喝了一杯水,接着继续走第三步,依法炮制前面的走法,就这么一路走到尽头。结束后,他浑身一软,重重地跌回轮椅里,大口喘着粗气,额头上冒出豆大的汗珠。

"这简直跟新兵训练营一样辛苦。"他干涩地说。我忍不住笑了,这是我第一次感受到他讽刺又诙谐的幽默。锻炼完后,我们一行人朝病房走去,打算在那里进行采访。他用还能动的那条腿划行轮椅,他的儿子布兰特(Brant)紧随其后,控制轮椅的方向,他年近 40 的妻子琼(Joan)则跟在他身侧,亦步亦趋。安顿好之后,我请他告诉我他中风的过程。

～～～

事后看来,他几个月前就出现过中风的先兆,可惜当时没有引起足够的重视。那天,他从每两周都会去一次的理发店出来,开车准备回斯特拉库姆的家。那是一个离路易斯堡很近的小城镇,只要开车一小时,就能到西雅图。路上,他突然感到半边脸和左手一阵发麻,当即掉转车头,往附近军事基地的麦迪根陆军医疗中心(Madigan Army Medical Center)开去。他的父母皆死于中风,因此他很清楚中风的症状。

经麦迪根的医生诊断，他这是短暂性脑缺血发作，即脑组织局部血流短暂受阻，有时可能引发中风。医生坚持让他住院观察几天。他虽然住院了，却依然不忘工作，跟医院借了一张桌子，为几天后即将召开的民主党全国代表大会写演讲稿。

他是声名显赫的将军，退役了也闲不下来。后来的几个星期里，他出院了，又回到空中飞人的状态，先是飞到波士顿，在某个大会上发表演讲，力挺当时的美国国务卿约翰·克里（John Kerry），接着又飞到华盛顿特区，在一个领导人会议上发言。这期间，他又发作了两次，不过都很轻微。他说："我太忙了，完全没注意到又发作了。"

转眼就到了8月。某个晚上，过了半夜12点，他吻了吻琼，与她道晚安，便去浴室里刷牙，那种发麻无力的感觉冷不丁又钻了出来，从脸一路蔓延至手臂和大腿。他踉踉跄跄地朝卧室走去，想去找琼。短短9分钟内，他左半身完全麻了，连话也说不清。

琼立马打了911。令她害怕的不仅是中风，她说："我从来没见他这么焦虑过。"她的丈夫能够成为将军，离不开他冷静的个性。他一向沉稳，再紧急的情况都能从容应对。此时的他却陷入前所未有的恐慌中，不复往日的沉着冷静。

沙利有一个秘密。他在华沙长大，小时候喜欢跟朋友将羊毛毡卷成一团，像一个管道，钻进去玩。有一天，一个"管道"突然坍塌了，躺在里头的他来不及逃，直接被"活埋"。厚重的羊毛压在他身上，无边的黑暗死死地抱住他，令他无法呼吸。从那之后，沙利就有了严重的幽闭恐惧症。一想到会被推入蚕茧般的检查舱中做脑部磁共振扫描，沙利就无比恐慌。

每次去做磁共振，克里斯托弗也很害怕，总是满脸抗拒地躺在检查床上，哭着随床被推入逼仄的舱中，害怕地盯着几乎要贴到脸的顶部内壁，身侧的手紧张地握成拳，呼吸急促紊乱，牙关咬得紧紧的，豆大的泪珠从脸上滚落。他看不到我的脸，也听不到我的声音。我恨这种无力的感觉，恨自己无法进去安抚他，只能软弱地站在外面，听那台机器发出阴森的嗡嗡声。扫描结束的那刻，我们两人都大汗淋漓，双腿发软。现在回想起来，他害怕的东西可能和沙利一样。每个人都害怕密闭的空间，抗拒被它夺走自由。这也许是人类与生俱来的恐惧，因为失去自由，是走向死亡的开始。

然而，磁共振检查并不是沙利最大的噩梦。扫描结果显示他有一条脑血管破裂，血液已经流入右前颞叶。几个小时内，外科医生就定下方案，决定开颅止血，清除受损脑组织，并通知了家属，请他们做最坏的打算。

这次脑出血压迫到了大脑控制执行功能的一个区域，即大脑负责计划和协调复杂运动的区域。中风的直接症状是与受损脑部相反的一侧肢体出现瘫痪，但是大脑神经网络错综复杂，即使是右半脑出血，也有可能对其他功能区域产生轻微且长久的影响，比如平衡和调节语言、进食、空间感、专注力的区域。沙利很早就意识到，他将要面对的是艰巨的挑战，是前所未有的考验。"我从来不知道，"他操着他的波兰口音对我说，"我的耐心这么差。"

第九章

　　与沙利将军的第一次见面再次提醒了我，人生无常。一次随机事件，一条血管破裂，一个细胞变异，一个器官在子宫内生成受阻，就会将我们推上一条截然不同的人生道路。

　　克里斯托弗去世10年了，我依然找不到重整旗鼓的力气。对我来说，人生早已失去意义，何必多此一举去想明天？对于人生，我已经做了最坏的打算，不管它发生的概率是高是低。我不是没想过会走到今天这个地步，我只是没想到噩梦来得这么快。

　　和弗兰克结婚时，我们都还太年轻。克里斯托弗的病，给我们的婚姻出了一道艰难的命题。刚出生的那几年，克里斯托弗因为肾功能衰竭进了好多次医院。我们经常抱着他出入各大医院，焦头烂额地应对一次又一次病情危机，用各自认为最好的方法跟医院的人打交道，尽各自最大的努力保护他。时间久了，矛盾慢慢浮出水面。不管医生做什么决定，弗兰克总会发出质疑，每次都要把医生或护士叫过来问个清楚，一旦出了点错，他就会发火。而我却拼命地想讨好医院里的每个人，想给他们留个好印象，想让他们喜欢我的孩子，以为这样他们就会对他更好，更用心地为他治病。

在待人接物上，我们存在很大的分歧，关系因此闹得很僵，连带着放大婚姻里的其他裂痕。和弗兰克结婚时，我还不到21岁。在那之前，我不曾一个人生活过。读大学时，我跟舍友一起住宿舍；暑假打工时，为了节约生活费，我回家跟父母住。在20多岁的年纪里，我们一直在强迫对方变成自己想要的样子，却忘了那并不是对方真正的样子。婚姻顾问说，我们的矛盾源于自身。每个人都是独立的个体，即使是夫妻也要尊重彼此的界限，然而在这段婚姻里，我们没有做到这一点。她这番话说得一针见血。

克里斯托弗两岁零九个月大时，我们分居了。我早该料到会有这一天。在那之前，我们的关系已经僵了很久，甚至成为一种常态，分不清是因为孩子的病让我们不堪重负，还是因为我们的感情早就出了问题。后来，弗兰克有了新的对象，是我们参加的年轻聋哑儿童家长互助会里的一个女人。她有三个孩子，其中两个是聋哑儿童。她的手语很流利，我的却很差劲。我怕自己比不上她。

弗兰克不曾离开克里斯托弗，他只是离开了我。这场惨淡收场的婚姻，让我伤透了心。分开的第二年，我联系了一个许久不见的老朋友，寻求精神上的安慰。

~~~~~~~

我和吉姆（Jim）从初中就认识了，高中时还一起参加过越野长跑。他并不知道我从十几岁就开始暗恋他，经常偷偷看他和朋友在我父母家附近的公园里玩飞盘。他瘦劲的身躯、小麦色的皮肤、淡褐色的头发,在我心中激发了各种新奇的感觉,将我变成一只黏人的小狗,第一次如此渴望靠近一个男生,渴望一直待在他身边,一刻也不分开。

我曾邀请他参加我的多乐舞会(Tolo),即高中生版的"萨迪·霍金斯舞会"(Sadie Hawkins dance)[1]。舞会结束后,他送我到家门口,给了我一个蜻蜓点水的吻。然而,我们的关系仅止于此。尽管我一直暗自期盼着,但是他不曾再往前踏出一步。在学校里,我比他高一届,感觉像隔了一代人。直到毕业,他都只是我的好朋友。后来,我们便失去了联系。

在他念医学院的最后一年,我们重新找到彼此。这一次,爱情之花终于盛开了。我喜欢听他讲冷笑话,喜欢看他讲故事的样子。不管是捷克文艺片,还是最新的大脑研究,我们无话不说,无话不谈。在成为精神科医生之前,他已经是一个贴心的倾听者,不曾因克里斯托弗的病或语言障碍而退缩。我经常听见他们两人凑到一块儿贼笑,不知又在动什么歪脑筋。克里斯托弗喜欢看吉姆拉超级大的泡泡,喜欢和他一起玩塑胶球。当他收到一套玩具高尔夫球杆,可以跟吉姆一起在家里玩时,他高兴得手舞足蹈。第二年,吉姆去了洛杉矶一家医院的精神科,开始接受住院医师培训。一年后,我搬去和他一起住。我知道他工作很忙,没有多少时间陪我,可我不愿再

---

[1] 萨迪·霍金斯,漫画家艾尔弗雷德·卡普林(Alfred Caplin)笔下的一个大龄未嫁女,镇上最有钱有势人家的女儿。为了不让她孤独终老,她父亲搞了一个"萨迪·霍金斯节",将镇上所有单身汉召集起来赛跑,被她女儿追上的男人就得乖乖成为她的"俘虏"。这个日子后来成为美国一个非官方节日,学校在这天举行舞会,由女生主动邀请自己喜欢的男生舞伴。

一次错过获得幸福的机会。虽然我希望我们可以有更多时间在一起，可他要接受住院医师培训，紧接着还有专科医师培训，工作强度那么大，注定无法满足我的心愿。无数个夜晚和周末，他必须随叫随到；他在医院，我在家里；他有他的病人要照顾，我有我的孩子要照顾。在那些看不到彼此的日子里，只有通过电话和对方说说话，才能让两颗心不至于走散。

克里斯托弗去世后的第二年，我和吉姆搬回西雅图，在华盛顿湖东边租了一个老房子。房子四周种满了山茱萸，粉红色的花朵缀满枝头。吉姆开了一家诊所，每天都在为诊所操心，努力建立稳固的病人来源。他有时会将过去的生活叫作"乌云"，说他已经准备好了将它永远留在过去，开始新生活。

可这意味着要忘记过去，我不知道我能否做到。一天晚上，我们坐在一起吃饭，他突然说起一个患有严重强迫症的病人。一想到强迫症，我脑中想到的是不停地洗手，或者出门前不停地检查烤箱。这个病人更严重，他不肯去别的地方，总觉得只要他挪动一步，就会全身萎缩。让他从一个房间走到另一个房间，得花好几个小时的时间，走出家门无异于要他的命。因此，大多数时候，他都躲在衣橱里，绞着双手，不肯出来。

听他描述病人的情况，我咬紧牙关，下颌绷得紧紧的，强忍着眼泪。我想，这不就是我吗？如果我往前走，我和克里斯托弗曾有过的生活就会往后退。即使只是往前挪动一寸，它也会离我更远一分，最终变成一个看不到的点，仿佛不曾存在过。我起身从餐桌前走开,害怕被他看见我脸上的平静正在一点点崩坏。

我努力藏起悲伤,不让吉姆看见,但偶尔还是会露出破绽。当我挣扎着从噩梦中醒来,他会担心地问我"没事吧?"当我去杂货店买东西,却空着手回来时,当我在房子里焦虑地走来走去,静不下心来做事或看书时,我的反常永远躲不过他的眼睛。我怕这样的我会让他疲惫,会一点点耗尽他的爱。他要管理一家新的诊所,接待许多病人,每天压力很大,烦恼也越来越多。每过一个月,我们就会更疏远一些,话越来越少,相处的时间越来越短。我们之间的隔阂,就像骨头上的一道裂缝,就像长期劳累或运动导致的骨裂,一受力就痛,却无法打石膏。

我们似乎走到了感情的岔口,一旦选好了往哪条路走,就再也无法回头。我们肯定都察觉到了这点,因此本能地抓住了我们所能想到的救命稻草,企图让它将我们拉回彼此身边,相守一生。

我们决定结婚。

事实上,我们已经订婚多年。三年前,我们还住在帕萨迪纳。一天晚上,我坐在餐桌前吃饭,突然听到对面的吉姆问,有没有看到桌子上有何不同之处。我疑惑地看了一圈:克里斯托弗正坐在他常坐的位子上;我和往常一样在桌上点了蜡烛,我把这叫"蜡烛疗法",让烛光将我们从一天的奔波忙碌中拉出来,更好地融入温馨的晚餐之中;桌子正中央放着一只花瓶,几朵粉红色的郁金香插在里面,它们微微弯下绿色的腰肢,花瓣层层叠叠,尽数绽放;音响里放着罗伯特·普兰特(Robert Plant)的原声乐《假如我是个木匠》

（*If I Were a Carpenter*）。吉姆似乎很满意他卖的这个关子。

他说："你再仔细瞧瞧。"我又看了一圈。这回，我注意到了一片郁金香花瓣，它正闪烁着淡淡的光斑，像托着一滴晶莹的水珠。

我屏住呼吸，脸颊发热，难以置信地问："这是……"我们偶尔会说，等忙完手上的事就结婚。等他完成住院医师培训，等他完成专科医师培训，等我们找到一个地方安定下来，等……一件接一件地等。

他说"是"，我说"好"。

我伸出手，指尖颤抖着，小心翼翼地摘下花瓣上的钻石，生怕它掉下来。我们亲吻着彼此，搂着对方缓缓地旋转跳舞，克里斯托弗在一旁欢呼，开心地拍着小手。

吉姆希望我能亲自设计自己的婚戒，但是我们没有时间设计戒指，也没有时间策划婚礼。他要参加美国医师执照考试，我要带克里斯托弗去医院。他一天天长大，慢慢达到了可以接受肾脏移植的条件，我们得开始为手术做准备了。于是，那颗钻石一直静静地躺在抽屉深处的透明信封里，婚礼也一再被搁置。随着时间一年一年地过去，我们渐渐看淡了形式，只要心中存有这个念想，就够了。

现在，结婚似乎是将我们拉回正轨的最好方法，让我们还能执手走下去，走向一个共同的明天，仿佛只要我们结了婚，就能画下一条分明的线，将过去与未来分隔开，从这一刻重置人生。

～～～～～

克里斯托弗去世一年零十个月后，我们回到两人从小长大的镇子,在当地法庭宣誓结婚,由法官见证。在那之后,我们在我父母家的院子里,简单宴请了亲朋好友。院子里种着几棵棉白杨树,阳光穿过金灿灿的叶子斜射下来,洒下点点金色的光斑。我穿着一套带爱尔兰蕾丝花边的复古亚麻套装,那是我从一家慈善商店买来的,仔细清洗和漂白了一个月,才让它变得洁白如新。我的手一遍又一遍地浸入肥皂水中,不厌其烦地揉搓盆中的衣物。当一个人反复做着同样的动作时,思绪很容易飘远,但我努力不去想以后的事,也不去想没有克里斯托弗的生活。

我们买了两人梦寐以求的房子,它坐落在华盛顿湖的湖畔,毗邻一个沼泽湿地公园。那是一栋低矮的砖房,外观呈"L"形,每个房间都带有窗户,采光很好,在西雅图漫长又多雨的冬季,它们会将阳光带入室内,对抗满室的阴冷潮湿。朝窗外望去,能看到小路两边站着一排垂柳,更远处是高大的杨树。在晴朗的日子里,天空中会有老鹰翱翔,拍打着宽大的翅膀,将影子落在人间。

有一天,一粒种子悄无声息地落入我的心田,不知是何时撒下的,只知克里斯托弗刚离开的那几个冬天,它一直处于休眠的状态,默默等待萌芽的一天。有时,我会梦到婴儿,梦到克里斯托弗以外的孩子。有时,我会在百货公司里无意识地抚摸婴儿的衣服,在公园里偷看盖在毯子下酣睡的婴儿。有一天,我冲动地买了一只泰迪熊玩偶,将它藏在家中的顶柜里,偶尔抱出来,贴在脸颊上,蹭一蹭它柔软的身子。克里斯托弗去世前,我们曾想过再要一个孩子,只是吉姆一直忙于各种医师培训,我忙于照顾克里斯托弗,两人总是碰不到合适的时机，便将这事搁置一旁了。克里斯托弗去世后，我们再也没提要孩子的事。

我们的对话越来越少，他不再问我最近过得怎么样，我也不再主动分享日常的琐碎。他与朋友同事相处的时间越来越长，我与沉默做伴的时间也越来越长，悲伤吞噬了我的所有语言。从某种程度上说，他不在家里，对我是一种解脱，对他亦是。一个人在家，我要面对的只有自己，不用告诉任何人我在想什么，我现在心情好不好。然而，疏远会像癌细胞一样，无声地转移扩散。一个可以作婴儿房的小房间，空空地杵在两条线的相交处，将"L"形的房子劈成互不打扰的两翼，他在那一头，我在这一头，纵使生活在同一个屋檐下，也可以数小时毫无交集。

有时，我们会去看望他的老朋友，很多人都有孩子了。一见我们来，有的小鬼头会将我拉去房里玩，有的会兴奋地冲上去抱住吉姆，迫不及待地想跟他一起玩摔跤、投篮。当孩子们围着吉姆开心地大叫时，我可以听见他发自内心的笑声。我希望他永远拥有这份快乐。我希望自己也是。我希望我们能再一次拥有一个完整的家。

一天晚上，我告诉他，我准备好了。

"你确定吗？"他似乎很惊讶。我看到他眼中闪过一瞬的怀疑，但我没有多想，只当他是紧张了。

"我确定。"我准备好了，至少我是这么认为的。

一个月过去了，又一个月过去，什么也没发生。我的例假每个月都准时到，到最后我已经不抱任何希望了。对此，吉姆表现得很理智，他知道我快40了，怀孕概率本就不高，可我却暗自觉得，我一直怀不上孩子，也许是因为我的身体还没准备好迎接一个新生命。克里斯托弗的离去，让我觉得自己是一个失败的母亲。这种深入骨髓的挫败感，让我害怕重蹈覆辙。万一我怀上了，万一我害他变成第二个克里斯托弗，该怎么办？我不敢想象那样的未来。

有一个月，我的例假突然晚了，过了一个多星期也没来。以前，我也曾因例假迟迟不来而不安，但这次的感觉不同于以往。我的乳房胀痛，早上喝的橙汁味道也怪怪的。我买了一盒验孕试纸。

第二天早上，我独自一人坐在马桶上测试。对于这么重要的时刻，这样的测试方式似乎不太优雅。我盯着试纸条，突然觉得脑袋轻飘飘的，心如擂鼓。纸条上出现了粉红色的色带。我独自坐了很长时间，默默面对这个消息。我们一直期待的那条线，终于出现了。

我在客厅里找到了吉姆。我不记得自己说了什么，只记得下一秒就被他拉进怀里，仿佛回到了过去，那时我们还是一对幸福的爱人，他也曾这么热烈地抱过我。我们激动地相拥着，不敢相信这是真的。

当我打电话向家人报喜时，我父亲一下子就哽咽了，我母亲的声音里也多了一丝许多年不曾听到的希望。第二天，兴奋不减的我打电话给我的家庭医生。护士一接起电话，我就开始哭了，说："我怀孕了。"我的声音在颤抖，心也越来越慌。

"真是太好了！"护士兴奋地说，声音像和煦的春风。她知道我们最近正努力要孩子。"恭喜你！"

"你不懂,"我说,"我怀孕了。"我一直不敢承认内心的恐惧,它们被我小心翼翼地压在心底,此时再也关不住,全跑了出来。那一瞬间,我突然没来由地认为,我早已失去了做母亲的能力,我无法将一个新生命安全地带到这个世上,无法让他健康地活着。

身边的人都说,我是一个好母亲,可我却觉得自己是个骗子。我问过医生:是因为我在怀孕期间吃了什么,或者少吃了什么,才会导致克里斯托弗的肾脏出问题吗?

不是的。医生一次又一次地否定我的猜测,说孩子的先天缺陷完全是随机的,说我没有做错任何事。可我依然惶恐不安,笼罩在心中的愧疚久久无法散去,反而酝酿着更大的风暴。

我是个坏母亲。我让我的孩子一出生就住进重症监护室,由护士照顾了5个月。白天,我守在监护室里,不安地盯着恒温箱,盯着各种图表数据,缠着护士要答案。晚上,他们赶我回去休息,说:"这是一场持久战,你要休息好才行。"

我是个坏母亲。那次假期,是我松口说,他父亲可以多陪他一个周末,带他去看爷爷奶奶。因为我很累,因为我想喘口气,所以那个周末,我允许他去了,允许他离开我的视线。我松懈了,没有守在他身边,没有及时发现他快不行了。夺走他生命的,不是胃肠感冒,而是远比这更严重的东西。当救护车终于赶来,当急救医生努力拯救我的儿子时,我却远在177千米外的地方。

刚怀孕的头几周,过去那些曾被压抑的恐惧全都重新抬头。我会到家附近的湿地公园里散步,努力让自己冷静下来。那时正值残冬，红翅黑鹂"嗖"的一声从空中掠过，留下一抹耀眼的橘红。湿地里长满了亭亭玉立的香蒲草，柳树的枝条上抽出了嫩芽，仿佛笼罩着一层淡绿色的薄雾。日子一天天过去，起初弥漫在我心头的恐惧逐渐消退，取而代之的是兴奋与期盼，一天比一天强烈。无论走到哪儿，我总能看见往日的枯朽逐渐褪去冬日的死寂，露出衰而复荣的迹象。一只只小海龟整齐地趴在浮木上，像向日葵一样，伸出头对着天空。有水獭从远处矫捷地游过，灵活地在水中摆动身子，留下尾巴轻轻拍击水面的声音。参天的冷杉上，有白头海雕威严地立于巢中，发出慑人的鸣叫。有时，我会走到岸边向湿地延伸的木栈道上，坐在布满青苔的木板上，捡起地上的鹅卵石，扔进华盛顿湖里。以前，我常带克里斯托弗来这里，一起朝湖里扔石子，看湖面在石子的亲吻下泛起涟漪，想象那些涟漪是它们在水中弹奏的乐曲，是克里斯托弗能够看见的声波。突然，我感觉到了克里斯托弗的气息，仿佛他正坐在我边上，和我一样期待这个孩子的到来。传递快乐的途径有很多。我想将克里斯托弗的爱，注入这个新生命中，让他的爱在这个世上延续下去。

　　我开始憧憬孩子出生以后的生活。我想象着，我会带这个孩子去做克里斯托弗喜欢做的事，比如看书、搭积木。我还会带她去船上玩，因为克里斯托弗很喜欢一本叫《柳林风声》（*Wind in the Willows*）的童书，书中有一只河鼠说，船上的生活最有趣了。我想象着，有一天我会告诉这个孩子，她有一个不曾见过的哥哥。我想象着，如果这是个女孩，我会给她取名叫"格蕾丝"（Grace）。

怀孕满 14 周后，吉姆陪我去妇产科。给我做产检的医生是他以前在医学院的一个同学，两人一见面就开心地聊了起来。她一边用胎心仪听胎儿的心跳，一边和吉姆聊起其他同学的近况，接着又说到实习和工作的事。我的心怦怦地跳着，直到这一刻，我才有了真实的感觉。我们是真的有了一个宝宝，一个充满希冀的未来。我闭上眼睛，脑中浮现自己抱着一个婴儿的画面，想象自己第一次给婴儿喂母乳，想象她身上甜甜的奶香味。我不曾给克里斯托弗喂过母乳，因此我很好奇那会是什么感觉。

医生动了动胎心仪，重新调整探头的位置。我睁开眼睛，看探头在我肚皮上滑来滑去。她似乎有些疑惑，脸上的表情不太自然，和吉姆的对话也突然断了，陷入漫长且窘迫的沉默中。最后，她艰难地开口："我听不到心跳。"

我本能地将双手交叉，放在裸露的肚子上。也许是医生听错了。我不敢转头去看吉姆的表情。我不想从他脸上看到任何信号。只要我不去看，这也许就不是真的。她让我去另一个房间做超声检查。

我躺在床上，在黑暗的检查室内，屏住呼吸。另一个医生拿着一个探头，对着子宫颈的部位扫描。他长着一张细瘦的小脸，眼睛一直盯着显示屏，转动伸入我体内的探头。等待是如此漫长，漫长得让人煎熬。

终于，他将探头抽了出来，让我坐起来。

"你怀孕了，"他说，"但是胎儿已经没了生命力。"

没了生命力。

他说得很委婉，仿佛只要不说"你的孩子死了"，就能减少我的震惊。

"你还需要什么吗？"他说，"有什么问题想问吗？"

我背过身去，大脑一片空白。我不想从床上起来。一旦我起来了，我的梦就结束了。我幻想过的婴儿房，我想再次当妈妈的愿望，我想挽救的婚姻，都将在顷刻间崩塌。医生又好心地问了一遍，可我真正想问的问题，早已有了答案。我不可能再有孩子了，我是一个坏母亲。

胎停后，医生建议我自然流产，可我无法忍受这个想法，无法清醒地看着它一点一点地流出我的身体。我希望死亡从我身上立即消失。最后，医生给我安排了清宫手术。

手术那天早上，吉姆打来电话，说他有个病人要看，来不了医院。他的声音听上去很遥远，很朦胧。

他挂断后，我默默地拿着电话，拿了好久，好久。我不知道他说的是真话，还是假话。我不知道是真话更好，还是假话更好。再也没有梦能拯救我们，不管我们曾多渴望过。婴儿房的门永远关上了，将我们隔绝在永不相通的两翼。

几个小时后，一名护士过来了，将我推进手术室。我躺在手术室的台子上，盯着天花板上的熊猫图案。麻醉师说："从一百开始倒数。"在我失去意识之前，脑中闪过的最后一个念头是：我不想醒过来。

当我醒来时，最先映入眼帘的是我母亲的脸。她坐在我的病床边上,和我安慰伤心的克里斯托弗一样,默默地看我隐忍地抽泣,温柔地抚摸我的头发,轻轻地拍着我的手臂。

～～～

几个月后,我和吉姆分居了,结束了近10年的感情。他搬了出去,我将我们湿地公园旁的房子放到市场上卖,像个陌生人一样住在自己的房子里,为别人的梦想做嫁衣。咖啡桌上摆放着几本我不曾读过的杂志,分居后因为没有浇水而死去的盆栽被移走了,重新换上绿油油的植物。房产中介带着客户来了又去。当初买下它时,我曾幻想这个房子里会住着一个爱我的丈夫,每个角落里都充斥着孩子的欢声笑语,我们一起幸福美满地生活着。问题是,当你失去一个梦想之屋时,一并失去的还有梦想。我搬到了镇子另一头的一个小房子里,将为那个不曾出生的孩子买的泰迪熊和克里斯托弗的东西一并打包,放进仓库里。这个小房子没有多余的空间容纳梦和幻想。有时,我觉得自己拥有的,只剩下灰烬。

原来,我就是那朵乌云。

后来的那几年,我将自己独居的小房子变成一个"安全屋",不允许别人进来,也不接受任何感情。我让恐惧为我做主,不再冒任何风险。

遇到沙利后,我才如梦初醒。原来我所以为的"安全",不过是一个越来越封闭的世界,一个狭小到只能容纳我一人的隧道。

第十章

即使被送进重症监护室，沙利也不愿向病魔屈服，不愿让出身体的控制权。他请琼给他做了一份日程表，让他知道什么时候见什么访客。拔掉呼吸管后，他向医院"申请"了吸痰管，自己清理肺部。病情稳定后，医生将他从麦迪根转到港景医疗中心，在那里开始漫长的复健之路，为夺回身体的主权而奋斗。刚到港景时，他时刻都得有人照看。中风让他的生物钟停摆，感受不到昼夜变化。港景的医护人员尝试用军事化的作息，来管理他的时间，却毫无收效。到了晚上，他躺在床上，翻来覆去，怎么也睡不着。他的心魔——幽闭恐惧症，经常从无眠的黑夜中钻出来，苦苦折磨他。

"你害怕什么？"话一说出口，我就意识到这不光是在问他，也是在问我自己。

他说："我最大的恐惧是我躺在床上，脸上盖着一块白布。"他的话如一记重拳打在我脸上。是啊，就是这个。这不仅是他的恐惧，也是我的。我躲在自己的水晶球里，冷眼看着外面的世界。我在里面待得越久，空气就越稀薄。在内心深处，我知道自己早已向命运投降，过着行尸走肉般的生活。然而，这位将军即使中风，也不肯放弃掌控自己的人生、左右自己的方向。这个世界充满了不确定性，而他一直坚定地在往前走。如何才能做到像他这么笃定？

对沙利而言，他的身体恢复得太慢，慢得像在受酷刑。

他说："我的左半边身子完全失去了知觉，对这个世界无动于衷。"医生解释道，他的大脑需要依靠新的区域，从头学习如何控制身体的移动，就像婴儿刚开始学走路一样，在大脑里重新建立神经通路。这些话对沙利毫无帮助。他只想冲自己的身体大吼："快给我动起来，愚蠢的脚指头！"

许多个无眠的夜晚，他会在凌晨三点钟打电话给护士，痛苦地抱怨自己的手动不了，一遍又一遍地问："我要怎么锻炼，才能让它动起来？"

"那位男护士告诉我：'当你的手指知道它们是你身体的一部分时，它们就会重新听你的话。'可我不知道该怎么才能让它们知道。"沙利痛苦地说。他的挫败感一天比一天强。他试过用右手缠住瘫痪的左手，希望借此建立起神经旁路，让信号绕个道，从右手传递到左手。"我只能向上帝祈祷，但愿医生说的是对的，这样能让信号传递到左手。"

终于，他看到了一点点效果。一支由物理和职能治疗专家组成的团队，为他制定了精细的日常锻炼方案。他立马投入其中，一刻也不愿耽搁。医生告诉他，第一年是康复的关键。他知道，时间的沙漏已经开始流动，倒计时开始了。

中风会将一个人打回生命的原点，剥夺你的控制权，迫使你从头开始重新学习人类最基本的技能,也许是咀嚼、吞咽,也许是阅读、说话、走路,具体取决于大脑受损的部位。

在某种意义上,失去儿子的痛苦,同样剥夺了我的生活能力。吃饭、睡觉、起床,再简单的动作,都需要额外的力气。无论我做什么,都不再得心应手,仿佛置身于海底,顶着一整个海洋的重量,缓慢地移动,机械地生活。悲伤夺走了我的平衡感,逼迫我的大脑重新布线,强迫我重新审视我的感情,还有我的未来。它剥夺了我所有天真的幻想,只留下赤裸裸的现实,叫我看清人生从不受我的掌控。

但是,护士对沙利说的话,却莫名给了我希望。他说的是"当"你的手指知道了,而不是"假如"。某一部分的我早已瘫痪了——爱笑的我、爱看电影的我、爱给朋友做饭的我、爱旅行的我、爱分享生活点滴的我。它们与我失散已久,上一次见面,恍如隔世。

也许我的大脑和沙利的一样,需要经年累月的锻炼,才能建立起新的神经通路。也许我应该和沙利一样,开始投入自己的复健之路。

～～～～～～

初次见面几个月后,沙利出院了。他家在斯特拉库姆,是普吉特海湾沿岸的一块飞地,很多军官退休了,都会选择去那里养老。有一天,我独自开车过去,想了解他的近况。他为人低调谦逊,注重隐私,自从退休后搬到斯特拉库姆,便逐渐淡出公众视线。如今,这种隐私却被打破了,他的家里到处都是护工和护理员。她们不是听他命令的士兵，即使他有心想命令她们，也命令不了。

他的生物钟已经恢复得差不多了，偶尔也有失灵的时候。比如当我大中午出现在他家门口时，他故作严肃地说："我知道现在是半夜。"

我不禁大笑。他总是一本正经地开玩笑，叫人猝不及防。他不得不用笑来排解自己，因为他身上出现了一些新的后遗症，令他生活更加不便。他没法靠一己之力穿衣服，没法随心所欲地停止一个动作。他已经夹完菜或签完名，但是右手却还一直在动，让他很抓狂。

就连看书也变得很吃力。他的大脑总是自动忽略左半边的世界，眼睛固执地落在中间。每看完一行字，他必须有意识地转动眼珠子，强迫视线往左移，落在下一行的最左边，从第一个字看起。不管多艰难，沙利从不曾退缩，一直埋头苦练。

我曾问脑卒中医生，中风病人是怎么挺过来的。他告诉我，陪伴着他们熬过漫长康复期的，是曾经的自己。那么，与沙利并肩作战的又是谁？这个问题被我写在了笔记本的页边上。

我们转移到他家典雅的客厅里。我坐在沙发上，他坐在他最喜欢的格纹翼背椅里，琼和布兰特守在边上，作为他人生特殊时期的左右手，只要看见他出现疲惫，就会上来照顾他。自从沙利中风之后，他们的家庭关系发生了微妙的变化。布兰特还小的时候，沙利因为工作经常不在家里。现在，两人几乎形影不离。为了照顾父亲，料理家事，布兰特辞去了电信公司的工作。

"你会惊讶地发现，生活中很多事都离不开双手。"沙利用唯一能动的那只手向我示范,"只有一只手,我连纽扣都系不上,信封都打不开。"出去吃牛排时,布兰特会坐在他的左边,充当他的左手,替他拿刀切牛排。他说:"这确实让我们更亲近了。"

琼是一个娇小的女人,有着一双蓝色的眼睛,她给我端了些茶过来。我开始问一些别的问题,比如沙利的过去。能够说说中风以外的事,他似乎很高兴,越说越起劲。

1936 年,沙利出生于华沙,整个童年都活在战乱之中,连公民身份都没有,过着暗无天日的生活。1944 年,波兰地下党发动反抗纳粹德国的起义,德军对华沙展开持续轰炸,炮弹击毁了他们居住的公寓楼,他们一家人却幸运地没有受伤。

"老百姓都躲到了地窖里,"他说,"出门全靠下水道。"

华沙被屠后,他和几个兄弟姐妹跟着其他难民坐上运牛车,来到德国巴伐利亚州一个叫帕彭海姆的小镇,投奔远房亲戚。

"等到战争结束的时候,我已经懂得了战争是什么。"这句话令我微微一怔。当时的他还只是个 9 岁的小男孩,只比克里斯托弗大一岁,却已经懂得了死亡是什么。

童年的沙利经历了局势瞬息万变的乱世,看到了被战争蹂躏的家园,尝到了失去的滋味,因此很小就自力更生。德国人撤出帕彭海姆后,他充分施展了自力更生的本领。

他说:"一夕之间,村子里涌入了很多美国人。"他发现了一个很好的商机，开始购买多余的美国香烟，转手卖给爱抽烟的村民。"我会用20马克[1]买一盒美国烟，以25或30马克的价格卖出去，溢价还挺高的。"说到这儿，他得意地笑了。他母亲怕他学坏，变成"小流氓"，便将他送去寄宿学校。"到了那儿之后，我发现校长夫人也喜欢抽烟。"他说，"于是，我又干回了老本行。"

～～～～～

在采访中，我总会被一些奇妙的人生转折所吸引。它们在发生的当下看似平淡无奇，却已然在冥冥之中改变了一个人的人生轨迹。我的人生也曾有过这样不经意的转折。我最初的梦想并不是当记者。我父亲是科学家，我母亲的专业是英语。在他们两人的耳濡目染之下，我从小兴趣就很"分裂"，上了大学之后，既读化学，又读植物病理学，最后拿了双学位。一路走来，我对科学背后的故事越发感兴趣，尤其喜欢那些纯属偶然的发现，以及经过多次失败才成功的曲折故事。在实验室里，我总有一种格格不入的感觉。我喜欢激动人心的科学发现，却不喜欢探索和验证它们的烦琐过程。最后，我放弃了科研，走上文学的道路。和弗兰克刚结婚时，我们搬到了威斯康星大学麦迪逊分校附近。我开始尝试写文章介绍这所高校从事的研究，频频向各大科学杂志投稿。

刚开始，我投出去的稿子接连被拒。后来有一天，我踏出已

---

[1] 马克是原德国货币单位，2002年7月1日起停止流通，被欧元取代。——编者注

婚学生宿舍楼，走入雪地，佝偻着背，来到我的信箱前。那里躺着一个薄薄的长信封，封面上印着"纽约植物园出版社"（The New York Botanical Garden）几个字。我扯下手套，当场拆开信封。信里的第一句话是——"我们很高兴地通知您"。我欣喜若狂地跑回我和弗兰克的小公寓，那里有一张胶合板做的办公桌，是我为自己临时拼凑的写作基地。我的文章《关于果园里的冰核活性细菌与霜冻害》将会刊登在《花园》（Garden）杂志上。这是我发表的第一篇文章！我忍不住开始幻想一条崭新的道路，一个截然不同的未来。我可以将我的两个兴趣融合在一起，成为一名科学作家！

那年冬末，幸运女神再次眷顾我，让我拿到了一项奖学金。那是美国科学促进会（American Association for the Advancement of Science）提供的奖学金，资助科学类研究生到报社实习，以此提高媒体的科学素质。我被派去北卡罗来纳州的《夏洛特观察家报》（Charlotte Observer），那是我即将踏入的第一家报社。一开始，我脑子里幻想的全是在自己熟悉的领域施展拳脚，比如植物基因组学、单克隆抗体，但是本地新闻主编显然另有打算。那个夏天，他需要一名综合报道记者，一个什么新闻都能跑的"万金油"，比如会议、公寓火灾。每天早上，他会派我出去跑社会新闻，让我开一辆很旧的汽车。那车是从某个负责采访警方的记者那里借来的，车上脏兮兮的，粘着各种食品包装纸，还散发着陈旧的烟味。

我喜欢那样的工作，喜欢新闻编辑室里的紧迫感，喜欢同事之间的深厚情谊。那样的生活，与孤独漫长的实验室生活截然不同。

我人生中的第一个头版故事来自收容所里一只奇丑无比的流浪狗。后来，时间匆匆流过，我也去了别处，再也不曾回首那段岁月。

与我相比，沙利从军的偶然性更强。他从来不曾想过要入伍，却意外地进入了军队，后来甚至成为美国参谋长联席会议主席。16岁时，一个叫乔治·卢西（George Luthy）的亲戚资助他们一家来美国。卢西住在伊利诺伊州的皮奥里亚，是那里的一个银行家，他的妹妹嫁给了沙利母亲的一个亲戚。

"他完全不认识我们。"沙利笑着说。尽管如此，他还是好心地将沙利一家人接来美国。到了美国以后，沙利兴奋地翻阅《生活》（Life）杂志，从杂志上领略美国的山川大河。他还自学英语，有一部分是从约翰·韦恩（John Wayne）的电影里学来的。

高中毕业后，他进了布拉德利大学（Bradley University），选择了机械工程专业。1958年5月，在皮奥里亚一个落满灰尘的法庭上，他宣誓成为美国公民。这是他拥有的第一个公民身份。6月，他从布拉德利大学毕业。7月，他应征入伍。

他说："征召信上写道：'你的朋友与邻居选择了你。'"他从来没有这么沮丧过。他才刚买了一辆崭新的绿色雪佛兰英帕拉，刚得到一份设计工程师的工作，刚要开始美好人生，就被通知要入伍了。当一个列兵赚的钱，还没有他买那辆车花的钱多。

不过，当他被派去阿拉斯加，执行人生中的第一次巡查任务时，他的失望很快就烟消云散了。"冷战"期间，他被分配到一支滑雪巡逻队里，每天在大陆冰川上四处巡逻，保护美国空军基地免受苏联的袭扰。"我太喜欢这任务了。那可是零下40度的环境,对身体要求很高。"他说,"当时,我心里想的是:如果这就是军旅生活,那我当定这个兵了。可惜后来我再也没被分配到那样的任务。"

后来,他跟着军队去了德国,在一个军官俱乐部里遇到了琼,之后又去了越南。在越南的那段岁月,是他军旅生涯中最艰苦的时期,也是奠定他军队地位的重要时期。当时,美军深陷越南战争的泥沼,不管是他还是军队里的其他人,个个都士气低迷。在军队之外,公众的内心也是痛苦且矛盾的。越南战争不是他第一次直面死亡的修罗场,却是他成为军官后碰到的第一次残酷考验。"我从小就是在战乱中长大的,没少见过杀人的场面。"他说,"你只能咬着牙承受,不让它摧毁你。"

他在军队中脱颖而出,一路晋升。1992年,他成为欧洲盟军最高司令。次年,他卸下这一职务,应克林顿总统之请,担任美国参谋长联席会议主席。在这之前,克林顿总统曾发出两次任命邀请,均被他婉拒了,到了第三次,他才接受。

"我不想听别人说'这家伙还不错,但他没有科林·鲍威尔(Colin Powell)那么合适'[1]。"他半开玩笑地说。最终,克林顿总统说服了他接受任命,并盛赞他是"士兵中的士兵"。

中风前几个月,沙利曾去沃尔特·里德国家军事医疗中心(Walter Reed Army Medical Center)探望那里的病人。后来,他时常想起那

---

[1] 科林·鲍威尔出生于美国纽约,拥有上将军衔,曾任美国国务卿。

里的一个士兵。"他在伊拉克服役时，不小心踩中了地雷。"沙利说，"我问他：'你恨这个世界吗？'他说：'不，我不恨，我只想过好我的生活。'"

沙利经常谈到"纪律"两个字，不管是军队的纪律，还是个人的纪律。我意识到，纪律是过去的岁月留给他的馈赠，是它让他成长为"士兵中的士兵"，支撑着他每天坚持不懈地为康复而锻炼。他几乎每天都会去康复中心接受物理和职能治疗，就算不去，他在家里也不曾停止锻炼。

布兰特说："他现在每天只做一件事，那就是锻炼——靠自身的力量，走到餐厅，拿笔写字，伸展身子。"

沙利点了点头。"这是我现在的全职工作。"

～～～

我最后一次拜访沙利是在他家以南相隔几千米的理疗室。他的平衡感仍然很差，中风破坏了他大脑的平衡能力，无法正常传导和处理从脚踝传到肩部的感觉信息，使得他很容易就会摔倒。由于身体重心向后转移，并落在右半边身子上，他现在连站立都很吃力。如果没人在身后撑住，他就会向后栽倒。哪怕只是转一下身子，他都必须全神贯注，有意识地将重心移到身体中部。

过去的那些年，我也曾带克里斯托弗做过许多理疗。从那些理疗中，我认识到：人体不管做任何动作，几乎都离不开平衡感。即使是非常基本的动作，比如从椅子上起身，或者往前走，都会用到复杂的平衡能力。

从本质上说，平衡就是力量。

那天上午，治疗师将美国航空航天局资助开发的技术运用到沙利的治疗中，这项技术原本用在从太空返回地球的宇航员身上，帮助他们重新适应地球引力，并恢复行走能力。治疗师扶着他站在理疗室的地板上。那上面安装了特殊的力量感应板，能够实时探测病人的重心，感应板与计算机相连，从而在屏幕上实时显示病人的重心位置，屏幕上还有一个棒球状的光标，会时刻追随病人的重心，随着重心移动而移动。

这种理疗法非常吸引沙利，勾起了一个工程师的好奇心。

"很好。往左，往左，再往左边去一点。现在往前。"治疗师耐心地引导他。沙利不停地调整重心，努力靠近屏幕上给出的理想位置。每次成功将重心移到目标上，他的脸上就会绽放出孩童般的神采。

理疗师说："很好，你今天状态很好，很稳定。"

"都是咖啡的功劳。"沙利说。站在角落里的我笑出声来。

半个小时后，沙利一屁股坐回椅子上，全身发软，筋疲力尽。治疗师没有因此心软，只让他休息了一小会儿。

"准备好走一走了吗？"治疗师催促着。

沙利根据治疗师的教导，身体往前倾，用意志调动他的大脑。"一、二、三！"他一声令下，全身的肌肉猛地一紧，就这么从椅子上站了起来，站得跟士兵一样笔直。

看着他辛苦训练的样子,一幕幕熟悉的画面浮现在我脑海中,将我拉回高中的操场。那时是11月,我沿着一条泥泞的小路奔跑,头上是水珠簌簌下落的雪松,眼前是队友晃动的身影,混在那些身影里的还有吉姆,我们都是田径队的。腿上的肌肉绷得紧紧的,一抽一抽地跳,我突然很想吐。

"忍着痛跑下去就感受不到痛了!"场边的教练大声地喊道。我的耳边全是自己粗重的喘息声,几乎听不清他在说什么。韦泽先生是我的跑步教练,也是我的化学老师,矮小精壮,活力充沛。他将我和另一位女同学拉入男子越野跑的田径队里,倒不是因为我们跑步的天赋有多高,而是因为我们敢于挑战自己。老实说,我跑步很差,几乎总是垫底,拖大家后腿。

"忍着痛跑下去就感受不到痛了。"每次看我跌跌撞撞地从他身边经过,跟快要窒息似的大口吸气,身上溅满了泥水,与汗水混在一起,他就会冲我喊这句话。他教我即使身体已经放弃了,也要靠意志力跑下去;教我如何忍住抽筋的痛苦,一步一个脚印地往前跑,直到痛苦自行消失。那一年,我在痛苦中奔跑,成功跑完了每一场比赛。

我猛然领悟到,在痛苦中奔跑,就是过去的人生留给我的财富。虽然我不曾意识到它的存在,但是它一直默默地支撑着我走到今天。克里斯托弗生病时,是它帮助我度过了那些惶恐不安的日子。克里斯托弗去世后,我要靠它度过没有他的岁月。

除了在痛苦中奔跑,过去的人生还给我留下了别的东西。对旁人及其人生际遇的好奇，让我成了一名擅长讲故事的记者，如今更是以我不曾预料到的方法，治愈我破碎的心灵。我曾报道过许多人，他们的故事反过来影响了我，帮助我接受自己的人生。

从沙利身上，我看到了有一样东西是受我们掌控的，那就是我们为自己定下的纪律：在可控与不可控之间寻找平衡。

克里斯托弗去世后，我习惯了用悲观的眼光看待一切事物，将自己的人生视作一场灾难，甚至认为任何最坏的情况，最终都会发生在我身上。不管是坐飞机，还是投入一段新感情，只要让我冒一丁点儿险，我就会吓得缩进龟壳里，丧失行动能力。克里斯托弗还在世时，我失去了一段感情；克里斯托弗去世后，我失去了另一段感情。第一段是我与弗兰克的婚姻，被焦虑压得无法喘息，每次克里斯托弗病重入院，我们都会固执地用对方无法认同的做法，对抗起伏不定的命运。第二段是我与吉姆的感情，克里斯托弗去世后，吉姆曾不离不弃地陪在我身边，可是失去儿子的痛苦，依然超出了我们所能承受的范围，变成了横亘在我们之间的一道无法逾越的鸿沟。失去儿子之后，我一度以为自己失去了爱一个人的能力。

但是，认识沙利之后，我终于懂得想要找回过去的生活，就要有承担风险的果敢与勇气，就像走钢索一样，既要做最坏的打算，也要怀抱希望，依靠强大的自制力，在最好与最坏之间寻找平衡，争取一个更好的明天。如果我想拥有一个充实的人生，一个有意义的人生，我就必须在反抗与认命之间寻找平衡，战胜恐惧。

沙利身上还有一个小细节给我留下了深刻的印象：他曾是这个

国家位高权重的将军，却和幼小的克里斯托弗一样，害怕进入磁共振的检查舱中。每个人面临的最大挑战，是被困在一个狭小密闭的空间中，独自面对你心中最大的恐惧。这个狭小密闭的空间，其实是你自己的内心。

第十一章

克里斯托弗去世 10 年了，我一次也没有回过洛杉矶。每当有机会回去，我总会找各种理由推脱。那里曾经承载了我所有的希望——给我儿子一个健康童年的希望，也承载了我与他之间的最后回忆：最后一次躺在他的小床上，让他依偎在我怀里，一起读睡前故事；最后一次看他雀跃地跳下校车，兴奋地用手语喊"妈妈，我回来了！"；最后一次看他扑进我怀里，任我对着他的脖子吹气，痒得他咯咯笑……

我的童年有无数个夏天是在洛杉矶度过的。那会儿，玫瑰花车游行仍是当地民间特色活动，橘子郡仍随处可见橘子林。家后院的柠檬树，咕咕歌唱的鸽子，温暖宜人的气候，阳光满溢的冬天，从白色土坯墙内伸出来的树枝，枝头上缀着的明艳动人的三角梅，就是我对加州的记忆。少女时期的我经常去德斯康索花园追孔雀，跳进户外公共泳池里游泳，鼻息间全是防晒霜的香味混合着水池里氯气独有的气味。我还经常跟在哥哥们屁股后面，去附近蜿蜒绵长的海滩上玩，踩着两脚丫的沙子回家，在路上留下一串带泥沙的脚印。

每年秋天，从附近沙漠吹来的圣塔安娜风[1]会将树枝吹断，我们把树枝捡回家去搭小木屋。我曾希望克里斯托弗也能有这样的童年。

只要不回去，我就能一直藏着那颗承载希望的小魔豆[2]，骗自己这一切都是假的，有一天我会从黑暗的童话中醒过来，发现克里斯托弗不曾离去。

可我无法逃避一辈子。有一天，一个朋友邀请我一起去南加州玩。他叫迈克（Mike），和我才刚认识几个月，还处于互相了解的阶段。他知道克里斯托弗的事。当我告诉他，我不能陪他去南加州时，他似乎很困惑。

"你在逃避什么？"他问道。

迈克喜欢危险的事物，至少在我眼中，他是这样的人。在他自己看来，他只是愿意承担可控的风险。我刚认识他时，他的爱好是洞穴潜水。背着有限的氧气，进入一个阳光照射不到的水下洞穴，身处于连转身都困难的狭窄空间，我想象不出还有什么比这更可怕。他一说到挑战人体极限、探索未知的世界，整张脸都亮了起来，而我光是听他描述的场景，就有种快要窒息的感觉。当我告诉他，我无法与他同行时，他用怀疑的眼光看着我，最后说："去吧，这对你也好。"我呼吸微滞，和一想到要做磁共振检查就恐慌的沙利一样，心中涌上末日般的恐惧。

---

[1] 南加州季节性强风，干旱条件下极易加剧灌木丛或森林火灾。
[2] 出自童话故事《杰克与魔豆》。杰克用一头奶牛换来的魔豆，种出巨大的藤蔓，他顺着藤蔓往上爬，来到巨人国，从巨人那里获得财富。书中的魔豆承载着希望与幸福。

克里斯托弗的同学在教室后面的花园里为他种了一棵树，那是他在西雅图公墓以外的唯一纪念物。栽树仪式当天，我带了一点他的骨灰埋在树下，之后便再也不曾回去看过。西雅图公墓拥有的是他死后的骨灰，伯班克的小学却拥有他活着时的音容笑貌，那里曾是他生活的中心。上小学一年级后，他一度为成为一名小学生而自豪，兴奋地管那所小学叫"大学校"。

也许是时候回去看一看了。

～～～～～

二月的一天，我们乘坐飞机，冒着倾盆大雨，来到洛杉矶。窗外雨势凶猛，是那种足以冲垮山坡和房屋的凶猛。迈克独自去参加工作会议，我也出门处理个人的私事。我开着车子，行驶在雨水泛滥成河的文图拉高速公路上，循着我曾走过无数遍的路线，朝乔治·华盛顿小学开去。暴雨砸在挡风玻璃上，模糊了前方的视野。

沿着这条路线，我将走遍克里斯托弗生活过的地方，走遍他生命的脉络——在帕萨迪纳市，我们度过了他最后的人生；在格兰岱尔市的医院，肾脏移植后的他第一次离开轮椅，下地走路；在灌木丛生的小山丘上，他骑着马儿，驰骋山野；在格里菲斯公园，我们曾约定一起去坐旅游小镇的老式蒸汽火车。

我的太阳穴开始"突突"地跳。前方的道路在我眼前展开来，克里斯托弗的人生也在我脑海中如画卷般展开。我仿佛在时光隧道里逆行，随时可能撞上过去，车毁人亡。挡风玻璃外赫然浮现着克里斯托弗的小脸，那是我第一眼见到他时的模样。生产那天，护士拿来一台宝丽来相机，拍下了他刚出生时的模样，用胶带将照片粘在我病床的护栏上。照片中的小人儿张开灰灰的眼睛打量这个世界，粉色的小嘴唇微微噘起，仿佛要隔空送我一个飞吻。

〰〰〰

克里斯托弗出生于团体健康医院，这是一家有些年头的医院，位于西雅图市中心东边的国会山上，这是决定了该城市地貌的最陡峭的几座山丘之一。医生曾告诉我们，他存活的概率几乎为零，尿路受阻严重损害了他的肾脏。此外，他的肺发育不全，跟新买的玩具气球一样，硬邦邦的，充不进气。病历本上写着的诊断结果是——"先天性后尿道瓣膜，双侧肾积水严重"，边上是某个医生的备注——"不适宜生存"。一句医学上的委婉用语，却在人心中激起千层骇浪，感受不到一丝含蓄。

无论诊断书上怎么写，他最终还是来到了这个世界。一个漂亮的天使，出奇地安静乖巧。看见他的第一眼，我就注意到了他乌黑的头发，细长的小手指。嗨，未来的小钢琴家！几分钟后，新生儿科的专家过来将他抱走。我什么也没多想，只是开心地躺在床上，兀自沉浸在产后的喜悦之中，为孩子终于活着出生而激动不已，浑然不知我的世界即将天翻地覆。

几个小时后，一位面色凝重的医生将我叫醒，"嗡嗡"地对我说了一大串话，说克里斯托弗因为缺氧全身发青发紫，说必须马上将他转到几千米外的西雅图儿童医院，让我在几张表上签字。接着，他从育婴房里将恒温保育箱推出来，朝在外头等候的救护车走去，他身边还跟着几个医生，手里拿着氧气袋，给保育箱里的克里斯托弗吸氧。当他们路过我的康复室时，我伸出手依依不舍地摸了一下保育箱的透明玻璃罩。箱子里的他看上去好小。

在灯火通明的新生儿重症监护室里，他看上去更加娇小，边上是其他病床的工作台，还有其他婴儿，每个人身边都堆满了仪器。一名护士在重症监护室门口将我拦下，拿起一件黄色防护服往我身上套，让我转过身去将带子系在脖子后方，教我用泡沫消毒剂清洁手掌和手臂。一切完毕后，我颤抖着走到新生儿监护室的中央，防护服的袖口湿湿的。

我一眼就看到了克里斯托弗。他突兀地躺在一个透明的塑料箱子里，那是新生儿的保育箱，边上立着好几个输液架，架子上挂着输液泵，还有监护仪。他是个足月儿，体重超过6.3斤，与旁边只有一只手掌大的早产儿相比，宛如一个小巨人，可他的肺却和他们一样发育不全，一旦离开机器就无法呼吸。

这是我第一次看到他插着呼吸机的样子。机器"滋滋"地响着，发出机械的呼吸声，他的胸膛仿佛随之起伏颤动。他全身灰灰的，和报纸一样的灰，一动不动地仰面躺着，任由呼吸机摆布，身上插着肺部和肾脏积液引流管，插管处的皮肤渗出橘黄色的液体，跟必妥碘的盒子一个颜色。一股恐慌冲上来，堵在喉咙口，令我心慌气短。弗兰克和我紧张地守在保育箱边上，拦住任何能够拦住的医护人员，请求他们告诉我们孩子现在怎么了。最后，一个口无遮拦的泌尿科住院医生对我们说："如果让我赌谁能活下来，我应该不会赌这个孩子。"这句话深深烙印在我脑海中。

即使没人相信他能活下来，克里斯托弗却一直顽强地活着，不曾放弃。住院期间，我和弗兰克轮流去医院，确保每时每刻都有家人陪着他。一开始，医生怕我不小心碰掉他身上的管子，坚决不允许我抱他，我只能安分地站在他的抚育器边上，轻轻地拍着他细滑的背。各种仪器的抽吸声、嘶嘶声、滴滴声有节奏地响着，此起彼伏，是孩子们唯一能听到的摇篮曲。

初为人母的那几个月里，我对一切产生了怀疑，怀疑自己无法成为一个好妻子，也无法成为一个好母亲。一群医学专家在新生儿重症监护室里竭尽全力维持我儿子的生命，而我能做的只有躲进楼上的哺乳室，笨拙地用吸奶器吸出少得可怜的几毫升母乳。在那里，左右两边的小隔间里坐着和我一样在吸奶的妇女，她们的孩子也住在重症监护室里。有时，我会听见她们偷偷地哭泣。我的奶水很快就没了。

我再也不相信直觉，只相信数字——他的体重、血尿素氮、血肌酐水平、血氧饱和度，变成了我的信仰。我渐渐学会了用医生的语言与他们交流，用他们身上那股冷静的疏离感来伪装自己，好让他们放下顾虑，坦白地告诉我孩子的病情，不用为了照顾我的感受，费尽心思地说些委婉含蓄的话。身为一名记者，这是我最熟悉的交谈方式——罗列问题、做好笔记、归入档案。我会带着自己的笔记本，以及一堆有待解答的医学问题，做好提问的准备。等穿着白大褂的医生走进来，围在他的病床前时，我就会开始发问。

克里斯托弗在医院里住了5个月，顽强地呼吸、进食、生长。医生说他"生长发育迟缓"，我和弗兰克却不这么认为。我们看到的是一个顽强的婴儿，坚定地告诉这个世界，他适宜生存。

后来，克里斯托弗的生命体征终于稳定下来，达到了回家休养的标准。虽然克里斯托弗依然离不开氧气瓶和胃饲泵，但是医生认为我们夫妻两人有能力照顾好他，因为在医院的这段时间，我们学会了许多护理技能和常规操作。我知道怎么配药，怎么将药片弄成粉末，怎么将胶囊塞进流食里，夜里通过管子输送到他的胃中。注射促红细胞生成素时，我知道应该先针头向上，用手轻弹注射器，将气泡弹掉，再将针头推入他柔软的手臂，让促红细胞生成素进入他体内，生成他的肾脏无法生成的红细胞。我知道什么时候应该将氧气流量调高，他红润的小脸才不会因缺氧发白。我知道怎么用杯子给他拍背，才能防止分泌物积在肺部。我知道怎么清洁他后背输尿管造口周围的皮肤，才能避免感染。

我知道该怎么像护士那样护理他，却不知道该怎么像母亲那样照顾他。回家的第一天下午，在医院几公里外的绿湖边上的家中，我颤抖着双手，忐忑地将他放进老浴缸里。我一直梦想着在这个房子里养儿育女，现在这个房子里真的有了一个孩子，我却突然彷徨了，不知能否照顾好他。浴缸里的克里斯托弗挥舞着小手，想去拿浮在水面上的小黄鸭，那是我为了这一天提前买好的小玩具。我往他头发上抹婴儿洗发水,想洗去他身上的医院的味道,可他的皮肤好滑,我的心狂跳起来,害怕自己一个不注意,会害他摔倒在浴缸里。一想起这里只有我,没有一听见铃响就会立马出现的医护人员,我就惶恐不已。

雪上加霜的是,他和许多长期住在重症监护室里的婴儿一样,不喜欢触摸。他会弓起背,不让我抱他,也不让我亲他的脸颊。我曾读过大量育婴书,那些书都说,孩子刚出生时,母亲的怀抱、哺乳、肌肤接触很重要,有利于建立健康的母婴关系。除了指尖轻轻的触碰之外,克里斯托弗不曾感受到更多的抚摸,也不曾趴在我的胸口吸吮母乳。夜深人静时,我会睁着眼躺在床上,无比清醒地认识到一个残酷的现实:因为他的病,我们恐怕无法建立起亲密的母子关系。亲密是疾病的又一牺牲品。

克里斯托弗 6 个月大时,某天下午我将他放下,在他身后放了几只枕头,让他背靠蓝色的旧沙发练习站立,这是他每周都要做的理疗之一。为了吸收尿液,他穿着厚厚的尿布,腰被撑得鼓鼓的,活像童谣里的汉普蒂·邓普蒂(Humpty Dumpty),一个蛋形的小胖子。我坐在他身旁的沙发上,仔细观察治疗师的一举一动。那是一个年轻的女生,看上去与附近华盛顿大学的学生差不多大。她是来给克里斯托弗做理疗的,帮助他锻炼身上松弛的肌肉,努力跟上同龄宝宝的发育水平。

"你要这样动。"她抓住他的一只脚掌,让它立在她手心里,她微微用力往上推,让他的膝盖向上弯曲,顶住自己的胸。我将这些动作记下,以便她不在的时候,可以自行在家中反复练习。她用另一只手挠他痒,诱使他用力蹬那只被她握住的脚,抵抗向上推的力。他痒得不得了,咯咯笑了起来,腿一下子蹬直了,像两根小木棍似的,从夏季连体衣里露出来,小手往后甩,轻轻地在我大腿上拍呀拍,就像过去几个月我在重症监护室里温柔地拍他入睡那样。我看得太专注了,没有第一时间注意到他的小动作。等我后知后觉地反应过来时,我真想将他抱起来,为这迟来的亲密亲吻他。

当我沿着高速公路往北走时,一幕幕过往在我脑中翻涌得更快了。格兰岱尔基督复临医疗中心(Glendale Adventist Medical Center)出现在副驾驶的车窗外,那是克里斯托弗去过的众多医院之一。

很少有人意识到肾脏有多重要,直到失去了才知道原来它们的作用这么大。它们不光可以清除身体代谢产生的废物,还能帮助控制血压,调节食欲,促进骨骼生长,促进红细胞生成,调节体内水分和电解质,影响心脏功能。人类天生有两个肾,相当于上了双重保险,其中一个作为储备,碰到生病或受伤时,就要动用储备功能。大多数人拥有完备的肾脏功能,但是克里斯托弗的肾单位却不到10%,只能勉强维持一个婴儿的生存。随着他一天天长大,他的肾脏将越来越难维持机体的代谢平衡,越来越难维持生命。如果能移植肾脏,他就能活下去,但是他要长到足够的年龄,才能接受成人的肾脏。因此,我们要与时间赛跑。他的肾脏已经接近崩溃的边缘,每增加一磅体重都难如登天。

我们如同一艘小船,在充满凶险的大海上随波飘摇,吉凶未卜。在他出生的第一年,他得了严重的癫痫,第一次发作时,他正贴着我的胸口,坐在我的大腿上,手指戳着《好饿的毛毛虫》(*The Very Hungry Caterpillar*)里的插图。我将下巴轻轻搁在他头顶,闻着他身上杏子蜂蜜沐浴露的香味,昏昏欲睡。突然间,他身子一僵,像一只突然被车灯照到的小鹿,定在原地,一动不动。接着,他发出了一声刺耳的尖叫,两眼上翻,脸色发青,双手一松,手中的书"吧嗒"掉到地上。我害怕得不敢放下他,不敢松手去打电话,只能抱着他跑到马路上,大叫着求邻居打急救电话。我站在马路中央尖叫,抱着他无意识地转圈子。他在我怀里不停地抽搐,我能感觉到他快要死了。救护车的鸣笛声从远处传来,越来越响。我浑身瘫软地坐进温暖的救护车里,将怀里的他交给那些知道该怎么做的人。

自从癫痫发作后,他开始服用抗癫痫的药物,胰腺因此受损。于是,他现在除了需要吃抗癫痫药物,还需要注射胰岛素。家庭与医院的界限开始模糊了起来。在家里,婴儿房的架子上囤满了纱布、管子、胃饲泵、监护仪、注射器、手套。在医院里,我们将亲朋好友用彩色蜡笔写的"早日康复"祝福卡片贴在病房里,还在他的病床上摆满了他最喜欢的玩具:一只正方形的大象,摸上去很软,一捏就会响;一只棉绒做的小熊;一只条纹恐龙。医院几乎成了我们第二个家,弗兰克和我轮流陪护。有时,他会睡在窗边的长凳上,脸朝向病床上的克里斯托弗，假装是在跟儿子露营。第二天早晨，我会带早餐过来，和他换班。

在医院里，克里斯托弗是个人见人爱的小天使，照顾他的医生和护士都很喜欢他。当他们送他贴纸或蜡笔时，当他们将电诊笔或叩诊锤借给他玩时，他就会开心地哇哇叫。他是病房里的一颗小太阳，所有人都围着他转。他挺直后背坐在病床上，身上穿着一件黄色的病号服，长长的袖子罩住了他的手，裤脚层层叠叠的，堆在脚指头上，像穿着罗马长袍的小宾虚[1]，骄傲地坐在自己的马车上。每天，同一个采血员会来给他抽血，但他从来不"记仇"。有时，到了夜里，我会在他的床上翻出一堆护士表，是医院里不同科室的护士借给他玩的。

~~~~~~~~

我开着租来的车子，雨刷疯狂地来回摆动，却快不过雨水汇聚的速度。隔着一道灰色的雨帘，我几乎看不清两边山坡上闪烁的灯光。我紧紧抓住方向盘，犹如抓住一只救生圈，却无济于事。这场瓢泼大雨，已经将我带回另一个时空，推入另一场疾风骤雨中。

克里斯托弗三岁那年，在一个黑暗潮湿的夜晚，我将他安置在车后座上，出发往西雅图的方向走，准备去我父母家过圣诞节。车子所经之处，道路两旁张灯结彩，交织成一幅蜿蜒绵长的水彩

1　长篇小说《宾虚》里的主人公。

画。雨水敲打着车窗，广播里放着《小鼓手》(*Little Drummer Boy*)——我最喜欢的歌曲之一。我跟着广播哼唱，手指跟着节奏轻敲方向盘，眼睛不经意地瞥了后视镜一眼，看见后座的克里斯托弗正在有节奏地摇晃身子，注意力瞬间全被他吸走了。一个念头从我脑海中闪过，一个我一直以来连想都不敢想的念头：也许他能听见我唱歌。有那么一刻，我想象自己冲进我父亲家的客厅，点亮圣诞树的灯，生起壁炉里的火，欣喜若狂地告诉他们这个好消息，这个全世界最好的圣诞节礼物。我调低音量，屏住呼吸，观察他的反应，却见他依然在摇晃身子。那一刻，我才意识到他是在跟着雨刷摇摆。我掐灭了脑中所有不切实际的幻想，同时又忍不住想停下车抱一抱他。雨刷"吱吱"地来回摆动，我将音量重新调高，和克里斯托弗一起沉浸在各自的音乐里，随着音乐摇晃身子。到了我父母家时，我心中有一种说不出的快乐，一种我不曾预料到的快乐。

克里斯托弗14个月大时，我们才发现他听不见。那时正值春季，家后院的玉兰树开满了花，粉红色的花瓣缀满枝头，伸到围栏外，在阳光下闪闪发光。我和克里斯托弗面对面地坐在树下的草地上，看他将一只从医生那里带回来的塑料听诊器拿在手里玩。一想到他曾在重症监护室里住了好几个月，命悬一线，如今可以这么好好地坐在我面前，玩着一些简单的小东西，我仍会有种不真实的感觉。有时，我会什么也不做，只是专心地注视着他，沉浸在他还活着的喜悦之中。

克里斯托弗将耳挂塞进耳朵里，假装在听我的心跳声，接着抓起听诊头，张嘴就咬。我从他嘴里救下圆圆的听诊头，他拿起它往地上砸，砸了好几下，笑得很开心，不曾皱一下眉头。人生中有某些瞬间，你会隐约感觉到这个世界将变成你不认识的样子——那些你曾以为只会发生在别人身上的瞬间，那些你无法视而不见的瞬间。那一刻，一种似曾相识的感觉、一种不祥的预感再一次袭上我心头，令我头晕目眩。

我费了一番功夫，才将耳挂从他手中抢过来。当我将它塞进自己的耳朵里时，时间似乎慢了下来。我将听诊头放在手心里敲了两下，立马就听到了"咚咚"的两声。不用将听诊器按在胸口，我也知道它是好的。我屏住呼吸，将听诊头往地上砸，"砰"的一声巨响，通过听诊头传导到我耳中，响亮得让我差点跳起来。我的心开始颤抖，失重感灌入脑海，仿佛脚下的大地正在急速下坠。

听力测试证明了我所担心的是真的，克里斯托弗是重度耳聋。医生无法判断他的耳聋是天生的，还是后天的。如果说是后天的，医生也不知道，他失去听觉是因为长期住院，还是长期服药，或者二者皆有。不管原因是什么，都改变不了事实——他听不见风啸声，听不见雷鸣声，听不见音乐声，听不见我的声音。

无论经历多少波折，我一直相信总有一天，一切磨难都会过去。生活会逐渐回归正轨，变回我刚怀孕时幻想过的样子：我的孩子会健康茁壮地长大，我会给他听很多音乐，读很多故事。我紧紧搂住克里斯托弗，心知就连这个梦想也破灭了。我一边喃喃地念着"我爱你"，一边亲吻他的喉咙、他的脸颊、他的额头。如果他听不见我说的"我爱你",是不是就无法知道我有多爱他?

那天,我们走出医生的办公室,一头扎入喧嚣的世界,喧嚣得让人耳朵生疼。海浪拍打海岸的声音、风铃叮叮当当的响声,刺痛我的神经,像发烧时皮肤上的刺痛感。我用手指按住耳朵,试着感受没有声音的世界,却听见了自己的心跳声。我来到我父母家,坐在钢琴前,双手放在大腿上,对着合上的琴盖,哭了出来。从小到大,这架钢琴陪我度过了许多光阴。我曾幻想有一天,它也能陪着我的孩子长大。儿时,我母亲曾给我念《夏洛的网》(*Charlotte's Web*),她当时的声音至今仍回荡在我耳边。后来,我父亲还给我念了《霍比特人》(*The Hobbit*)和《魔戒》(*The Lord of the Rings*)。无声的世界吞噬了一切希望,我不希望克里斯托弗在一个没有音乐和言语的世界中长大。

怀孕期间,我曾对着肚子里的他唱摇篮曲。在重症监护室的头几个月里,我和弗兰克曾在他的保育箱边放了一个磁带机,播放我们的声音,还有维瓦尔第的《四季》(*Four Seasons*)。他的小提琴协奏曲曾给我带来宁静和欢乐,我希望它们也能抚慰我的孩子。现在,我只能祈祷克里斯托弗仍记得他在我子宫内时听到的声音,就像可以从贝壳里听到大海的声音。我将他抱得更紧,希望我的声波能够通过他的经络,传递到他心中。我担心因为听不见,他会离我越来越远。我担心有一天他会发现,有一个世界属于我,却不属于他。

克里斯托弗并不知道我内心的天人交战。对他而言,一切没有任何变化,他依然是一个快乐的体验家,全身心地感受这个世界。虽然他听不见,但他从不沉默。在我们发现他没有听觉之后不久,有一天我将他放到床上,让他小睡一会儿,自己转身去了客厅。几分钟后,我清楚地听到楼上传来一个声音,甜甜地哼着:"妈—妈—妈—妈—"。在那声音消失之前,我急忙跑上楼。第一次听见他说话,我欣喜若狂。他有千百种方法发出"妈妈"这个声音,有雀跃的,有惊喜的,有祈求的,有叹息的。他叽叽喳喳地叫着,努力将他的小嘴唇,噘成他从大人脸上看到的嘴型。

"啊、呃、呜。"他会说,仿佛在说"我爱你"。

～～～～～

车内飘荡着一阵怪异的声音,一种从喉头发出的低鸣声。起初,我并没有意识到那是我的声音。啊、呃、呜,啊、呃、呜。如咒语,如祷文,如祈愿。我使劲眨了眨眼,将眼泪憋回去,不允许自己停下。

自从发现克里斯托弗听不见后,我和弗兰克开始学手语。我曾幻想过,有一天等我有了自己的孩子,我要教他讲我所热爱的语言。现在,我不得不和他一起,从零开始学习如何与彼此交流。他学得很快,比我快多了。很多时候,他甚至会反过来教我。

他两岁那年的2月,离他生日还有几天,西雅图下了一场大雪,他人生中看到的第一场大雪。那天早晨,我们一直趴在窗前,看着轻柔的雪花在空中飘舞,盘旋落地。我们练习雪花的手语,将白纸撕成碎片撒向半空,任它们簌簌落下,落在我们肩头。到了下午,整个院子银装素裹。我给他穿上一件灰色的防雪服，还给他戴上一顶有驯鹿图案的淡蓝色针织帽，将耳朵罩得严严实实的，然后才打开后门，朝外头走。向室外推开的门板，将门口的积雪往外推了推，为我们清出一条道路来。一股寒流迎面扑来，将他的小脸冻得红彤彤的，他小声地欢呼了一下。我将他轻轻放下，让他坐在雪地上，然后往他旁边一躺，张开四肢，快速摆动，在雪地上画"雪天使"。他盯着我看，看得很认真。我教他仰卧在雪地上，摆动双手双脚，自己画"雪天使"。玩完后，我们两人躺在原地，看着灰色的天空。他挥动两只小手，模仿雪花飘落的样子。

　　那天晚上，他躺在婴儿床里挥舞手臂，像天使在挥舞翅膀，还拍了拍自己的脑袋，想要戴帽子。过了一会儿，我才反应过来，他是在跟我"说话"。我忍住内心的激动，将灯关掉，让他睡觉。几分钟后，我悄悄地回到房间门口，检查他睡着了没，却看见在昏暗的卧室里，他的两只小手依然挥舞着，咿咿呀呀地在"说话"。

　　到了那年春天，他开始会"读"书了，《三只熊》（*The Story of the Three Bears*）是他的最爱。他会翻到第一页，指着背景里几只不显眼的小蓝鸟，打出"鸟儿飞"的手势，接着往下翻几页；指着图片里的一碗粥，打出"小熊冷"的手势，夸张地做出发抖的样子，然后一直翻啊翻，翻到最后一页，打出"上床睡觉"的手势。最后，他的手会在眼前合上，然后夸张地打开，用手语说"结局"。这时，因为手往两边摆，他的衣服会跟着往上跑，小肚子短暂地露出来，我总会趁机挠他的肚子。最后的最后，两人都笑得前俯后仰，喘不过气来。

当我们不知道某个东西对应的手语是什么，就会自己创造一个出来，将我们所知道的几个手势拼起来，创造我们两人独有的语言。

"扔"加上"钱"，代表"贵"。

"变"加上"静"，代表"和平"。

"恐龙"加上"走路"，代表"地震"。

买下绿湖房子的那一年，我们在房子外头种了一棵山杨。每年秋天，它的叶子会变得金灿灿的，在阳光下闪闪发光。"颤抖的叶子。"这是克里斯托弗给它们取的名字。

除了学习手语，我们还给克里斯托弗装上助听器，送他去接受言语治疗，充分利用他残余的听力。助听器能够让他听到听力损失范围之外的低频声音。每个礼拜，他的言语治疗师吉尔（Jill）会拎着一只"音袋"过来，里头装满了各种铃铛和蜂鸣器。他会兴奋地冲过去，拿出他最喜欢的玩具麦克风，将它贴住自己的小嘴唇，"唔唔"地喊，一只手抵住它的小音响，感受音响随他的声音而振动，新奇地笑着。很快，整个房子都被他收进自己的"音袋"里。当我打开吸尘器时，他会伸出手去摸它，然后指一指自己的耳朵。垃圾处理器也一样，他会突然被它运转的声音吓一跳。

"耳朵开着。"他用手语说。

与此同时，他的手语也在不断进步。"妈妈的钥匙在哪儿？"一天早晨，我上班快迟到了，到处找了一圈也没看到，无意识地用手语问了这么一句，没想到他居然看懂了。

克里斯托弗从他坐着的地方窜到暖气边上，朝里头指了指，自豪地打出"钥匙"的手语。他弯曲起一根食指，用指关节去碰另一只手的掌心，接着转动指关节，犹如在转动钥匙开锁。他这是在说，钥匙在客厅壁炉旁的暖气内，是他将它从暖气片之间的缝隙扔进去的。我扫了他一眼，依然沉浸在喜悦之中，为他看懂了我的手语而激动不已，完全忘了要生气。

　　渐渐地，他开始拼出一些复杂的句子。一天晚上，我们在放洗澡水的时候，他用手语对我说："要混冷水，等等。"到了他上幼儿园的时候，我们已经有了自己一套常用的手语词汇。当我们一起看书时，如果我停下来休息，或者忘了翻页，他会将我的双手抓起来，摆成各种形状，不让我休息，催我继续读。到了睡觉的点儿，他会双手合十，一边脸颊贴住手背，仿佛枕着一个枕头，只不过用的是我的脸颊，而不是他的，这是我俩之间的小玩笑。

　　幼儿园毕业典礼那一天，克里斯托弗将我拉过去，介绍给他的一个朋友认识。我们头顶着烈日，站在飘散着沥青味道的操场上，等待老师过来颁发毕业证书。证书上贴着一闪一闪的小星星，漂亮极了。克里斯托弗先是用一只手按住胸口，然后指我，向朋友介绍："我的，妈妈。"接着，他打了个耳聋的手势："耳朵，关上了。"最后补充："和我，一样。"

　　翻译过来就是：我的妈妈她听不见，和我一样。我差点开心得在操场边的步道上跳起舞来。原来在他心中，我们是同一个世界的人。

此时的我，一会儿哭，一会儿笑，一会儿又哭又笑，一会儿处于哭笑之间，仿佛情绪短路了，胡乱跳跃。格里菲斯公园（Griffith Park）的一角蓦地闯入我的视野。克里斯托弗很喜欢去那里的旅游小镇玩，他会跳上停在小镇里的老火车，在售票员的座位上又蹦又跳。我能想象他假装自己是售票员，豪迈地用手语说，他会派火车送我们回家。但是，谁也无法改变命运的方向。没有哪一列火车能将他带回我身边。

在帕萨迪纳，克里斯托弗靠着胃管饲食，一天天地长大。然而，体重每增加一磅，他肾脏承受的压力就更大，越来越难以维持生命。他的身体开始浮肿，骨骼变脆。才5岁，他就到了肾衰竭晚期。可他的身体还太小，无法接受成人的肾脏。加州大学洛杉矶分校医疗中心的医生开始让他在家做腹膜透析，以此争取更多时间。

每天晚上，我都要用管子将他与一台洗衣机大小的透析仪相连，对照无菌操作流程，逐项执行，逐条打钩。为此，我专门设了定时器，确保用抗菌液洗手满三分钟。然后，我会戴上口罩和手套，计算应该往透析液中加多少葡萄糖，接着用碘伏浸泡与身体相连的导管，浸泡满四分钟，确保每个地方都彻底消毒，才连上透析仪，开始透析。

导管的一个端口进入他的腹膜，即腹部的内壁。整个夜晚，透析仪通过导管将透析液灌入腹腔，利用腹膜的交换功能，将白天堆积在体内的毒素带到体外。在这个过程中，只要任何环节受到污染，都可能诱发致命的腹膜炎。我甚至用胶带将一套夹钳和无菌剪刀粘在他床边，万一发生地震或火灾，就能用它们夹断或剪断导管，断开与透析仪的连接，带他逃出去。

白天，我一直在监测他的体液重量、体温、血压，留意任何感染或病情加重的迹象。晚上，我从不敢真正睡着，一直在听透析仪的声音，怕它突然发出警报声，很容易就惊醒。现在的克里斯托弗，必须靠机器维持生命。一想到万一停电，我就无比恐慌。

透析是迫不得已的权宜之计。他的身体一天比一天虚弱，需要尽快移植肾脏。几个月后，他连路都走不动了，枯瘦的双脚再也无法承受他的体重。由于病史复杂，克里斯托弗被评定为高风险患者，无法进入医院常规的移植等候名单，因为肾供体是稀缺资源，排队时间很漫长。我们最大的希望落在了仍在世的亲人身上。

除了我和弗兰克以外，我们两边的家人都自愿接受测试。测试的那天早晨，我站在医院的走廊里，额头抵着冰凉的墙壁，俯身吐了出来。多年来积压在心中的忧虑，在这一刻破闸而出。

多年来，肾脏移植这件事一直压在我们心头。它意义十分重大，将决定克里斯托弗最终的命运。一想到这儿，我就无比惶恐。它也许能让克里斯托弗过上正常的生活，也许会彻底终结这一希望。无论如何，至少有一个人必须配型成功，否则克里斯托弗将一辈子离不开医院，一辈子离不开透析，一辈子瘦小虚弱。

去医院取测试结果的那天，我紧张得什么也吃不下。医生说了许多与抗原有关的话，以及我们有哪几条路可以走。我不记得他究竟说了什么，只记得我很努力地想听清他说的话——那些复杂如天书的东西，胃里一阵翻江倒海。弗兰克的肾更合适。克里斯托弗在 6 岁那年的 8 月，住进加州大学洛杉矶分校医疗中心，从他父亲那里移植了一个肾。

即使配型合适，也不保证一定能成功。手术结束后，满脸浮肿的克里斯托弗被推出手术室，身上横七竖八地插着各种引流管还有监护仪的管子。那可怕的画面深深地烙印在我脑海里，一辈子也不可能忘记。但被我们寄予厚望的移植肾却出现了排斥反应，医生立马给他做了紧急透析，血液通过一台机器在体外循环。挂在他床边的透析袋中，装着他全部的血液、他的命脉。他脸色苍白地躺在病床上，手上插着输液管。我像平时带他过马路那样，握着他的手，攥紧不放。我父亲也在重症监护室里，默默地站在我身旁，紧握着我的手。

肾移植引发了新一轮可怕的并发症，我们开始昼夜不分地待在医院里。夜晚，我像游魂一样，在荧光灯下的走廊里走来走去。长长的通道两头，有人正受病痛折磨，有人正日渐康复；有坏消息，有好消息；有恐惧，有祈祷。我来回踱步，想逃到另一个地方，想跳到下一个时空。医院的时间有自己的刻度，以警报声的间隔来计算，以同病房陌生人的来去频率计算，以生命体征测量、抽血、病情评估的次数来计算。医院外，时间照常流逝；医院内，病人没有四季。

我们总是尽量将克里斯托弗的床推到窗边。他一看到窗外，精神就会好很多。他会躺在白色的床单上，抬起苍白的小脸，眼下挂着深色的眼袋，睁大眼看窗外飞过的鸟儿，用手语说："飞吧。"

其他床的病人来了又走。有一次，一个婴儿出现在与我们只有一帘之隔的床位上，像一颗小豆子，躺在一个巨大的铁制婴儿床中，床上摆着一只医院发的粉红小熊，是关于她性别的唯一线索。没有大人来看望她。她躺在床上，抽搐着，摇晃着，没有插输液管的那只手捏成拳，伸向半空。她发出尖锐的哭声，令人焦躁，可她的哭声还不够响亮，无法将护士引来。她很快就消失了，来也匆匆，去也匆匆。

在她之后，有一个叫大卫（David）的16岁男孩住了进来，陪他一起来的还有一个闹哄哄的大家庭。他们带了鸡肉沙拉三明治过来，还为大卫晚饭吃什么与护士吵了一架。

"他只吃糊状的东西。"他的母亲坚持道，让护士去找搅拌机。他们还为停车和其他住院琐事吵了一小会儿。

"他的心脏很差。"他父亲对我说，仿佛在试图辩解什么。大卫的脖子粗粗的，两只小巧的耳朵长得比较低。他朝克里斯托弗挥了挥手。

"我也是，"克里斯托弗朝他打手语，"生病了。"

～～～

后来，奇迹出现了。经过令人神经紧绷的几个月，克里斯托弗的身体终于慢慢适应了那个顽固的新肾，开始恢复自然发育的状态，四肢又长了点肉,眼睛明亮了起来,脸颊也有了血色。

到了感恩节,在轮椅上度过了一年多的他,终于可以下地走路。看着他迈出第一步,我和他的理疗师泪流满面,激动地抱在一起。到了春天,他已经重新学会跑步。除此之外,他有生以来第一次有了食欲,终于可以告别从出生就一直在用的胃管,再也不用每天多次更换胶带和纱布,也不用每到饭点就掏出漏斗胃管,忍受陌生人好奇的目光。每天早上,他给我打下手,将花生酱和果冻三明治塞进他的饭盒里,那个盒子曾是用来放医疗用品的。"上学吃的,很好吃。"他打着手语,赞许地拍了拍饭盒,还咂了咂嘴,强调好吃。

他变得很喜欢点汉堡。以前,他只能眼巴巴地看别的小孩点汉堡,现在他自己也可以点餐了。他每次到店里就会点一个汉堡,仿佛想要弥补缺失的那些年,虽然只咬一两口就不吃了。我们经常带他去附近的麦当劳——这是他自己选的餐厅,点一份开心乐园餐。店里的服务员都知道他会点什么。一见他来了,就提前准备好他的开心乐园餐,还有一个免费的甜筒,送给这位热情的小顾客。麦当劳的开心乐园餐附赠了不少发条玩具,全被他当成宝似的藏在床底下。

他还变得很贪玩,几乎不想睡觉。有时,他在路上走着走着,会突然蹦跳一下,我们把这叫"快乐跳"。那时,他正在接受特殊的马术治疗,像马戏团的小演员似的,神气活现地骑在马背上,炫耀自己的骑术。马儿驮着他,从我身边跑过。为了引起我的注意,他松开双手,朝我打手势:"妈妈,看啊!"后来,他加入了少年棒球队,学会了击出 T 座上的棒球。

有一天,克里斯托弗在格兰岱尔基督复临医疗中心做完定期理疗,和我一起去逛医院的二手店,最后带了一扇铁门回家。我在帕萨迪纳有一个小古董摊,因此经常来这家二手店淘货,为我的摊子"进货"。我吃力地将它搬到马路上,克里斯托弗则开心地在一旁拍手,像一个寻到宝藏的小海盗。我想,只要将它放在一个底座上,上面再放一块玻璃,就是一张漂亮的咖啡桌。门板的中央有一颗铁铸的星星。

当天晚上,我们坐在房子门前的台阶上,聊起了天上的星星。

"天上有多少星星?"他指了指夜空,用手语问。温暖的晚风拂过,掀起他的额发,我帮他拨了拨头发。

"很多,很多。数量很大。"我将两手摊开,表示很大。

"更大。"他立马纠正我,拉住我的两只手,将它们分得越来越开,直到再也无法张开。他开心地尖叫了一声,扑进我无限大的怀抱里。

肾移植一年后的暑假,克里斯托弗去了弗兰克的新家庭,与他的继兄弟姐妹一起生活了一阵子。到了 9 月,他回到家里,跟倒豆子似的,"啪啪"地用手语跟我分享他在那里的生活,说他们出去钓鱼,骑了跑得飞快的马儿,打了漂亮的安打,拿到了棒球奖杯。

然后,他用食指戳自己的脸,像要戳出一个酒窝。看到这个动作,我的心彻底融化。它是"想你"的意思,全世界最甜蜜的手语。

与他离开前的那个月相比,他的身体似乎更结实了,肌肉之间的褶皱,至今仍令我感到不可思议。那天晚上帮他洗澡时,我欣慰地看着他笔直的背。他的背脊更坚挺了,不似以前那般柔弱无力。他的肩胛骨也变圆润了,不再像鸡翅膀一样突出。一个英俊强壮的小男子汉,总算初见雏形了。

有一天,我们开车经过一片运动场,看见一群群孩子在打球或玩耍。他突然指着自己,用手语说:"我跟他们一样。"去世前几周,他在学校的话剧里扮演圣诞老人,我至今仍记得,他当时的眼睛如星辰般璀璨。

我差点就忘了拐弯。那个转角,我曾拐过千百次,准时将克里斯托弗送到学校。今天,我却差点错过它,是意外还是故意,我不知道。我只知道,有一个地方是我不愿去,却又不得不去的。我张开嘴艰难地呼吸,胸口使劲往下压,胃用力提起,抵住肺。我开始恐慌,胸闷气短,快要缺氧。车子离学校越近,我就开得越慢,害怕当现在与过去相撞时,我会完全停止呼吸。

克里斯托弗读过的小学,坐落于伯班克市的山麓。一排校车顶着鲜艳活泼的黄色,同往常一样整齐地停在校门外。正准备停车的我一看见它们,差点忍不住转身离开。"你在逃避什么?"迈克的质问声突然在我脑中响起,令我松开了正要踩油门的脚。无论我跑得多快，都不可能跑过悲伤。

我在车里坐了几分钟，平复自己的心情，然后从车上下来，走上水泥路，经过旗杆，走向红色的校门。学校的教学楼仍是与其名字相符的浅海蓝色，墙上嵌着一只只白色边框的窗户，屋顶斜坡上铺着红色瓦片，鳞次栉比。来之前，我给校长打过电话，告诉他我想过来看看克里斯托弗的树。前台的女接待员知道我会过来，她们点头示意我可以过去，脸上挂着亲切的笑容，视线却与我错开，似乎是想给我一些自由空间。我走在长长的教学楼廊道里，走过忙碌的课堂，走过五颜六色的布告栏，在迷宫般的过道中穿梭，仿佛在黑暗的房子里摸索方向，在黑暗中重塑记忆。我扫过一张张孩子的脸，条件反射地想寻找认识的人，却找不到一张熟悉的脸孔。是啊，我认识的孩子早就毕业了。终于，我来到走廊的尽头，推开通往操场的门。

孩子们穿梭在雨水中东奔西跑，有的在玩抓人游戏，有的在玩踢球游戏。我小心地躲开他们飞奔的身子，来到操场另一头的可移动建筑物前。那是克里斯托弗曾待过的教室，教室里零星地摆着几张课桌，还有一排整洁的格子柜，与我以前来接他下课时看到的一模一样。有那么一瞬间，我被拉回到了过去，差点以为只要我再仔细找一找，就会发现他正躲在挂满外套的衣架后面。

植树仪式那天，有一个他很喜欢的老师——我不记得是朱莉·兰伯特（Julie Lambert）还是南希·帕克（Nancy Parker）了——将他的一小堆遗物放进我怀里：一沓用铅笔写的作业，一件备用的外套，放在那堆东西最上面的,是一张来年的日历,被他涂满了颜色。我们两人凝视着那堆东西,谁也说不出话来。

在这里,记忆翻涌,似水如潮,忽明忽暗。

我不记得当天发生了什么,只记得我来到仪式现场,站在卡尔·基尔希纳(Carl Kirchner)身边。他是克里斯托弗读过的幼儿园的园长,也是他最爱戴的人之一,身材高大,和蔼可亲。当卡尔去医院看望生病的克里斯托弗时,他会迫不及待地将长尔介绍给他的医生,亲昵地称长尔为自己的"爸爸"。在那些照片中,我们身旁围绕着许多年幼的孩子。他们扬着朝气蓬勃的脸庞,凑到他们为克里斯托弗挑选的桃树苗前,挂上他们写给他的卡片。

亚瑟(Arthur),一个壮实的聋哑男孩,戴着一顶帽子,压住一头黑色的卷发,眨着一双棕色的眼睛,在仪式结束后跑过来,拉住我的袖子。和那天的许多孩子一样,他声称自己是克里斯托弗最好的朋友。他是那种莽莽撞撞的小孩,对周围空间的感知,远远落后于他的体形。但是在克里斯托弗身边,他会变得格外谨慎,每个动作都很小心,不让自己撞到他。这点令我特别感动。

亚瑟将手握成"C"字形,在自己胸前绕了一圈,代表克里斯托弗的名字。

"克里斯托弗的盒子,多大?"他指了指天空,用手语问我"他在天国的房子有多大",然后满眼期待地看着我,等待我的回答。

我单膝跪地抱住他,不让他看到我脸上的平静正在崩塌。我无法回答他。西雅图的殡仪师曾问过,克里斯托弗的骨灰盒有多大。

这两个问题是一样的。没人应该回答这样的问题。

他又一次扯了扯我的袖子。"克里斯托弗,再来学校,什么时候?"

我用力闭上眼睛,将记忆从眼前关上。我多希望我能和那些单纯的孩童一样,将天堂看作一个有去有回的地方。我的脚像灌了铅似的,抬不起来,动弹不了,就跟刚从噩梦中醒来一样,无法尖叫,无法逃跑。我浑身僵硬地站在操场上,被困于半梦半醒的梦魇之中。这时,我又想到了沙利,想到了他如何靠意志力顽强地迈出每一步。我必须和他一样,靠意志力走下去。

通往花园的路,树冠合抱,遮天蔽日,仿佛一条隧道。我一踏入园子,就认出了那棵树。多年来不曾回想的记忆,一股脑地涌入脑海。克里斯托弗去世几个月后,有一天我出现在花园里,问能否让我在那儿做志愿者。克莱格·汉佩尔(Kreigh Hampel),当时负责打理那个园子的男人——一个每天风吹日晒的园丁,看到我似乎毫不惊讶。

在春植到来前,我们站在一起,对着满园疯长的野草,还有枯萎后东倒西歪的向日葵,检查园子的情况。他眼中看到的不是草木残骸,不是遍地狼藉,而是一个可爱的自然实验室。在这里,那些从小在洛杉矶盆地长大的孩子,那些从小在钢筋丛林里长大的孩子,能够学会如何从地里种出东西来。孩子们管他叫"腐朽博士",因为他很喜欢收集腐烂的枯枝落叶,用它们制作有机堆肥。

"这里的每一样东西都是我们的老师,"他告诉我,"都能教会我们一些重要的知识——植物演替、本土植物优势、食用昆虫、杂草。"克莱格给了我几根旧的软水管，让我将每根管子首尾相接，做成一个环，像呼啦圈一样，然后将它们放在花园的各个角落里。那天下午，直到孩子们从教室里蜂拥而出，我才知道他为什么让我那么做。一有孩子在花园里到处乱踩，克莱格就会将他们引到圆圈里去。

"自己找一个圆环，把圆圈里的野草拔干净。"他对孩子们说。

我将我的圆环放在克里斯托弗的树旁边。接下来的几个月里，孩子们在教室里上课，我则一个人在园子里刨土，手指刨出血了也不管。我刨出一圈小土堆，用手掌将它们拍夯实，然后从别的地方抱来石头，围着克里斯托弗的树放，做成一个低矮的挡土墙，保护它的树根。每颗石头都那么沉，像他枕在我腿上的脑袋，像他依偎在我怀里的身子。

有一天，克莱格给了我一个新工具——修枝锯，教我怎么修剪树枝，让树木能照射到更多阳光。修剪枝条讲究节奏，如果我中途停下，犹豫下一刀该往哪儿剪，或者想法太多，就会阵脚大乱，剪不下去。如果我让树木引导我，告诉我该往哪儿剪，就能剪出合适的形状。我将克里斯托弗的桃树剪成它想要的漏斗形状，将它第一年努力长出的树枝剪短了三分之一，好让它来年长得更茂盛。它旁边立着一棵苹果树，总是固执地向上生长。我将它修剪出更开放的形状，好让中部的枝叶也能照到阳光。苹果树边上是一棵生病了的李子树，树皮往外流胶，叶子边缘跟烧焦了似的。我剪掉坏死的枝条，剪掉垂死的枝条，留下初生的嫩芽，让其茁壮生长。

那年，我修剪了很多树。

搬回西雅图后，我收到了一封来自克莱格的信，告诉我克里斯托弗的树长得很好。他在信中写道："它的生命力很顽强，结了很多果子，比其他树都要多。"

我站在园子里，雨势开始转小，细细的雨丝纷纷扬扬地洒下来。我还能看到我亲手做的挡土墙残迹，还有孩子们在石头上写下的他的名字。那棵树已经长得又高又宽。校长告诉我，它每年夏天都会结出几大桶桃子。真正吸引我的是一股强大无形的力量，我站在它的树枝下，仿佛站在一片安宁之中。

那天下午，我回到旅馆，将自己狠狠甩到床上，筋疲力尽。迈克坐在床边。

"怎么样？你看到那棵树了吗？"

我点了点头。

"然后呢？"

"我很高兴我去了，"我说，"感觉像是克里斯托弗在呼唤我去。"

第四篇

悲伤的考验

当悲伤如海啸般袭来，我们如何能够勇敢地站在它面前，即使被它吞没也毫不退缩？格里用意想不到的方法给了我们答案。因为她，我学会接受悲伤的馈赠，不再将快乐视为当然之物。痛苦是愈合的一部分，愈合不是痛苦的终结。

第十二章

　　一个成年人去世了，会留下不少身后事让家人料理，比如宣读遗嘱、处置遗产，足以让他们忙碌好一阵子，暂时忘了丧亲之痛。克里斯托弗去世后，留给我们的身后事却寥寥无几。我父母将他借阅的书还给图书馆，如此简单的一项任务，却令他们几近崩溃。他没用完的医疗用品被我们全捐了出去，仍未支付的医疗账单也一项一项地结清。

　　一天，加州儿童服务中心的一位女士打来电话，回访该机构的服务情况。先前，为了争取到他们机构的理疗，我在医院与州政府之间来回奔波了好几个月。一开始，相关部门收到我递交的病历，认为克里斯托弗不符合理疗条件，驳回了我的申请。后来，我锲而不舍地递交更多材料，负责审核材料的人跟我已经很熟了，一见到我就能直接喊出我的名字。最后，折腾了一大遭，我终于如愿以偿。我接起电话，一听到对方的声音，就听出她还不知道克里斯托弗的事。我多么希望时间永远停留在那一秒，仿佛只要电话那头的人还不知道他去世，他就仍然活在这个世上，活在某个平行宇宙里。如果可以，我也想将时间拨回到我还不知道的那一刻。

"很抱歉，"我语气平淡地说，"克里斯托弗已经去世了。"

接着，对话照常进行了下去，没有片刻的停顿。她不停地说话，说上次回访时他还很正常，说一眨眼他就长这么大了。亲口对外人说出他去世的消息，似乎没有在我心中激起太大的波澜，但我知道事实并非如此。我清楚地听到了，我脑子里有一个声音在说只要我不停地说话，不停地说啊说，就可以不用面对那个可怕的事实。

通话结束后，我坐在餐厅的角落里，那个我得知他去世的角落，木然地望着窗外，听着"嘟——"的挂断音，就这么坐了许久，直到一只哀鸽突然发出"咕呜咕咕"的叫声，才将我从恍惚中拉回来。它落在窗外的空调外机上，专心地用喙梳理一身棕褐色的柔软羽毛，然后突然抬起头来，望了我一眼。那一瞬间，它望向我的眼睛，跟克里斯托弗的好像。我眨了眨眼，想看得更仔细些，它却飞走了。

"飞吧。"我用手语无声地说。

除了加州儿童服务中心，我还有其他医院的账单要结算。格兰岱尔基督复临医疗中心财务办公室的一位女士打来电话，说她已经核销了克里斯托弗名下的欠款，这是院方的一片心意。说完，电话那头就挂断了，我却还握着话筒，难受到无法呼吸。

被一笔勾销的，仿佛不光是欠款，还有他来过的证据。

~~~~~~

两只手掌相互钩住，像拧毛巾似的在胸前拧住，就代表"心碎"，也可以表示"悲伤"。"悲伤"在英语里的对应词是"grief"，来源于古法语里的"grever"（意为"负担"），"grever"则来源于更古老的"gwere"（意为"沉重"）。我们的祖先似乎也不知如何描述精神上的痛苦，只能通过类比的方法，将它映射到物理世界中的重量感上。悲伤确实会给人带来沉重的感觉。我童年时期最大的恐惧，就是被埋进沙子里，只余脖子和脑袋在外面，动弹不得。当悲伤袭来时，它就像沙尘暴一样，铺天盖地砸下来，将一个人活埋，让他寸步难行。但是，当一个人不在这个世上了，让活着的人心里空落落的，有什么词语能够形容这种缺失感的重量呢？

他去世后的那几天，我开车穿过洛杉矶，穿过褐色的山丘，来到格里菲斯公园。那里有一座天文台，我们曾一起爬到山顶，去参观天文台；来到圣莫尼卡码头，那里有一座复古的旋转木马，我们曾一起坐过；来到尘土飞扬、松香四溢的旱谷，那里是他学骑马的地方。我沿着湖边大街继续开车。这条帕萨迪纳市的林荫大道，将我俩的童年串联在一起。我驶上地势渐高的洛杉矶盆地，沿着穆赫兰道往上走。日暮时分，在深蓝色的天穹中，一轮苍白的月亮，如迎面而来的车灯，缓缓地攀到我头顶，淡淡地看着道路两边的路灯一盏接一盏地绽放。我来到伯班克，在他的校门外停下车，似乎看见一个个雀跃的孩子，穿着红蓝相间的校服，从校车上跳下来。有时，我会在恍惚之中来到一个地方，却不记得自己是怎么过去的，仿佛脚下的地球突然往另一个方向倾斜，将我甩向相反的一边，找不到东西南北。

我开着车满世界找他，一次又一次地迷失在路上。我摇下车窗，关掉收音机，在脑中一遍又一遍地重播克里斯托弗的一生，设想一连串"如果"的事——如果我们能在他的肾脏严重受损之前发现他的缺陷；如果我上周末没有让他父亲将他带走；如果我们早点发现夺走他生命的不是流感，而是别的先天性缺陷……一个又一个"如果"，在我脑中反复闪现，让我头晕目眩。我不停地回想过去，寻找能够挽回他生命的时刻，心想如果那时我不那么做，他现在也许还活着。我坐在车里，想象他走在一条不同的人生轨道上，假装他其实还活得好好的，正等着我去学校接他，去理疗机构接他，去他父亲家接他。一个人坐在车里，我可以将全世界关在车外，拒绝相信他已经死了。在车里，我依然是他的母亲。在车里，我不必见任何人，不必说任何话，不必告诉别人我还好吗，不必面对别人的关心。当他们问我，他们能为我做什么，或者我需要什么时，我不必强迫自己回应。

每次我都想大吼："你帮不了我！没人帮得了我。"我想要的是克里斯托弗挥舞着他手中的蝙蝠侠午餐盒，朝我飞奔而来，兴奋地打着手语，说："放学啦！"我想要的是每次从噩梦中醒来，都能看到他蜷缩在我身边，我听着自己急促的心跳慢下来，呼吸渐渐与他同步。我想要的是亲眼看着他长大成人。

我开车经过一块停车场的牌子，牌子上面写着：宽限5分钟。

宽限5分钟。这也是我所渴求的，渴求悲伤能够放过我5分钟。

第一年，我整个人是麻木的，没有知觉。第二年，起初的震惊逐渐被时间消磨，麻木感却有增无减。第三年，身边的人以为时间够长了，我应该已经走出悲伤，重新开始新生活。

他们不知道的是，悲伤没有尽头。

它的触角无处不在。飞驰而过的黄色校车，救护车的鸣笛声，马克笔的刺激气味，都会打开记忆的开关，令我心颤。

我带着克里斯托弗搬到洛杉矶后不久，就经历了一场大地震。它发生在黎明之前，将睡梦中的我晃醒。7.4级地震产生的冲击波，从东边约161千米以外的沙漠小镇兰德斯传来，差点将我们的小房子震偏。那种怪异的失重感，至今仍令我记忆犹新。在剧烈的摇晃之中，我仿佛连人带床悬空了一会儿，脚下的地板随时可能向下塌陷。我穿过摇晃的地板，冲进克里斯托弗的房间，看见他仍在熟睡。

而我却再也睡不着，提心吊胆地守在他身边，不知余震何时会来。

在悲伤面前，我也是这样，终日惶惶不安。

后来，美国发生了俄克拉荷马城爆炸案，电视台一遍又一遍地滚动播放一个消防员从瓦砾中抱起一个残疾儿童尸体的画面。接着，美国又发生了"9·11"恐怖袭击事件、桑迪·胡克小学枪击案、叙利亚男童偷渡溺死伏尸海滩……每一场惨绝人寰的人间悲剧，都会勾起我心底的陈伤旧痛。

克里斯托弗去世的那几年，我曾担心这个无法停止悲伤的我，会耗尽亲朋好友的耐心。报道别人的故事，成了我对抗悲伤的武器。有时，我当下就知道自己为什么想写某一个故事；有时，我要等到多年以后再回首，才能看清为什么。我所报道过的大多数人，只在我的人生中留下浅浅的脚印。我在他们的人生中，也只是一个过客。采访结束，便匆匆别过。

偶尔，我们的人生也会因此产生交集。格里·海恩斯（Gerri Haynes）就是其中之一，尽管我在采访她的时候，并未意识到这点。

重新回到报社上班后，我写的第一篇文章是关于儿童姑息治疗——一个方兴未艾的领域。说白了，它就是儿童临终关怀，即停止治愈性医疗，转而采取以缓解痛苦、提高生命质量为主的护理，这通常是临终患者唯一的选择。一直以来，医院都有一套针对成年临终患者的临终关怀护理，而且非常完善，却没有针对儿童临终患者的，因为家长或医护人员通常不肯放弃任何一丝挽救儿童生命的机会，提前宣判一个孩子没救了更是一种禁忌。如果一个无药可医的孩子快死了，他们的家人只能独自面对恐惧，独自承受悲伤，没有人能给他们心理上的关怀或精神上的帮助。

克里斯托弗曾在加州大学洛杉矶分校医疗中心与一个罩在氧气帐内的小女孩共用一间病房。她是一个溺水病患，看上去像一个没有灵魂的洋娃娃，眼神空洞，双手上了夹板，床边站着她的父亲。

"乖宝贝。乖宝贝。"他喃喃地念着，喃喃地念着。孩子的母亲一脸憔悴地靠在墙上，沉默不语地凝视着她。偶尔有护士走来，拉上帘子遮住病床，用机器和导管抽吸她肺部的黏液，清除呼吸道异物，发出刺耳的响声。一块薄薄的帘子，隔开生与死的世界。

那不是同住一个病房的我们所能嘘寒问暖的事。

不过，一些医学人士正在努力改变现状，为那些病重或濒死的孩子的父母提供帮助，这也给了我与格里相遇的机缘。她曾做过重症监护护士，也曾做过医院行政管理人员，致力于临终关怀和姑息治疗。她身材苗条，体形健美，瞳孔是浅棕色的，炯炯有神。我们刚认识的那会儿，她正忙着协助医院建设全国首批儿童姑息治疗单位。在一次采访中，她告诉我，她还组建了一个关怀互助小组，组里的成员全是失去孩子的母亲，她们会定期到她家聚会。她家在林木荫翳、清幽僻静的西雅图郊区。她也曾邀请我过去。

起初我很犹豫，不愿越过采访对象与记者之间的界限。故事写完后，我经常想起她说的那个小组。我很少谈论死去的克里斯托弗，努力不在人前表现出"残缺"的样子，不想成为别人窃窃私语的对象，说我是"那个丧子的可怜女人"。我努力在外人面前藏起悲伤，仿佛我已经完全走出过去的阴影。隐藏内心真实的感觉，对我也是一种保护，让我能够像正常人一样工作甚至微笑，尽管在内心深处，我感到很孤独，无论走到哪儿，都格格不入。挣扎许久，我最终还是决定去参加她们的聚会。

～～～

　　十几名妇女聚在格里家的客厅里，仿佛是来讨论投票、策划二手物品售卖，或学校筹款活动的。她们看上去与其他普通妇女并无不同，其中有几个跟老朋友似的，热络地聊天，仰头大笑，其他人则握着一只杯子，要么独自坐着，要么在客厅里闲晃，不知该干什么。最后，每个人都找了一个地方坐下，有的坐在沙发上，有的垫着一块坐垫席地而坐，面朝坐在壁炉前的格里。她让每个人先自我介绍，说说自己的孩子叫什么，曾过着怎样的生活。就这样，关于孩子死亡的细节，一点一滴地从每个母亲口中流了出来——癌症、自杀、车祸、谋杀……任何你能想到的人世间最悲惨的厄运，几乎都曾发生在这个房间里的女人们身上。

　　眼看着就要轮到我了，我的心跳得越来越快，眼前突然出现闪烁的光点，仿佛纷扬的彩屑，悬浮在视线边缘。那是偏头痛的先兆。我用手揉压太阳穴，试图放松紧绷的神经。

　　第一次参加聚会，我几乎一言不发，不知如何诉说克里斯托弗的生活，也不知如何诉说他死去的经过。那是深埋在我心底的故事，就连对自己，我都不知如何开口。进入这个小组后，我莫名地感到更孤独了。这些女人与我同病相怜，比我身边大多数人都更像我，可她们并不认识我的克里斯托弗，也不可能认识他，我也不可能认识她们死去的孩子。我只看得见我们之间的不同之处，看不见我们有何相似之处。在她们当中，有些人的子女去世时已经成年了，有些人的子女才刚出生就夭折，有些人有幸见到孩子最后一面，有些人直到警察上门才知道孩子去世的噩耗。我想象不出来她们经历过多么可怕的悲伤，我只想象到我自己的。聚会结束后，我心神不宁地离开了，心想我再也不会来了。

但我后来又去了几次，每次都会陷入同样的心理挣扎之中。格里为每个母亲提供了一个畅所欲言的环境，有人谈到了她们死去的孩子，有人谈到了仍然活着的其他孩子。她们还谈到了亲人朋友以及另一半如何偷偷地伤心，如何默默地帮助她们。格里专心地倾听每一位母亲的声音，不仅倾听她们说出口的故事，也倾听她们没有说出口的故事。那里有愤怒，有泪水，有笑声，也有愧疚，像毒草一样在暗中生长。

"如何对待内心的痛苦与愧疚，完全在于你的一念之间。"她说，"如果你不将它们转化成智慧，转化成对自己以及他人的怜悯，那么它们的存在就毫无意义。"她说愤怒是被伪装起来的悲伤，悲伤是对我们无法控制之物的哀悼。她说哭泣是人的本能，哭泣自有它的好处，不哭也没问题。

一位母亲说，她已经麻木得哭不出来。"感谢那阻止了泪水的大坝，"格里说，"是它保护了我们，不让悲伤泛滥成灾。"

我坐在那儿，一边顺从地听着她们的发言，一边想狠狠推开所有人。她们的悲伤犹如一个黑洞，不容抗拒地将我吸过去，企图吞噬我所剩不多的一丝幸福。我一点儿也不想靠近那个黑洞。最终，我还是做了逃兵，再也不去她们的聚会。

格里却坚持了下来，日复一日，年复一年。她让那些女人进入她的房子，进入她的心房。看着我身边的人一个接一个地离开，我不知道她是怎么坚持下来的，她为什么能够包容所有人的痛苦。我失去了两段感情，先是克里斯托弗的父亲，之后是吉姆。朋友们各奔东西，我也在努力地向前奔跑，企图将内心的感受远远甩在身后，假装它们并不存在。

当刚出生的克里斯托弗还住在重症监护室里时，曾有一名牧师来过，向重症监护室里的父母讲述生命的诞生与消逝。他曾有一个女儿。有一天，他的妻子将她放在一张桌子上，正要给她换尿布，她却突然从桌子上滚下去，摔死了。几周后，他的妻子从船上跳下去，自杀了。他的一举一动如父亲般慈祥，眼里却盛着深不见底的悲伤，让人不忍直视。他说，他现在的使命是帮助那些深陷痛苦之人。

可是，当悲伤如海啸般袭来，我们如何能够勇敢地站在它面前，即使被它吞没也毫不退缩？直到这时，我都没有找到答案，格里却以我意想不到的方法给了我答案。

我和格里认识有两年了。有一天，我从我们共同的好友那里听说，她被查出了乳腺癌。当那位也在报社上班的朋友告诉我这个消息时，我既震惊又担心，立马给她打了个电话。她听上去很平静。挂断电话后，我想她能够如此坦然地接受事实，也许因为她曾是护士，见惯了生老病死吧。

那时，我加入了报社组建的一个新团队，经常和其他人一起开玩笑说，我们是"普通人"小组。时间一天一天地过去，决定了报社未来的联合经营协议也在一天一天地倒计时。管理层雄心勃勃地重组新闻编辑部，这次重组被我们比喻为"龙卷风"，是我们寄予厚望的一记"万福玛利亚长传"[1]，将带领我们对抗互联网的无情侵袭，让我们更敏锐地捕捉读者喜好，更高效地响应阅读需求，走"数字优先"道路。报社打破了以往单一版块的组织模式，组建了许多跨版块的记者小组，我所在的小组专门负责人物侧写。这场"龙卷风"重组行动的宗旨是让更多普通人在报纸上看到自己的影子。即使不是名人，不是正在竞选公职的政治家，不是作奸犯科的罪犯，他们的故事也能出现在报纸上。这给了记者更多选题的余地，甚至可以说想选什么都行，重点是怎么选。

每个人都有值得讲述的故事。我高度认同这个观点，并迅速制定了自己的一套选题标准，寻找"平凡"与"不平凡"的矛盾综合体，从中挖掘具有张力的故事点。比如，一个人的身份地位越"不平凡"，他的日常越"平凡"，二者之间的拉扯就越激烈，越有张力。沙利将军便属于这一类人物——一个地位不凡的大人物，碰上一种十分常见的老年疾病。当一个"平凡"的人，碰上"不平凡"的事，这同样能够成为很好的故事。赛思就属于第二种情况——一个普通的小男孩，承受着极其罕见的疾病。

---

[1] 美式橄榄球比赛中的搏命长传，只有成功接住并达阵，才能称为"万福玛利亚"。

我还有另外一个寻找故事的标准。我会寻找一些突逢变故的人，这些变故可能与其人生追求相对立。几年前，我读了克罗克·斯蒂芬森（Crocker Stephenson）为《密尔沃基哨兵报》（*Milwaukee Journal Sentinel*）写的一篇文章，关于一个患上阿尔茨海默病的历史教授的故事。身为医学记者，我读过许多阿尔茨海默病患者及其家属的故事，但是这篇报道让人耳目一新。作者选择了一个一生致力于历史研究的人，而他却在逐渐遗忘自己的历史。这种强烈的反差，很容易就能引起读者的共鸣。当我听说格里得了乳腺癌，我立马想到了这篇文章。当死神来到面前，随时可能将自己带走，一个以临终关怀为毕生事业的人，将如何面对自己的死亡？

我给格里又打了一个电话，问她是否愿意让我对她的治疗过程做侧写。乳腺癌是女性身上第二常见的一种癌症。我所认识的女性当中，几乎没有人不知道这个病，她们要么自己就是患者，要么身边有人正饱受它的折磨。我想，格里是一名临终关怀护士，她的经历将对那些不知所措的患者有所帮助。我想写她是如何对抗癌症的，它是否让她对自己的人生有了不同的看法。她二话不说，就答应了我的请求。对此，我毫不惊讶。凭我对她的了解，她是一个热爱分享的人，她相信分享是一种传递力量的方法。如果能够帮助他人，她很乐意说出自己的抗癌故事。

于是，7月的一天，在她发现乳房有肿块的三个月后，我来到医院里，看她毫不忸怩地脱下衣服，接受最后一轮放射治疗。她的腋下有一道很深的疤，是淋巴结被切除的地方，乳房上有一道肿瘤切除后留下的新月形瘢痕，先前被放射线烧灼过的皮肤有些发黑。

她躺在一张治疗床上，身体上方是一台直线加速器，光滑的金属外壳冷冰冰地对着她。医生用笔在她乳房上画下标记点，引导电子束的路径，确保照射野对准靶区。她独自躺在放疗室内，看着天花板上的星空图案，在脑中将加速器发出的射线想象成太阳的光束，想象它们是治愈的力量，而不是破坏的力量。"它在给我体内的太阳能电池充电，"她在放疗结束后说，"我当时是这么想的。"

~~~~~~~~

格里是在耶稣受难日发现肿瘤的，它的手感不同于其他肿块，位于胸壁上部，与乳房组织有粘连，状似一只脚蹼，犹如一个顽固的入侵者，牢牢地嵌入乳房组织之中。她当时一摸到它，就知道情况不对，并让她同样从医的丈夫鲍勃（Bob）也摸了摸。

"这东西必须切除。"他客观地说，两人当时都有预感，这是一个恶性肿瘤，不过谁也没有因此乱了手脚。

"我只想让你知道，我的内心很平静，即使这是绝症。"她这么对丈夫说，说完便睡了。

58岁的她比大多数人更了解死亡。6岁那年，她的母亲死于乳腺癌。13岁那年，她的父亲死于心脏病。成年后，她成了一名心脏重症监护护士，每天都在重症监护室里，看着"滴滴"响的心电监护仪上，一道绿色曲线在生与死之间徘徊。几年前，她失去了与她非常亲近的继母，那个将她抚养成人的女人。因为在重症监护室里见多了生离死别，再加上她继母的关系，她非常热衷于临终关怀事业，协助她家附近的长青医院（Evergreen Hospital）建立了临终关怀中心，接着又在西雅图儿童医院也建立了一个。她说："每个人都会死，如果有一天面对死亡的人是你，你会希望保有尊严地死去。"

格里对死亡的了解，深深地影响着她的人生观。

肿瘤活检结果证明，她的直觉是对的。它不仅是恶性的，从严重程度上看，"它的总评分是9，组织学分级是3，"她说，"恶性程度最高，侵略性最强。"

消息传开之后，家人、朋友的邮件、电话、祈祷纷至沓来。格里的角色一下子颠倒了过来，变成众人慰问与关心的对象。"我平时很少收到这么多人的关心与祝福，"她说，"我需要一些时间去适应它们，也需要腾出一些空间去接纳它们。我把我的胸膛想象成一块海绵，吸满了所有人给予我的爱与鼓励。"

格里发现肿瘤一周后，便动手术将它和淋巴结一起切除，负责手术的外科医生正好是她的一个朋友。鉴于最初的病理报告，他们两人都认为癌细胞很有可能已经扩散，因此医生建议她后续接着进行6周的放射治疗。她知道自己是幸运的，有医学界的同事为她出谋划策，不是每个人都能这么幸运。但是一切发生得太快了，几乎没有时间让她思考其他选项。她要尽快决定治疗方案，决定下一步该怎么做，这让她开始有了压力，生活逐渐失去平衡。她需要时间慢慢思考，而不是被命运赶着走。

"当你得了这样的病，你会到处被人牵着鼻子走，"她说，"这会让你陷入混乱之中，无法理智地做出决定。你需要时间评估什么治疗方案是最适合你的，也最适合你的身体。"

我在笔记本上将"混乱"两个字圈起来。

做完手术8天后，格里和丈夫去了他们在俄勒冈州南部海岸的度假屋。他们经常去那儿度假，增进夫妻感情，亲近大自然，一边听着海浪拍岸的声音，一边在院子里除草。"除草拉近了我们两人之间的距离。"有时，他们会戴上户外露营用的头灯，在夜里拔草。格里经常对小组里的母亲说，当她的手触摸到大地时，她会有一种被治愈的感觉。如果有人要与另一半谈论严肃敏感的话题，她建议他们先找一块地儿坐下，然后再开口。"相信我，这对你们会有好处的。"她说。

我想象着头灯洒下的光，照亮了一小块土地，格里一边除去灯光下的杂草，一边思考下一步该怎么走。与此同时，癌细胞正在她体内暗自生长。

然而，去海边的那次，她出了一点意外，让她失去了选择的余地。她滑倒了，撞到了腋下的切口，起初出血并不快，但是血液流进瘢痕下方的组织里，淤积成一个隆起的"血袋"，即皮下血肿，有葡萄柚那么大，压迫到神经，令她手臂发麻，头晕目眩。

重建淋巴回流是切除淋巴结后的治疗之一。淋巴液流通不畅，会积聚在皮下，形成淋巴水肿。鲍勃带了一些大号注射器过来，原本是想用来抽淋巴液的，现在却用来抽血液。

"可它一直消不下去。"他说，"我知道情况很糟糕。我们看着彼此,告诉对方也许只能这样了。人生中有某些时刻会发生我们无法控制的事,我们能做的,只有尽人事,听天命。"然后,他们用力压住裂开的伤口,将所有精力都转移到止血上。火烧般的疼痛感从手术部位传来,令她几乎昏厥。

这让我联想到了她经常对那些母亲说的一句话:"疼痛是生命的一部分,也是愈合的一部分。"

"转移痛苦,而不是将它们囤积在心中,才是健康的做法。"格里说,"如果你将痛苦囤在心中,它就会开始恶作剧,伤害你的身体和心理。哭泣、大笑、去海边散步,都是修复心灵的过程。"

在跟踪采访格里的过程中,我越来越清楚地意识到,关怀互助小组是她生命中很重要的一部分。想要深入地认识她,就不可避免地要接触这个小组。即使在治疗期间,她也不曾放弃组织聚会。她说,它给予了她力量。

那年7月,在一个暖洋洋的星期二,我又去了她们的聚会。那时,她们的聚会已经持续了十多年。她盘腿坐在壁炉前,身边围着十来个妇女,有些人和我一样,为逝世多年的孩子而哀伤,有些人的孩子才刚去世,悲痛才刚开始。虽然我是以记者的身份出现的,我的大脑却兀自开始了它的坏习惯,不合时宜地计算——谁遭受的痛苦和我一样多?

这一次,我听进去了其他母亲的故事,而且我听到的不是我们之间有多么不同,而是我们之间有多么相似。她们的故事给了我一种熟悉的感觉,仿佛我真的认识她们的孩子,仿佛他们就在这个房间里。透过她们努力生存的意志,我能够感受到那些孩子灵魂的力量。格里的客厅为像我们这样的母亲提供了一个不可多得的港湾,让我们可以放肆地悲伤,放心地说出心中的故事,不用担心周围人的感受。

克里斯托弗去世一周后,医院派了一个刚上大学的社工来我家里做"哀伤辅导"。说到"去世"两个字时,她连看都不敢看我,只敢盯着枝条往下耷拉的圣诞树,两周前我送给克里斯托弗的玩具火车,仍围绕在它脚下。她转移了话题,请我谈谈我们家一般放假习惯做什么。她从头到尾都很不自在。辅导结束后,她松了一口气,后来再也没出现过。

在格里家的客厅里,谁也不曾背弃谁,尽管弥漫在空气中的痛苦,有时强烈到让人无法呼吸。

后来,我问她:"你是怎么做到十几年如一日地组织这些聚会的?你从来不觉得累吗?"听到我的问题,格里露出惊讶的表情,摇了摇头,表示不会。

"我从她们身上学到了很多,"她说,"我学到了生存,学到了无私的爱,学到了不管活得多累,即使连呼吸都觉得累,也要努力活下去。她们是上帝给我的礼物。我很感谢她们,让我学会无所畏惧地面对痛苦。"

然而,我至今学不会毫无恐惧地活下去,学不会勇敢地面对痛苦，不屈服于它的压迫。我曾与心理学家交流过，他们说当一个人收到一封足以颠覆人生的诊断书，失去深爱的人，遭遇其他生理或心理上的创伤时，最先涌上心头的往往是恐惧。然而，当格里得知自己得了癌症时，她的内心很平静，没有恐惧。

她曾对我说："我们为什么害怕死亡？因为我们害怕失去掌控。"这背后有一层更深的恐惧——害怕再也没有机会实现活着的意义。在重症监护室里，她曾一次又一次地从病人身上看到这种恐惧。许多人在鬼门关前走了一遭后，经常会说活着才是最大的礼物。他们最牵挂的是身边的人，最放不下的是身上的责任。

"如果你将责任视为礼物，而不是负担，你的生活就会完全不一样。"她说，"你将沉醉在拥有责任的幸福中。"

格里有很多责任。她有6个成年子女，7个孙女；她有工作要忙，有好几个花园要打理，还要组织妇女关怀互助小组的聚会，为中东儿童谋取福利。她曾向一位母亲开玩笑说，她的墓志铭上应该写：她一生操劳。

那是发现自己得了乳腺癌的第二天。格里从医院回来，一到家就听说，她的继女羊水破了。几个小时后，一个健康的女婴呱呱坠地。这是她的第二个孙女，之后还有一个。在4个月的时间里，她接连迎来了三个孙女。

"我有这么多孙女，这么多新生命要照顾。"她说，"忙碌是福。我们无法控制死亡，但是我们可以感激生命，对拥有的每一瞬间，对活着的每一瞬间，都心怀感激。"

"感恩"是我在采访格里时频繁听到的一个词。

"人生难免会发生一些令你不安的事,"她说,"重要的是让自己冷静下来,敞开你的心扉,不管经历怎样的人生,都不能失去一颗感恩的心。"

面对人生的不确定因素,她并非永远如此冷静。"没有人能做到一辈子心如止水,除非你是佛祖。"她说。20多年前,她结束了一段破碎的婚姻,带着4个年幼的孩子离开夏威夷,搬回西雅图,开始新生活。

格里在钱包里搜了搜,摸出一块光滑赤红的小石头,将它放进手心里,递给我。她儿子8岁时,有一天在沙滩上偶然发现了这块石头,形状像一只婴儿鞋。那时,他知道妈妈很伤心,便捡了这颗漂亮的小石头,带回去送给她,想让她开心。从那时起,她便一直将它带在身上。

我下意识地伸手去摸锁骨处的星星吊坠。这是我多年的习惯,总要摸到它,确定它还在那里,才放心。克里斯托弗给过我许多相似的礼物:一张以冰棒图案为边框的照片,至今贴在我的冰箱上;一只在幼儿园里用黏土做的碗,碗壁上留了一个容大拇指穿过的孔;一块印有他小手印的麻布。它们代替他留在我身边,安抚我的心灵。

他4岁那年,我曾在帕萨迪纳的家中,将几颗水仙球种球栽进一只放满鹅卵石的浅口碗里。最初的几个星期,它们躺在咖啡桌上的碗里,毫无动静。突然有一天,其中一株花茎破水而出,把我给高兴坏了。当时正逢节庆,水仙花的馥郁花香与圣诞树的清新木香混合在一起,飘散在客厅的每个角落里,让客厅充满了浓浓的节日气息。

那天早晨,克里斯托弗走进厨房,双手背在身后,鬼鬼祟祟的。"妈妈,惊喜。"他用一只手说。我种了那么久,才开出一朵水仙花来,而那仅有的一朵,此时正垂着小脑袋,被他攥在另一只小手里,作为礼物献给我。他伸出手指,沿面孔划一圈,表示"漂亮",开心地扭起小身子。每当想起这段回忆,我的心湖就会泛起温暖的涟漪。

我将小石头还给格里。

"当我跌倒流血时,我想这不完全是坏事,它肯定也有好的一面。"她说,"后来,它为我争取了更多时间。"

医生要等血肿清除干净,而且伤口完全愈合后,才能开始放疗。于是,她利用这段时间,与女儿出去旅游,也重新定位自己。这是意外给予她的礼物。

"那次跌倒出血,反而让我放慢了节奏,满足了我想要闲下来的愿望。"

她母亲死于乳腺癌。说起儿时失去的亲人时,她脸上流露出的依然是感恩。有一天,我陪她去医院复诊。做完检查,从医院出来后,我问起她母亲当年的情况。她微微顿了顿,说:"我很幸运能拥有她那样的母亲。在我很小的时候,我曾得过风湿热。我记得她用温暖的毯子包住我的双腿,然后握着我的手,睡在我旁边。那是我母亲留给我的最深刻的记忆之一。她去世之后，有时我还能感觉到她依然躺在我身旁，握着我的手，和我说话。"

开始接受放疗前，格里受邀参加了一次鼓乐治疗。在治疗师的引导下，她将自己想象成一只熊，伸开双手在黑暗中摸索，最终走出黑暗的洞穴，踏入阳光满溢的世界。"我已经很久不曾感应到我的母亲了，"她说，"在黑暗中，我感觉到我的两位母亲都在那里，她们是那么地快乐。能够认识彼此，能够再次见到我，她们非常高兴。"

格里相信人活着需要仪式，尤其是那些利用大自然的力量舒缓和治愈身心的仪式。家、大地、花园、大海，都是能够抚慰心灵的场所。她曾协助长青医院建立临终关怀中心，并将自然元素融入其中。她说："我喜欢与自然相融合的建筑与空间，它能够更好地将病人的身体与心灵相连。"她还协助医院规划临终病房的方位和布局，最终落成的大楼有许多窗户，尽可能地扩大了采光面积，让更多光线照射进来。每个房间都有一扇门通往中心庭院，整个临终关怀医院围绕该中心庭院而建，院子里有许多游乐设施，供来访的孩子玩耍。"有一天晚上，我看见一个白发苍苍的老奶奶坐在轮胎秋千上玩。"她说，"那是我在那里看到过的最温馨的一幕。"

格里经常邀请那些妇女去她海边的房子，用各自的仪式纪念逝去的孩子，每年邀请两次。她得了癌症的那年，我决定去她海边的房子,参加她们的活动。我开着车子,一路往南走,进入俄勒冈州,在38号公路上翻山越岭。蜿蜒的公路两边长满了参天大树,阴湿的树干上爬满苔藓,亭亭如盖的树冠遮天蔽日,车辆行驶在公路上,仿佛行驶在隧道之中。葳蕤的树枝如孩童的手探出来,将参差斑驳的金绿色光影,洒在身下的路面上。纵横交错的溪流越发宽阔,最终汇入乌姆普夸河(Umpqua River),奔向大海。

我离西雅图越远,就越急着想到达她经常提及的地方。靠近大海,靠近生命的起源之地,听着潮起潮落,能让她的心平静下来。"在这里待上一会儿,你的心会跟着大海的脉搏一起跳动,"她告诉我,"呼吸也会随海浪一起起伏。"

从西雅图出发8个小时后,我终于来到他们海边的房子,将车开进私家车道。格里赤脚跑到前廊迎接我,用她娇小的身体紧紧抱住我,然后松开手来,后退一步,看着我的脸问:"最近过得还好吗?"这不是一句客套话,她想听我真实的感受。每个母亲到她家,她都会这么问。如果有人强颜欢笑地说"我很好",她会歪着脑袋,一脸不信地看着对方,接着问一连串问题,绝不让任何人蒙混过关。

她和鲍勃在这里露营了10多年,后来才盖了这座房子。"我们盖这个房子,是为了在这里纪念生命的到来与离去。"她边说边带我们参观。阳光在挑高的房子里跳舞,窗外是一望无垠的大海,壁炉台上放着一罐从沙滩上捡来的石头,桌子上放着一只盛满贝壳的大碗。

那天傍晚,我一个人溜到沙滩上,独自做了一场纪念仪式。以前，我很喜欢带克里斯托弗去圣莫尼卡的海边，先带他去码头上坐旋转木马，再去沙滩上坐一坐。不管什么季节，我们都会去沙滩上玩，将沙子堆成各种形状，用手拍啊拍，将沙子拍实，再看海浪冲上来，将它们冲散。"妈妈，海浪！"他会打着手语惊呼，我会站在水中护着他，让他感受海浪的力量，感受海浪卷上来又退回去，轻轻地挠他的小脚丫。有时，我会打水漂给他看，他则站在一旁拍手，仿佛我是一个魔术师，能让石头像飞鱼一样，在水面上蹦蹦跳跳。

那天傍晚，太阳缓缓西沉，气温也降了下来。我面朝大海，站在沙滩上，身上裹着毛衣，还有记忆。白天的风已经消寂，我捡起一块光滑的石子，像以前那样将它扔出去，看它在海面上飞掠。沾湿的石头，在最后一缕光线被黑暗吞没之前，捕捉到了它望向人间的最后一眼。

第二天清晨，房子里突然响起一阵电话铃声，像海浪声中夹杂的海鸥鸣叫。电话那头的声音说，有一个婴儿去世了，医院将格里的联系方式给了孩子的父母，告诉他们当悲伤的风暴袭来时，可以躲进格里的避风港里。挂断电话后，她将两岁大的孙子抱到腿上。他的头枕着她的胸口，那里有一道长长的疤。

后来，我陪她去散步。房子后面的小树林里，有一片天然的圆形空地，时常有鹿出没，在那儿吃草。小组里的母亲每年都会聚在那块空地上，缅怀她们的孩子。一棵巨大的云杉古木矗立在空地的边缘，向四面八方伸展它沉甸甸的枝条。"母亲树。"格里这么唤它，然后指了指它盘根错节的根蔓，有些地方的根已经断了，有的地方长出了小树苗来。她和鲍勃将他父亲的骨灰撒在了树下。房子刚建那会儿，她和家人曾来到树下，为房子祈福。

她走入空地边上的野草丛中，弯腰拔起一株菊蒿。"这是一种有毒的植物，"她说，"如果你不将它连根拔起，它很快就会占领整片土地。"她继续往前走，手里全是被她拔起的菊蒿，为这片土地的新生命腾出生长的空间。

～～～～～

人类这种社会性动物，似乎痴迷于"结束"。我们不仅希望结束自己的痛苦，还希望结束别人的痛苦。许多人都听说过悲伤的五个阶段——否认、愤怒、协商、绝望、接受，这个理论奠定了大多数人对悲伤心理的认识。著名的精神病学家伊丽莎白·库伯勒·罗斯（Elisabeth Kübler-Ross）最先将它们归纳为濒死之人所经历的五个心理阶段。但是，大多数经历过严重创伤的人都会说，这五个阶段并没有明确的分界，也不会按固定的顺序依次出现。后来，就连库伯勒·罗斯本人都感叹，她提出的悲伤心理模型被广泛曲解为一种线性过程。这种误解已经在群体心理中扎根，俨然被视为必然发生的规律，进而助长了以"结束"为最终目标的观念。但是，当悲伤更像是无限循环的莫比乌斯带，永远看不到尽头，你该如何打破循环？

因为格里，我终于看清悲伤不会完全消失，总有东西会在不经意间触发它。我要做的，是在心中为悲伤留出独立的隔间，不让它占据整个心房。我的目标不是忘记死去的克里斯托弗，不是停止悲伤，而是以某种方法，将他的死亡融入我的生命。在后来的无尽岁月中，她说过的一句话经常浮现在我脑海中：痛苦的教益无穷无尽。

她还让我看到，毁灭也有可能是另一种新生。它是兼具创造与破坏的湿婆，是浴火后反倒萌发的种子，是修剪后反倒长得更茂盛的树木。如果你敞开心扉，接受悲伤的馈赠——怜悯、同情、智慧、感恩，那么它也将以你意想不到的方式改变你。

失去克里斯托弗后，在那些最暗无天日的日子里，我曾固执地以为我是这世界上最痛苦的人。现在，我发现痛苦无处不在。我会在老人佝偻的背脊上瞥见它，在少年交叉抱胸的手臂上瞥见它，在候诊室里的众生相上瞥见它，在杂货店里排队结账的队伍中瞥见它。他们悲伤的方式，与我想象的不同。它不总是悲恸痛哭，撕心裂肺。它可能是空洞的目光，涣散的意识，紧张的眼神，无处安放的焦虑。它可能是暴饮暴食，也可能是不食不饮。它可能非黑即白，也可能五颜六色。每个人表现出来的悲伤，都如指纹般独一无二。

一开始，有些人会好心安慰我，告诉我他们懂我的感受，因为他们的奶奶、他们的好朋友，或他们的狗才刚去世。这些笨拙的安慰只会令我愤怒，令我想冲他们大吼："你们根本不懂！"可人与人之间的悲伤如何能放在一起对比呢？我的悲伤不一定多过他们。当有人将我失去儿子的痛苦与他们失去一只宠物的痛苦相提并论时，我花了很多年时间，才学会克制愤怒，不在他们面前爆发。后来有一天，我突然就醒悟了，我们都在为失去同样的东西——陪伴、信任、无条件的爱、幸福——而哀伤。我们习惯将两个悲伤放在一起对比,以此反映痛苦的程度,可是悲伤无法相互论证。这世上没有"痛苦认证",也没有"痛苦奖"。

我固执地认为我所经历的丧子之痛,是这世上最难以承受的,也是最难以想象的痛苦,甚至沉溺于个人的悲伤之中,不去听别人失去了什么,结果反而变成一个更悲哀的人。如果我不试着理解别人的痛苦,别人又如何能够理解我的痛苦?后来,当别人轻描淡写地说,与失去孩子相比,他们的痛苦不算什么时,我会告诉他们无论失去什么人,都是无法承受之痛。当我敞开心扉,倾听别人的痛苦,也是在敞开心扉,接受他们的关心。

因为格里,我不再害怕一旦回到悲伤的隧道入口,就会被它带到最黑暗无边的尽头。无论被什么东西不经意地勾起悲伤的往事,我相信自己能够坚定地走完黑暗的隧道,更快地回到光明中去。我学会接受悲伤的馈赠,不再将快乐视作理所当然之物。痛苦是愈合的一部分,愈合不是痛苦的终结。

悲伤是一股像大海一样强大的力量。只要我愿意,就可以将它用于创造,而非毁灭。但这需要一种独特的勇气,一种我不知自己是否拥有的勇气。

第五篇

完整的意义

失去后想要重新变得完整,我们既要接受好的痛苦,也要接受不好的痛苦。好的痛苦意味着成长,意味着新的开始;不好的痛苦是与世隔绝,不与他人来往,过着苦行僧般的生活,不允许自己体验任何美好。罗斯一路的经历,让我看清了完整的意义。

第十三章

克里斯托弗去世后的几年里,我年轻时曾对别人说过的吊唁词,变成了令我不安的无知之言。

27岁时的我还没有孩子。那年,往来不多的一户邻居突然传来一个噩耗,他们成年的儿子在一起车祸中去世了。我替他们难过,却又不知该怎么安慰他们。那时的我几乎不曾接触过经历丧亲之痛的人,因而不懂在他们面前,什么该说,什么不该说。后来,我买了一张卡片,在卡片上写下他们失去亲人的遗憾,让我更加珍惜自己的生命,提醒我每天都要对生命心存感激。我的初衷是想告诉他们,尽管我不认识他们的儿子,但是他却深深地影响了我。现在回想起来,那些话是多么地自私,自私到令我羞愧不安。看着住在马路对面活得好好的一个陌生人,说她因为他们死去的儿子而更珍惜生命,他们当时的心情一定很复杂。

28岁的我曾对一个女儿刚出生没几天就夭折的闺密说:"我无法想象你有多痛苦。"后来,当人们对我说出同样的话时,除了极度的孤独,我感受不到一丝安慰。

我想说:不,你能想象的。每个人都有最害怕的噩梦。只要想象你最害怕发生的噩梦，你就能知道我有多绝望。

后来，每当我不知该说什么才好时，我就会说："很遗憾你失去了亲人。"当朋友家的爷爷奶奶、兄弟姐妹或宠物去世时，我会对他们说这句话。有一天，当别人开始对我这么说时，我才意识到它有多苍白。英语里的"失去"是"loss"，一个发音轻柔的单词，末尾的"s"以齿音送气，发出轻轻的"嘶"声，轻到几乎悄无声息。它的定义是"留不住"，仿佛失去之物会跟放飞的气球似的，轻飘飘地消失在天际。事实上，这个词来源于一个古老的词根"leu"，它的意思是"割断"，这才是我所体会到的"失去"，一种刀落无痕的屠宰。

我有一个大伯，30多岁时诊断出进展型多发性硬化症。当时，他与新任妻子刚结婚，海外的事业也才刚起步。我说，上天一定是看他很了不起，相信他能摆平一切困难，故意给他多出一个难题。

在克里斯托弗活着与死去的岁月里，我曾听到无数次这句话的不同版本。在"因为你很_____"的填空题上，有人填过"坚强""睿智""勇敢"，还有人说：你所承受的，都是你能承受的。这些话，没有一句能安慰到我。

我的秘密是，我一点也不勇敢。

克里斯托弗学会的第一个手语是"勇敢"——双手放在胸前，紧握成拳。他将这个手语教给我，接着又教给他的医生。他5岁那年，有一次我正抱着他走路，不小心被路缘石绊了一下，两人一起扑倒在人行道上。我完全吓呆了，害怕压坏他，幸好没有，只是扭伤了我自己的脚。他笑了，亲了亲我的脸颊。当我一瘸一拐地走回家时，他先是两只食指相戳，心疼地表示"妈妈受伤了"，接着又做出"勇敢"的动作，告诉我要勇敢。

第二年，他再一次入院，接受肾脏移植手术。当他坐在病床上，被推入绿色术前区时，我看见他挺直了腰杆，对自己做了一个"勇敢"的手势。

他去世之后，我再也找不到勇气。

我曾听人私下悄悄地说，失去孩子的痛，永远也无法抚平。在所有丧亲之痛中，它是最可怕、最难以想象的，足以让人痛到发疯。我很害怕，害怕我的未来只剩下痛苦，不再有爱、快乐或意义。如何才能填补人生的空白，弥补内心的失落，重拾勇气，并重新变得完整？在我心中，它们曾是无解的死题。

~~~~~~

某个星期天，我独自一人在新闻编辑室值班，关于巴格达空袭的第一批报道滚滚而来。这次行动拉开了美国入侵伊拉克的序幕。我一个人坐在空荡荡的夜间主编台前，盯着一台小电视机，看着现场硝烟四起，弥漫着可怕的绿色烟雾。电视机里的新闻主播语速急促地解说这场大规模空袭行动，也是美军对伊拉克实施的"震慑战略"之一。几个月后，受伤的美国士兵开始撤离伊拉克战场，带着断臂残腿回到祖国。战场上的他们无疑是英勇的，但我更想知道的是，未来他们需要什么样的勇气，去面对残缺的人生。

这个问题困扰了我许久。从某种意义上说，失去克里斯托弗，就像是失去身体的一部分。每到新的一年，我依然会在新的日历上圈出他的生日、他的重要日子，仿佛他的幻影一直陪伴着我，我一年一年地老去，他一年一年地长大。我会在日历上记下，他哪一年上二年级，哪一年上三年级，哪一年拿到小学毕业证，哪一年初中毕业……

可我心中的幻影，并没有填补他离去后的空洞，反而将它越撑越大。知道我的过去的人不多，会在我面前提起克里斯托弗的人更少，我也从不主动对外人提他，就连对家人我都难以开口。我父母为他拍了数百张照片，完整地记录了他的成长过程。我母亲将那些照片珍藏在几大本厚厚的绿色相册里，它们靠着书房墙壁，整齐地摆放成一排。有时，她会抽出一本相册，坐在门廊秋千上，一张一张地翻看。

一个夏夜，我们刚吃完晚饭，收拾好门廊上的餐桌，准备坐下来聊天，她就指着一张照片里的布偶伯特（Bert），突然问我："你还记得医生给他插胃管时的情景吗？"他将布偶放在沙发上，让它站立着。它棉布做的肚子上不知何时贴了几块纸胶带，跟医生给他插胃造瘘管时一样。她将相册转过来对着我，递过来给我看，可我不敢看。我感觉眼眶一热，喉咙紧缩，慌忙转身，走进屋内，将眼泪忍了回去。我之所以逃走，不是因为那张照片，而是因为她身旁秋千上的空位。那里曾经坐着克里斯托弗，一老一小依偎在一起看童书，如今却空荡荡的。

克里斯托弗去世后，我不仅要承受自己失去儿子的悲伤，还要面对我父母失去外孙的悲伤，这是最难的地方之一。每年在他生日的那天，我父母会带一盆黄水仙，去他的墓地看望他，并给我打电话。"你可以跟我们一起去。"她的声音里充满期盼，但是任她再怎么温柔地诱哄，我都不为所动。我不敢去，不敢去那个离我看过他遗体的追悼会地点仅几米远的地方。

慢慢地，我的家人们有了各自缅怀克里斯托弗的方式。某一年的圣诞节，我父亲在院子里种了一棵冷杉，后来每到圣诞节，就会给它挂上彩灯，我们把它叫"克里斯托弗树"。坐在客厅里往窗外望去，就能看到它。到了他生日的那天，我母亲会寄来卡片，里头夹着一两个纪念品或一两首小诗。我父亲和哥哥在人前很少提他，但是每年母亲节都会给我寄贺卡。而我只是躲在悲伤的围墙内，没有任何祭奠他的仪式。

在许多事上，我还没有完全接受他不在了的事实。我无法卖掉克里斯托弗婴儿时期住过的房子，即使我已经不住在那儿了，也不舍得将它卖掉。我无法扔掉他的东西，只能一直带着它们，从一个地方到另一个地方，从一个仓库到另一个仓库。我无法将他的骨灰撒掉，每当我考虑这么做，就会立马打消念头，害怕他会就此随风而去，永远离开我。

我需要有人告诉我，我到底该怎么做，才能勇敢起来。

～～～

伊拉克战争爆发几年后，港景医疗中心同意让我报道一个截肢者互助组。我打算写一篇文章，介绍假肢的研究与进展。华盛顿大学和退伍军人医院有一群科研人员正在积极研制下一代人工肢体，而我真正想探讨的是，那些失去肢体的人，将如何找到新的方法，让自己重新变得完整。

当我走进医院的小会议室，与截肢者互助组见面时，我以为自己会看到一群被炸弹炸残的老兵，但是战争并不是致残的唯一刽子手。这个小组里有各个年龄段的人，因疾病或事故变成残疾。通过眼角的余光，我瞥到了后排一个沉默寡言的年轻女人。她无精打采地坐在轮椅上，膝盖以下空荡荡的，手臂交叉抱在胸前，表情显得很不耐烦，似乎迫不及待地想离开那里。后来，我才知道，她当时确实很想离开，想出去抽根烟。

她叫罗斯·巴德（Rose Bard）。她给我的第一印象是很坚强，也很强硬，不需要别人的照拂，不在乎这个小组的规矩，更不在乎别人对她有何期许。她看上去闷闷不乐，似乎不太想跟这群人共处一室，或者说不想与他们交流。

一开始，我有点儿犹豫，不知该不该靠近她。后来，当我主动上前搭讪，问她能不能聊几句时，她出乎意料地同意了。她确实是一名退伍军人，高中毕业没几年就应征入伍，曾在韩国做过一年的爱国者导弹雷达医生，后来怀孕了，生下一个女儿，名叫卡玛（Karma），现在已经9岁了。她的双腿不是在服役期间失去的，而是在阿拉斯加的白令海上，在一艘深陷风暴的渔船上。那一天，改变了她人生轨迹的不仅是夺走她双腿的事故，还有一个她当天早晨才得知的意料之外的消息。

回到报社时，我已经想好了我要写的人就是罗斯。接下来的6个月里，我想跟踪观察她，看她如何在失去双腿后重新站起来，重新找到平衡。如果有人能让我看到，如何勇敢地面对失衡的人生，那个人一定是她。那时，负责我的编辑是斯科特·森德（Scott Sunde），新闻编辑室里另一个骄傲且沉默的挪威人，他的配偶正好是一个拍摄过很多季阿拉斯加野生动物的摄影师，对白令海的诡谲多变了如指掌。我一说起罗斯的遭遇，他立马就听出了这个故事的力量。他是一个做事严谨的人，十分注重新闻的真实性，不接受任何言过其实，哪怕我只是在稿子里滥用了一个形容词，他都会急得跟我辩论。不过，在这个故事上，我们的评价高度一致：罗斯获救的过程，堪称史诗级的营救。

～～～

为了完整地讲述罗斯的遭遇，我必须找到参与救援的各个部门，用每个人回忆的片段拼凑出完整的故事。在罗斯的允许下，我查阅了她的医疗记录、事故报告、第一响应急救者的笔录。我还采访了海岸警卫队的飞行员、参与海上救援的救生员，以及参与抢救的医护人员。重建她的遭遇，莫名地让我感到心安，这背后有着我不愿承认的原因。我认识罗斯的时候，克里斯托弗已经去世11年了。有时，我能感觉到与他有关的记忆变得越来越模糊，仿佛它们正在离我远去，让我再一次经历失去他的痛苦。长久以来，我一直严防死守，对他绝口不提。一个心理咨询师告诉我，这是我的"自我防御"，但我也为此付出了代价。我害怕的是，如果我一直克制不去想他，记忆的火焰会不会越来越弱，有一天忽地就熄灭了？有一天，我也许再也想不起他清晨从噩梦中醒来时缩进我怀里的感觉，再也想不起他喊"妈妈"时的声音。

通过还原罗斯的故事，我想向自己证明，只要记录得当，我们就能抽丝剥茧，重建一个人的生平，还原生命原本的面貌。这是我抵御记忆老去的方法。在克里斯托弗的一生中，我大部分时间都在与命运赛跑，受肾上腺素和皮质醇支配，犹如它们的傀儡，无意识地行动着，来不及细想，许多瞬间就一闪而过，被"战或逃"反应挡在短期记忆的大门外，不曾在脑海里留下痕迹。后来他走了，记忆开始出现凌乱的模样。许多断断续续的片段，在我的意识中时隐时现，随机播放，仿佛是他 View-Master 里的画面，不小心溢了出来，被人胡乱塞回去，顺序全乱了。我的大脑试图将它们拼凑回去，却找不到拼凑的顺序。

我一直有写日记的习惯，但是写得很零散。有时，我会将克里斯托弗的事写在破旧的日记本上，写在信封的背面，都是一些琐事，时间很跳跃，杂乱无序。但是，我拥有几大箱缜密的记录——他的物理治疗报告、职能治疗报告、言语治疗报告、实验室单据、图表记录及尸检报告，无声地见证了被我遗忘或不敢回首的往事。我将几只纸箱放在我看不到的仓库里，纸箱里放着写满了手语笔记、言语治疗训练、肾移植受者症状管理法的活页夹笔记本，居家透析所需通过的资格考试，学校出具的特殊教育报告，为上门来接替我的护工准备的药物清单和使用说明。除此之外，我还有如何照顾糖尿病患者的笔记，如何对婴儿做心肺复苏的笔记，如何紧急切开气管的入门手册。如今，我再也用不上这些笔记，却舍不得扔掉它们。它们见证了我与克里斯托弗曾经的生活，是我与他之间最后的有形联系。它们不离不弃地跟着我，从一个地方搬到另一个地方。每到一处新地方，在时间与重量的压力之下，箱子里的东西似乎叠得更紧，陷得更深了。

罗斯的故事将我带回病历与报告的世界，让我看到了原来我是如此地怀念过去的日子，怀念每周与医生、护士、实验室研究员、理疗师、言语治疗师、老师、辅导员以及其他家长一起，为了克里斯托弗的健康、交流、学习和成长而努力。深度剖析罗斯获救的经过，让我更加感激当年那些英雄般的医护人员。他们在克里斯托弗刚出生的那几个小时内，将他的生命从死神手中抢回来，将我从万劫不复的噩梦中拖出来。换作是他们自己的孩子，我相信他们一定会因恐惧而丧失决策与行动的能力。我无比感激他们能够放下个人的感受，克服心中的恐惧，果断地在一个新生婴儿身上动刀插管，在分秒之间做出生死攸关的决定。

而这次，在这个故事中，医护人员全力抢救的，是罗斯的生命。

第十四章

10月的那个早晨，罗斯爬下"卓越"号C甲板的上铺，心中隐隐有些不安。有一个问题已经困扰了她好几天。离俄罗斯海岸约97千米的白令海，比往年的秋季还要风平浪静，对大多数渔业加工船而言，这有点平静得不正常。这会儿，大风正在西边酝酿积聚，这艘比一个足球场还要长的加工船依旧平稳地浮在海面上，但是水银气压表的数值却在急剧下降。罗斯能感觉到，自己体内也有一场风暴在酝酿。

她的床铺上方有一个搁物架，她伸手去拿搁在上头的包，从包里翻出一支备用的验孕棒。之前，她帮一个朋友买了两盒验孕棒，这一支是没用完的。她穿过狭窄的过道，往船头走去。

过了一会儿，她跟往常一样，先去找她的男朋友亚历克斯·莱戈（Alex Laigo）吃早饭，然后才开始12小时的工作。通常，罗斯会从厨房里拿一颗橘子，两人坐在大大的甲板羊角上，眺望波涛起伏的海面，共吸一支烟，看虎鲸嬉戏。有时，它们会游得很近，叫人惊出一身汗。有一次，他们甚至看到一座冰山的上部猛地断裂滑落，坠入大海。

罗斯在美国中西部长大，曾有过一段艰难的人生，不到 30 岁，就经历了丧母、离婚、破产的挫折，后来在残酷多变的大海上找到了慰藉。28 岁时，她来到渔船上工作，重新开始一段新的人生，尽管这意味着她要将年幼的女儿长时间寄养在亲戚家中，但这总好过继续去做酒吧舞女或便利店店员。第一次出海，她在海上待了 14 天，赚了 2300 美元。在船上，她做过冷冻库的搬运工，也在内脏台上取过鱼籽，几乎什么都干过。船上的活儿大多肮脏麻木，支撑着她做了两年的，不光是钱，还有友谊。

罗斯和亚历克斯是在"卓越"号上认识的。他有一双乌黑的眼睛，说话很温和，曾短暂地当过她的主管，并被她深深地吸引。她有一种充满朝气的美，即使身上都是咸咸的汗水，以及处理海鲜时留下的黏液，也掩盖不住她的魅力。两人都喜欢讲黑色幽默，一见面就能聊上好几个小时——聊电子金属音乐，聊天南地北的家人，聊各自的梦想。船上一般是藏不住秘密的，如果有哪两个工人好上了，即使是远在驾驶室里的人都会有所耳闻。不过，他们两人却守住了这个秘密。

那天早晨，罗斯推了推躺在床铺上的亚历克斯，叫他下来谈一谈。再过几天，为期两个月的加工作业就要结束了，他们可以上岸休息一个星期。他们对这次休息充满了期待，打算下船以后认真讨论两人的未来。

罗斯向加工厂走去，它位于加工甲板，是这艘船的"内脏"，上面一层是起居甲板，下面一层是放置船舶主机的机舱。加工厂天花板很低矮，到处散发着鱼腥味，不是一个正害喜孕吐的人应该去的地方。熹微的晨光从几个舷窗透进来，工人们在绿色格栅地板上走来走去。从格栅下方涌上来的水，偶尔会涨到脚踝那么高，将地板上的盐水和鱼鳞冲走。银腹鱼络绎不绝地出现在长长的金属传送带上，工人们戴着耳罩，将各种机械切削与碰撞的噪声隔绝在外。罗斯在那儿找到了她的朋友鲁比（Ruby），过去跟她换班。鲁比是船上为数不多的女性之一。罗斯将她拉到四下无人的角落，迫切地想在开始上班之前，找人分享心中的秘密。

到了晚上8点半，船身开始倾斜摇晃。早晨才初显苗头的暴风雨，现在已经携千钧之力迫近。在起居甲板下，颠簸被放大数倍，仿佛身处湍流之中。经验丰富的船员依旧泰然自若，他们当中不少人已经在海上连续工作了好几个月，早已习惯了颠簸。

作为一名质控员，罗斯的日常工作之一，是用高压软管冲洗设备。她穿上雨衣，套上甲板鞋，与她的主管核查设备情况，确保她要爬进去清洗的一个漏斗状绞肉机已处于关机状态。它看着像一个不锈钢大桶，有成人的腰那么高，底部有两根粗大的螺杆，能将鳕鱼绞碎成泥状，挤压成扁扁的饼状，方便冰冻储存。现在，她爬进了那个形似一口大缸的机器里，一边冲刷内壁，一边跟旁边清洗另一台机器的同事聊天。

突然，一个巨浪猛地掀来，狠狠地打在船舷上，将船上的人撞得东倒西歪。慌乱之中，不知哪个甲板工撞到了开关，开启了罗斯正在清洗的那台机器。那一瞬间，她感觉到有东西在猛拽她的脚，一路爬到她的膝盖。剧烈的疼痛从小腿往上蔓延。在她头顶上，橙色的紧急停止拉线摇来晃去，悬在她够不着的地方。

"救命！"她大声尖叫，"救我出去！"

听到求救声，其他船员飞奔而来，关掉机器。罗斯的哀号响彻整个加工甲板，尽管外头狂风怒号，尽管隔了15米的距离，尽管戴着防护耳罩，亚历克斯依然听到了罗斯凄厉的叫声。他拨开人群，朝她跑过去，大声问："到底怎么了？"加工厂经理，也是罗斯最亲密的朋友之一，这时也冲了上来，大声叫旁边的人去拿等离子切割枪过来，将机器切割开，救她出来。有人慌慌张张地跑去喊鲁比，她是船上受过培训的护士。

一名电工爬到罗斯身边，握住她的手。其他船员将亚历克斯围住，试图让他冷静下来。还有两个人将绞肉机的金属外壳炸开。等离子切割枪喷出的高温等离子电弧切开了不锈钢板，金属熔渣散落一地。它喷出的热量高得惊人，船员们只能拼命朝罗斯喷水，防止她身上的雨衣熔化，灼伤她的皮肤。尽管里头温度很高，罗斯身上的体温却在流失。她快感觉不到自己的腿了，这让她惊慌失措。

鲁比跑了过来，身上还穿着睡衣。"哦，天哪！"她一看见罗斯被卡在机器里头的双腿，便难以置信地喊了一声。

"求求你，鲁比。"当她听见罗斯的哀求时，她立马从震惊中回过神来，当下就意识到自己该做什么。她冲进船上的医务室，那里的电话可以打到华盛顿特区的乔治·华盛顿大学医疗中心。当她冲进去时，船上的事务长已经在跟医院的人沟通了。"还有一件事必须通知医生,"鲁比说,"罗斯怀孕了。"

~~~~~

晚上9点55分,2736千米外的朱诺市海岸警卫队指挥中心,收到了来自白令海上的一条求救信息。"接获初步通知,"海岸警卫队的日志中写道,"渔业加工船'卓越'号发来报告,称一名女船员双腿困于螺旋式绞肉机中,请求派直升机紧急转运伤员。"

在远离陆地的白令海上受伤,形势随时可能急转直下,哪怕只是并不致命的小伤,如果时间、天气、距离不对,也可能迅速恶化,甚至夺走一个人的性命。罗斯的伤势如此严重,更是雪上加霜。朱诺市的海岸警卫队坐船来到锡特卡,找到了正在那里值班的航医拉塞尔·鲍曼(Russell Bowman)。鲍曼医生处理过许多船上事故,但这是他有生以来碰到的最严重的一次。就算他们成功将罗斯从机器里救了出来,她依然很有可能死于失血过多。船上根本没有血液可以输送给她,他很担心她最终会凶多吉少。

尽管形势严峻,鲍曼医生依然接通了"卓越"号舰桥船员的电话,传达了这个漫漫长夜的第一条命令。

在西雅图,乔·伯奇(Joe Bersch)枕边的手机在午夜时分骤然响起。那是他一直带在身边的手机,即使睡觉也从不离身。在成为"卓越"号母公司的总裁之前,伯奇曾做过多年的海事律师,练就了处变不惊的定力。然而这一次,他却有了很不好的预感。在远洋捕捞行业,深夜打来的电话,从来不是报喜的。电话那头的人语无伦次地说着什么,伯奇努力听了几秒,终于听懂了对方的担忧——有一名工人受伤了,他怕保不住她的腿。

"一定要把人救下来!"他对着电话大吼,"不惜一切代价,至少把命保住!"

问题是怎么救。只有将罗斯尽快送到医院,才可能保住她的命。但是,"卓越"号此时正位于圣保罗岛西北方向 265 海里[1]以外的汪洋大海上。圣保罗岛地处偏远,位于白令海中部,是普里比洛夫群岛中的一个小岛屿,也是此时离"卓越"号最近的燃油补给点,岛上有一个小型的急诊室。问题是:就算海岸警卫队现在派出"松鸦鹰"直升机,让它先飞到圣保罗岛加油,再飞去"卓越"号上接人,它携带的油量也不够它飞到那里。

海岸警卫队呼叫"卓越"号,通知它必须以最快的速度,赶到离圣保罗岛不超过 140 海里的海域内,与救援人员会合。船长李·维斯塔尔(Lee Vestal)一接到命令,便用无线电通知捕鲸船队松开与主船的连接。这是他深思熟虑后做出的艰难决定。放掉捕鲸船,意味着松开渔网,白白放掉整艘船的经济来源,任它们沉入大海。可如果不这么做,他们失去的将是罗斯的生命。

他告诉所有人,"卓越"号必须立即出发,刻不容缓。

创伤医生将受伤后的第一个小时称为"黄金时间",是最有可能提高生存机会的关键期。在接下来的 48 小时里,罗斯的命运将

---

[1] 1 海里 =1.852 千米。

掌握在许多人手中。他们必须保持镇定与清醒，因为他们每个人做出的决定，不仅将左右她未来的人生轨迹，还将左右她腹中胎儿的生死。

维斯塔尔船长全速驶入北极圈的风暴。北风以 50 节[1]的速度，在海面上掀起两层楼高的巨浪。"卓越"号的最快航速为 12 节，即使它全速推进，最快也要翌日上午 10 点，才能进入会合的海域。维斯塔尔船长有着一双蓝色的眼睛、浓密的红胡子，鹤立鸡群，天生就有船长的风范。他在这艘船上工作了 16 年，不曾畏惧任何凶猛的风暴，也不曾在船上遇到过这种事故。他一边嚼着大块的口香糖，一边指挥船只穿过险风恶浪。

在阿拉斯加的冷湾（Cold Bay），海岸警卫队的前沿部署人员接到从科迪亚克发来的命令，要求他们天一亮就起飞。这次救援行动将是一次多方齐心协力的精心调度，多架救援飞机从四面八方飞过来，分散在"卓越"号的航线上，执行一系列复杂的海空接力。它们的每个行动，都经过精确的计算，只为了在最短的时间内接到罗斯——活着的罗斯。

～～～

让直升机飞到白令海上"捞人"是十分危险的事，即使是在风平浪静的情况下，也险象环生。克里·布朗特（Kerry Blount）中尉

1　1 节等于每小时 1 海里，即每小时前进 1.852 千米。

驾驶着直升机,逆风飞入速度为50节的暴风雨中,心知只要一个不留神,就可能万劫不复。布朗特中尉加入海岸警卫队之前,曾驾驶了9年的"黑鹰"直升机。此时,他最担心的不是风暴,而是时间。因为逆风飞行,他已经用掉了一半以上的燃油。他不知道那位叫罗斯·巴德的伤患伤势如何,只知道不太好。等他飞到那儿,成功接到伤患,剩下的油量不知能坚持多久。也许还没飞到下一个接力点,直升机就已经油尽灯枯,带着他俩坠入大海。

当"卓越"号终于出现在直升机下方时,他又多了一件让他头疼的事——怎么将救生员安全地送到甲板上?训练有素的海上救生员有着钢铁般的意志。在日常严酷的训练中,他们一次可以在波涛汹涌的大海上坚持30分钟,即使遇到极端的天气,也不会惊慌失措。如果直升机失事,飞行员跳伞后,在大海里被降落伞缠住了,救生员也可以潜到水下,解救飞行员。但是,万一船上的索具缠住了直升机的绳索,将直升机拽向船身,最后撞毁,救生员就无能为力了。

直升机下方的渔船在起伏不平的海面上颠来簸去,像一只被扔进洗衣机里的玩具船。布朗特中尉在船头盘旋,努力预测它摇晃的节奏与方向,耐心地调整直升机的距离与高度,避免发生"飞机与渔船相撞"的惨案。他说:"操之过急反而更容易酿成悲剧。"

～～～～～

在他们下方,维斯塔尔船长正艰难地操控"卓越"号。在正常的会合场景中,他会逆风航行,给直升机一个稳定的目标。但是在这场风暴中，逆风航行的话，船头会下沉，陷入海水中，因此他选择顺着海浪的方向行驶，尽量给飞行员制造上船的机会。平时耸立在船头的两根巨大的横梁，此时被放倒在甲板上，救生员必须降落到它们之间。但是风太大了，朝甲板迎面飞来的直升机，被吹得节节败退。

突然，风势暂时变弱了。直升机上的飞行员和医务人员看到了机会，对救生员本·库尔尼亚（Ben Cournia）做了个"立即行动"的手势。库尔尼亚携带一个担架，从距离"卓越"号将近 57 米的高空进行索降，准确无误地落在两根横梁之间，动作堪称完美。

这是库尔尼亚第一次真正意义上的海上救援，而他也成了第一个深入"卓越"号的外部人员。他迅速朝甲板下跑去，将注意力放在即将见到的伤患身上。他最担心的是她的失血情况。

看到伤患后，库尔尼亚迅速行动，用夹板固定住她断了的小腿，接着用毛毯紧紧包裹住她，抵御刺骨寒风。8 名船员抬着她，沿着陡峭的舷梯往上爬，来到被大雨淋湿的甲板上。库尔尼亚将担架固定在 4 根钢索上，还系了一根防止担架旋转的导索。一切就位后，他示意飞行员可以往上升了。

亚历克斯与其他船员抬头，目送着罗斯缓缓地被拉进直升机的机舱。事故发生 20 小时后，经过一系列艰难的交接，罗斯终于辗转来到安克雷奇的普罗维登斯阿拉斯加医疗中心（Providence Alaska Medical Center）。被推进急救室时，她脸色苍白，脉搏加速，意识尚存。

骨科医生乔治·雷内尔（George Rhyneer）努力保持温和的语气。"我们会尽最大努力保住你的双腿，但是你的伤实在太严重了。"她记得他这么说，然后递了一张同意书，让她签字。

"求求你，"她绝望地乞求道，"别截掉我的腿。"

几个小时后，罗斯醒了过来，脑袋依然昏昏沉沉的。她下意识地朝床尾望了过去，本该隆起的地方，此时是平的。她惊恐地抬起头来，紧接着第二个更可怕的念头，如闪电般击中她。

另一个医生检查完她的激素水平，走进病房来，直白地告诉她，由于失血过多，加上小腿的创伤，她腹中的胎儿只有 5% 的机会活到足月。一直隐忍克制的罗斯，此时再也控制不住情绪，啜泣了起来。

飞过来陪伴罗斯的朋友将医生赶出病房。"你不能这样对她！"他在医院大厅里对那名医生吼道，"你不能剥夺她的希望！"

~~~~~~

在医生的医药箱中，"希望"是最重要的，也是最难把握的药，没有哪个医学院能教他们，该如何用好它。

克里斯托弗 22 个月大时，我带他去参加了西雅图儿童医院的新生儿重症监护室的聚会。我们手里牵着气球，加入一群兴高采烈的父母当中，四周的医护人员纷纷向他们曾照顾过的孩子问好。自从克里斯托弗出院后，这是我第一次与他刚出生时的主治医生见面，其中有一个新生儿科医生，我只记得大家都叫他 P 医生，朝我们走了过来。从一开始，他就对克里斯托弗充满了信心，相信他能活下来。

他的信心，给了我希望，让我振作了起来。

"你好呀！"他轻轻地捏了捏他胖嘟嘟的脸颊，欣喜地向他打招呼。他告诉我，就在几天前，他才刚对另一家人提起克里斯托弗，那家人的婴儿也因肾功能受损入院。他告诉他们，克里斯托弗的病更严重，但他成功活了下来。听到这儿，我才突然意识到，在克里斯托弗刚出生的那几个星期里，他从来没有对我说过类似的话，没有说谁家的孩子病得比我的孩子更严重。即使没有成功先例为证，也要努力相信希望。这是最难做到的，也是罗斯此时最需要的信仰。

第十五章

　　罗斯和亚历克斯在埃特蒙德租了一个小房子。三月初的一天，天色灰蒙蒙的。我从西雅图出发，开车往北走，20分钟后便到了她家。

　　我的计划是定期登门拜访，观察她如何从身心上适应残疾的现实。这是每个截肢者都必须经历的转变，但是罗斯还面临着一个额外的挑战。她不仅要适应残酷的现实，还要孕育一个新生命，将他平安带到这世上。

　　记者跟踪观察一个人物，意味着要短暂地将自己嵌入对方的生活中。因此，我会出现在他们复诊的医院里，出现在他们的家庭活动中，出现在他们上学的路上，出现在他们遛弯儿的公园里。他们去买东西或见朋友时，我会跟着去。他们在家里做饭时，我会在一旁看着。当一个人同意让我写他，同意接受我的跟踪观察，很少有人意识到，未来他们要忍受几乎无孔不入的我。后来，有些人确实反悔了，这并不让人意外。除了我自己，我通常还会带着摄影师一起出现，他们也会花很多时间跟拍采访对象。

　　无论是我还是摄影师，我们都努力缩小存在感，将自己变成一个隐形人，毕竟我们只是对方故事中无关紧要的陌生人。我会尽量多出现，让他们习惯我的存在，逐渐放下心防，无所顾虑地说出心中的真实感受，而不是说一些他们认为记者喜欢听的话，或美化自己的话。如果说我的存在给他们带来了些微变化，他们的存在也潜移默化地改变了我。

多年以后，罗斯告诉我，在许多个早晨，看到我和摄影师丹出现在她家门口，给了她起床的动力。她所不知道的是，报道她的故事，同样也给了我坚持下去的动力。

~~~~~~~

第一次去罗斯家时，我一进门，便见她已经坐在轮椅上，面朝着玻璃门，盯着后院看。她穿着一条运动短裤，深棕色的头发扎成马尾辫，垂在脑后，舌头上依然镶着一个舌钉。她看上去很年轻，如果去酒吧，应该会被人拦下查身份证。她的双腿一会儿交叠，一会儿分开来。那是一双曾让无数男人赞美过的美腿，如今膝盖以下却空荡荡的。

虽然已有 6 个月的身孕，但她完全不显肚子。她肚子一侧文了一只蝎子，是她在军队里待过的那个排的名字。"我的脚踝上曾有一个很酷的文身。"她自豪地说，突然就没了声音。

在厨房里，野餐桌旁的长凳上放着她的假肢，脚掌部分被塞进一双新的白色网球鞋里，只露出细直的金属管，以及紫色的筒状接受腔。她看着它们，仿佛在看一个敌人，说："它们是塑料，不是我的身体，我不想穿。"当她第一次穿着假肢站起来时，理疗师让她闭上眼睛,凭感觉找平衡。"我一开始想,呵,这有什么难的,我又不是不知道怎么走路。"闭上眼后,她却突然慌了。"我叫自己的腿快动,命令它们抬起来,往前迈,我的大脑却说:'你嗑嗨了吧?我才不动。'然后我就想,天哪,我要摔倒了。我的心跳得好快,我的身体不肯听我的,它像在对我吼——不!"

那些天,她大多时候无精打采地躺在床上,睡得再多也提不起劲来。"哦,天哪!"她说,"我一睡着,就会做很可怕的梦。"梦里,她仍被困在船上的机器里。

医生和治疗师一直在敦促她尽快适应假肢。他们告诉她,她越早站起来,就能越早独立,孩子出生以后,自己才能照顾他。

"我开始焦虑起来,"她对我说,"如果我离不开轮椅,我该怎么照顾孩子?我记得我大女儿还小的时候,总喜欢让大人抱着。如果我离不开轮椅,我该怎么去杂货店,怎么一手推婴儿车,一手拎尿布包?"

当她再次套上假肢时,她感觉到肌肉开始抽搐,腿上的神经一跳一跳地痛,骨头也很疼。她的大脑告诉她小腿很疼,尽管那儿空荡荡的。幻肢传递的疼痛,原来那么真实。

我一边听她描述,一边点了点头。我与罗斯的经历完全不同,但我能理解幻肢带来的疼痛。晚上,在梦中抱着克里斯托弗的我,有时会因抱得太用力而痛醒过来。那是一种像麻花一般拧作一团的痛,贯穿四肢百骸,让人痛到直冒冷汗,痛到哭出声来。他死后,我的手掌经常抽筋,紧缩成拳头,怎么也张不开来,仿佛它们也在悲伤，因为再也无法抚摸他的头发、拂去他的眼泪、打手语给他看。我左边的胸口也开始疼，一种阴魂不散的疼。看了医生，也查不出任何问题来，只说这是"牵涉性痛"——从一个区域转移到另一区域的疼痛。

这时的罗斯已经不再去截肢者互助组。她宁愿揭自己的短，也不愿在别人面前哭。让她感到丢脸的糗事倒不少：有一天清晨，她没穿假肢，迷迷糊糊地去上厕所，差点一头栽进马桶里；有一次，她对一个目瞪口呆的路人说，她是在越南战争中失去双腿的；她刚生完第一胎，医生曾盯着她肚子上的文身，夸了一句："这挖土机文得不错。"

现在，她只想将全部精力放在肚子里的孩子上。当他们去店里买婴儿用品时，那里的人经常会问一句："你们家谁要生了？"

"我。"她会这么回答。

"哦。"他们会停顿一下，接着又迟疑地问一句，"你怀孕了？"她模仿着那些人的反应——难以置信地皱起眉头，眼神里闪过一丝嫌恶。

"然后我会说：'是，没错，我怀孕了。'"

"我这人其实挺聪明的，"她转而说起别的来，"而且一直都很聪明，但这在军队里没给我带来什么甜头。"

她这几天有些烦躁，其实还有另一个原因。虽然胎儿的生存概率大大提高了，但是上一次超声检查显示，胎儿头上有几个可疑的斑点，可能是囊肿。

她说:"我有时会想,要么先截肢复健后怀孕,要么先怀孕生子后截肢。不管哪一种,都比同时应付两件事容易多了。"

但是,命运从不接受谈判。这世上有各种各样的"截肢",有身体上的,也有心理上的。它手起刀落,便断了你想要的生活,从不与你商量,也由不得你选。

~~~~~~

4月,我又一次驱车北上,去埃特蒙德见罗斯的新理疗师——伯尼斯·克格尔(Bernice Kegel)。到了她家后,我在客厅里坐了一会儿,等伯尼斯上门。地上散落着卡玛的玩具,电视机里放着动画片,罗斯躺在沙发上,假肢放在另一个房间。她开始跟我讲卡玛今天又做了什么傻事,说了一会儿,突然停下,问我:"你有孩子吗?"

这个问题将我吓了一跳,我正想和以前一样回答"没有",却又将话吞了回去。

"有,"我说,"我有一个儿子,但他几年前去世了。"听到这儿,她沉默了。

"抱歉。"她说。这是此时最合适的一句话,是她唯一能说的一句话,或许也是她在许多说错话的人身上学会的一句话。我迅速转移了话题,与此同时,心里短暂地滑过一丝感激。我很高兴又多了一个人知道克里斯托弗的存在,知道他此时也在这个客厅里,就在我们身边。

伯尼斯敲了敲门,将头探进来。她是一个不苟言笑的女人,说话带有南非口音，语速很快。她有一群固定找她做理疗的客户，有因地雷致残的，也有上了年纪的。她从不会因为客户心情不好就心软，也从不理会客户的任何借口。她说服罗斯穿上假肢，从轮椅上站起来，要么靠她搀扶，要么用助行器学习走路。

"很好。现在我要把这东西拿走。"她刚说完，就将助行器挪到一米以外的地方。罗斯浑身僵硬地站在原地。

"现在感觉怎么样？"伯尼斯的声音很平静。

"有点奇怪，"罗斯说，"像站在半空中。"

她的身体不由自主地往前倾，吓得她"哇"地叫了一声。

"我知道你还没准备好，"伯尼斯说，"但我会逼着你往前走。"她的话听上去或许很强硬，但是她说的是对的。无论如何，罗斯都必须迈出这一步。

就这样，她一寸一寸地挪动，一周一周地练习。

再次见到罗斯，是她去医院装配新假肢的时候。那天，她穿着旧假肢，和亚历克斯一起去医院。她腿上的假肢是塑料做的，穿上去很重，一只就超过3.6斤。只要她尝试用助行器多走几步，就会感觉像拖着沙袋在走路。光是穿着它们，不背东西，也不走动，就能将她的残肢磨出水泡。到了医院后，她坐下来，小心地拆卸假肢，一层接一层地脱，先是假肢，再是接收腔内包裹住残肢根部的内衬套，接着是三层让残肢根部更牢地嵌入接受腔的套袜，然后是一层

"收缩套",类似于弹力袜,能够收缩残肢根部,使其更好地适应接受腔的容积,最后是紧紧贴住残肢的硅胶套,对残肢皮肤起到保护作用。

罗斯抹了些润滑油,轻轻地按摩残肢端的瘢痕组织,有些瘢痕开始跟骨头粘连在一起。那天,医生给她安装了更轻的新假肢,是用碳纤维复合材料做的,比旧假肢轻了一半以上,她的心情也跟着轻松了很多。卡玛和她一起选了有小仙女图案的布料,用来装饰接受腔。

假肢门诊的主任瑞恩·布兰克(Ryan Blanck)给罗斯做完检查,带着她的新旧假肢,到了门诊最里头的假肢商店,对它们稍做修改。由于怀孕的关系,罗斯的身材和体重一直在变,身体重心和残肢粗细也在变,经常会失去平衡,时不时就要调整假肢。身体上的变化,令假肢对线无法始终保持准确,但要学会用假肢行走,对线准确是必需的。

截肢后的恢复是一个漫长且痛苦的过程,患者需要将许多重量匀到其他组织上,让它们承受本不该由它们承受的压力。疼痛亦有好坏之分:有些痛是好的,表明残肢正在适应新功能,这是愈合的表现;有些痛是不好的,表明残肢出现适应不良的反应,可能导致压疮、瘀伤、水泡、神经损伤等问题。如何在这二者之间取得平衡,是恢复的关键。

医生调适新假肢的时候,罗斯回忆起了她在"卓越"号上的生活,说:"有一年,我们去了阿留申群岛,但是一条鱼也没看到。"

在等待鱼儿现身的时候,船员们自娱自乐,在休息室里办了一个小型电影节。

"我们看完了《完美风暴》《泰坦尼克号》《世纪风暴》,似乎没别的可看了,我便跑去拿《海底总动员》。"她轻声笑道,"那真是太疯狂了,有点像军队里的生活,大家互开玩笑,毫无顾忌。有时,我真怀念海上的生活,亚历克斯也是。"

这时,布兰克医生带着她的新假肢回来了。她接过它们,放在大腿上翻来覆去地看,开心地看着几个小仙女在紫色的接收腔上展开白色的翅膀。她穿上它们,试着站起来。在船上,她曾用手抛甩45斤的糖袋,肩扛90多斤的鱼箱。现在,她光是撑住椅子,试着站起来,手就抖个不停。她用助行器撑住自己,喃喃地念着布兰克医生说过的:"痛有好坏之分。"

后来,我跟着罗斯一起回家,伯尼斯稍后也会过来,测试新假肢。趁她还没来,罗斯先躺到沙发上休息,为待会儿的理疗养精蓄锐。肚子里的胎儿一直在踢她,轻轻地推她的肋骨,蹬她的膀胱。卡玛跳上沙发,凑到她母亲边上,拿起一只假肢,问:"你会把它们藏在裤管里吗?"

"我会,不过夏天穿短裤就没法藏了。"罗斯说。

"我在路上遇见一个女士,完全看不出来她也戴了这个。"卡玛说。

这也是罗斯不曾启齿的梦想。曾有好几个夜晚,她上网搜索了大量关于腿部移植的信息,还有其他很有未来感的新技术。"我只是不甘心接受现实，"她说，"我希望能出现跟身体融为一体的植入式假肢，像皮肤一样永不脱落。这听上去很像科幻电影里的东西，但它就是我所等待的未来。"

～～～

这种"等待"的心理，曾令港景医疗中心的康复团队感到担忧，他们一秒也不想浪费能够帮助她在孩子出生之前站起来的时间，可罗斯不是一个容易被说服的人。刚开始那几个月，她经常不去参加理疗，说是早上孕吐厉害，去不了。孕吐消失后，她又找各种借口逃避理疗，比如她不喜欢戴假肢，坐在轮椅里去西雅图太辛苦了。不过，伯尼斯可不会轻易让她蒙混过关。

到了4月，罗斯已经能穿着假肢，靠助行器走半条街的距离，尽管每一步都走得很吃力。她要利用极大的意志力，调用那些尚不熟练的肌肉，靠它们将腿抬起来，并维持平衡。跟沙利将军一样，她也需要重新适应身体的重心。因为怕她摔倒，伯尼斯和我一直跟在她身旁，不敢离得太远。我们每走几步就停下，好让她喘口气。

"这简直跟爬山一样。"罗斯上气不接下气地说。哪怕是地面上一个很小的坑洼，她也要费尽九牛二虎之力，才能绕过去。"我本来走得好好的，地上冷不丁出现一根小树枝。妈呀，吓死人了！"说完她就笑了。在采访她的这几个月里，我最欣赏她的一点就是她很幽默，总能敏锐地抓住生活中荒唐搞笑的瞬间。理疗结束后，她软绵绵地坐回轮椅里，用手去摸脖子上的脉搏。"感觉像刚跑完一场马拉松。"

到了5月,她终于有了孕妇的样子,肚子大到低头看不到假肢。她怕摔倒,怕伤到胎儿。她的残肢肿得很厉害,稍微挤压一点点,就会痛得她五官扭曲。她让伯尼斯别来了,一想到走路,她就恶心想吐。

这一期间,医院也传来了一个好消息。最新的超声检查显示,先前看到的婴儿大脑里的囊肿已经消失了。心中的一块石头落下了,但是另一块仍悬着——在孩子出生前学会用假肢行走。

预产期前几周,亚历克斯推着轮椅,带罗斯去做产检。到了护士站,护士朝体重秤点了点头,示意她站上去。

亚历克斯问:"这次可以不称吗?"护士说不行,他只好将罗斯抱到秤上,等她站稳就松手。在他松开手的那一刹那,罗斯的脸色立马变得惨白,疼痛从腿部迅速蔓延至腹部,令她差点当场崩溃。

"痛有好坏之分。"这句话成了她这几个月的口头禅。有时,她只感觉得到坏的,感觉不到好的。

"痛有好坏之分。"我对自己说。克里斯托弗的逝去,是世间最穷凶极恶的痛苦,让人望不见坏的尽头,也看不到好的起点。当别人问我过得好不好,我会说我很好,我也自以为我很好,可身体却给出相反的答案,说出大脑无法说出的话。

疼痛有时又被定义为"第五生命体征"。克里斯托弗的疼痛评估,曾是我在医院里重点关注的指标之一。有时,医生会给他一张疼痛量表,上面画着代表不同疼痛程度的面部表情,请他用手指出哪一个最接近他的感受。有时，医生会问我，从 1 到 10，我的疼痛是哪一级。这类量表根本体现不了任何东西。10 级不代表比 1 级痛 10 倍，它可能比 1 级痛 1000 倍以上。看到我爱的人受苦，不管他的疼痛是多少，我的心痛都是 10 级。失去克里斯托弗的疼痛，没有任何量表能够衡量。

不过，与罗斯相处的这几个月，让我对痛苦有了新的认识。痛苦让我感知到了自己的边界，让我知道自己原来还活着。只有活着，我才能守住克里斯托弗的记忆。

~~~~~~

夏至日的凌晨，罗斯开始出现阵痛，而且一次比一次痛，每 5 分钟宫缩一次，每次宫缩袭来，都会让她痛得倒抽口气。

临产那周的前几天，她在家里做了一次大扫除，手脚并用地在卡玛的房间里爬来爬去，将房间整理干净。她洗了一大堆衣服，包括所有给狗玩的玩具，她都清洗了一遍。她的身体水肿得很厉害，手指跟雪茄一样粗。她已经好几个星期没有穿新假肢了，更不用说尝试行走。在这特殊的人生阶段，许多人都曾问过她的感受。

"感觉像重生一样，"她告诉那些人，"我依然是我，可生活却被重置了。有时造化弄人，你能做的只有永不低头。"

疼痛一阵又一阵地袭来，亚历克斯将罗斯抱上车，一边努力维持冷静，一边马不停蹄地往西雅图的华盛顿大学医疗中心赶去。那里离他家很近，开车半小时就能到。黑暗渐渐退却，天地间蒙着一层灰色薄纱,那是夏至日的第一缕光,不仅是太阳北行的转折点,也是罗斯人生的转折点。

我连忙赶去医院见她。这次生产是不一样的。生卡玛的时候,她可以下地走动,以此缓解疼痛。但是这一次,她被困在床上,无法下地走路,也无法蹲下或跪着,通过降低重心减轻身体压力。

当我到达医院时,她的宫缩更厉害了。最痛的时候,她会捏紧拳头,捶打病床护栏。后来,麻醉师给她打了无痛分娩的麻药,产房里的所有人——亚历克斯、卡玛、渔船上的两个朋友、摄影师丹——都偷偷松了一口气。宫缩似乎渐渐消失了,从疼痛中缓过来的罗斯坐起身来,又开始给她的听众"说书",讲起海上的故事。

上午10点一过,她感觉到孩子快出来了。"用力!"医生喊。

罗斯腹部猛地用力,一股暖流从体内流出。一个男婴呱呱坠地,全身裹着一层滑滑的白色胎脂,像一只海豹的幼崽。看着终于出来的埃里斯(Aries),亚历克斯的脸上绽放出笑容,激动地说:"你看他的小手小脚,还有他的小脚指头!"

有一天,埃里斯会用他自己的语言,向别人讲述这一段传奇的故事,讲述几十个人如何在险象环生的大海上,克服种种艰难险阻,给了他来到这世上的机会。那些人是罗斯的朋友鲁比——罗斯受伤后,她第一时间告诉医院她怀孕了;"卓越"号上的船员——他们将罗斯从可怕的机器中解救出来,稳定她的伤势和情绪;维斯塔尔船长——他果断地将船开进暴风雨中,在波涛汹涌中破浪前进,成功与救援人员会合;直升机上的飞行员与医护人员——他们不辱使命，完成了如杂技般惊险复杂的海上对接，成功将罗斯从船上接走，成为历史上难度最高的创伤救援行动；阿拉斯加的外科手术团队——面对污染严重的致命创伤，他们出色地完成了截肢手术，让她和腹中胎儿免受感染；努力帮助她站起来的康复团队；一直给予她支持的船东；陪伴她一步一步地走到今天的亚历克斯。

罗斯靠在产床上，将埃里斯抱在怀里，给他喂奶，看他喝着母亲的乳汁，闻着新世界的味道。

"哦，天哪！看看他，"罗斯说，"他真漂亮。"

是啊，他真漂亮。在短暂的一刹那，我从他身上看到了刚出生时的克里斯托弗，看到了他乌黑的头发，粉嫩的脸颊。突然之间，我感觉到了他柔软的小手，在我不得不放手将他交给医生之前，紧紧地攥着我的手指。那些他曾带给我的惊叹，他曾赠予我的希望，此刻全回来了。我既为罗斯高兴，又对她充满感激，感激她唤醒沉睡在我心底的美好记忆。

～～～

英文里有一个与大海相关的词组——"sea change"，常用于比喻翻天覆地的巨变。那次事故带给罗斯的改变，以及这个孩子带给她的影响，正像这个词组所暗示的，如大海般深远广袤。

多年以来，我一直以为"sea change"是船员之间的行话，指的是海上的风云变幻，随时可能改变一个水手的命运，实则不然。这个词组出自莎士比亚《暴风雨》(*The Tempest*)里的"爱丽儿之歌"

（Ariel's song），与文学渊源更深。在《暴风雨》中，那不勒斯的王子费迪南德（Ferdinand）流落到一座荒岛上，耳边突然传来精灵爱丽儿（Ariel）的歌声，歌词中有关于他死于海难的父亲：

> 你的父亲长眠于五英寻[1]的海底，
> 他的骨骼化作了珊瑚，
> 他的双眼化作了珍珠，
> 他的尸骨完好无损，
> 只是被大海变了模样，
> 变成丰美奇丽的瑰宝。

克里斯托弗的出生与逝去，也像大海一样彻底改变了我。那一天，坐在蒙托克角灯塔下方的我，第一次感受到新生命的力量，突然间就知道自己怀孕了。他的去世，让我每天都像溺水之人一样，苦苦挣扎。

罗斯这一路的经历，让我看清了完整的真相，它比我所想的更"丰美"，更"奇丽"。想要重新变得完整，我们既要接受好的痛苦，也要接受不好的痛苦。好的痛苦意味着成长，意味着新的开始。小时候，我的腿经常疼，疼得我睡不着。我的母亲会抱来一块电热毯，捂住我的膝盖，说这是"生长痛"，是身体在长大。我会在温暖中

---

[1] 海洋测量中的深度单位。1英寻约为1.829米。

渐渐入睡，幻想自己出落成亭亭玉立的少女，翻开全新的生活篇章。

不好的痛苦是与世隔绝，不与他人来往，过着苦行僧般的生活，不允许自己体验任何美好。勇敢意味着不管前一步走得多痛苦，都要用力地迈出下一步。

"感觉像重生。"罗斯的话一直萦绕在我的脑海中。年轻时的我所憧憬的人生早已不复存在，我只能另辟一条道路。

克里斯托弗曾用手语对我说：要勇敢。现在轮到我去努力了。

第十六章

在我回归的头几年，《西雅图邮报》招了不少新人，老记者们自然地将我划入自己那一派，新员工们也大方地将我纳入他们的阵营，因为我跟他们入职的时间差不多。同时身处两个阵营的我，逐渐走出自我放逐的封闭状态，开始跟同事们一起喝咖啡，沿着海滨步道散步，享受快乐的闲暇时光。

平时，我会跟几个新来的记者出去小酌两杯，比如迈克·刘易斯（Mike Lewis），他曾在加州一家报社工作过，有着敏锐的观察力，总能用他的幽默睿智将我逗笑；克劳迪娅·罗（Claudia Rowe），来自纽约，像年轻版的琼·迪迪翁（Joan Didion）[1]，思考深刻，笔锋犀利；玛丽·林恩（Mary Lynn），她细腻的人物描写，提高了社里所有记者的侧写水平。我们都热爱新闻，经常互评对方的稿子，剖析从其他报纸上看到的好文章。我们的交流经常始于工作，随着夜幕的降临，逐渐转向各自的故事。

多年以后我才发现，克里斯托弗去世后与我走得最亲近的那些

---

[1] 美国著名女作家、记者，出生于1934年，在小说、散文、剧本写作上都卓有建树。

新朋友，当时都徘徊在各自人生的十字路口，身上都隐藏着一个他们鲜少提及的共同点。他们大多体会过丧亲之痛，这份相似的经历，像一座无形的支架，牢牢地撑起我们的友谊。我们都尝过痛苦的滋味，都懂每年那几个无法言说的日子，都迫切地想走出痛苦。我们像家人一样，给予彼此支持。

我的编辑部老朋友也将我从自己的围墙里拉出来。

有一阵子，我和丽塔一起上编剧课。某一天，我们心血来潮，决定去学从来没跳过的萨尔萨舞，将这想象成是为我们的剧本取景。

于是，我们去了西雅图国会山的世纪舞厅。它位于古老的"奇人寺庙"大楼的二楼，散发着复古的气质，漂亮的水晶吊灯俯视着沧桑的木制地板，镀金的阳台向建筑外延伸。走进去的那一刹那，我感觉自己似乎变了一个人。欢快的牛铃音乐，昏暗的灯光，摇曳的身影，令我心醉神迷。我完全被迷住了，仿佛出走已久的灵魂，在这一刻重新附体。过去那么多年，我的灵魂一直蜷缩在黑暗的小角落里，守着往昔的回忆和残念，不肯挪动半步。踏入舞池之后，我终于可以放空大脑，什么也不想，跟着音乐的节拍，忘我地旋转身子，感受别人身上的温度。第一次跳完舞回家的那个夜晚，我哭了。我哭，是因为我竟然允许自己沉浸在音乐之中。我哭，是因为这种感觉美好得让人想落泪。我哭，是因为我很害怕，因为我渴望更多东西，因为我不想孤独终老。我想再次去爱，想活在当下，而不是活在过去。我想到了克里斯托弗曾叫我要勇敢。我想他一定也希望我快乐。

从那以后，我开始和丽塔还有梅里（Merry）一起旅行，先是去了纽约，接着又去了法国、意大利。在佛罗伦萨的一个晚上，我独自走在路上，看着灯火辉煌的大教堂耸立在昏暗的夜空下，心中震撼不已。这座古老巍峨的大教堂，与这片土地有着深厚的渊源。当我站在教堂前，被它的阴影所吞噬时，一股莫名的悲伤突然袭来。在西雅图，在我昏暗的房子里，没人在家中等我回去。没有伴侣，没有孩子，没有任何东西，将我的过去与未来串联。我就这么自哀自怜了几分钟，然后看见丽塔和梅里笑靥如花地朝我走来，手上拿着意大利传统手工雪糕，快步踏在广场的石板路上，留下一串清脆的脚步声。这些年来，我与她们在报社以外的世界建立起了深厚的友谊，情同手足。一想到此时我正跟两个重要的朋友在一起，笼罩在我心头的愁云一下子就散去了。

下班后，有时我会去丽塔家吃饭。她会提前打电话通知儿子家里要来客人了，请他帮助收拾一下屋子，结果往往好坏参半。有一次，我去到她家，看见她14岁大的儿子将散落在浴室里的所有脏毛巾叠好，整齐地放进浴室柜里。现在，我终于可以和别人一起为孩子干的傻事大笑，这种感觉真好。

后来，她儿子甚至陪我们一起去意大利旅行。从那以后，他就在朋友圈里称呼我们为"姐妹花"，这个名字总能让我莞尔。他的朋友也把我当自家的阿姨，经常跟我分享最近好玩的东西，帮我恶补潮流知识，防止我变成落伍的"老阿姨"。

我还和报社里另一个结识多年的老朋友一起旅行。

刚认识吉姆·埃里克森（Jim Erickson）时，我们两人都是商业组的新人。那是在我离开报社搬去洛杉矶之前的几年，那时克里斯托弗还很小，我们曾坐在一起，并肩作战，他报道微软，我报道波音。我经常开玩笑说，在他努力戒烟的那一年，他没胖，我反倒胖了9斤多。他在我们共用的一台电脑上放了一大罐棒棒糖，每次赶稿子时都会被我大把大把地抓来吃。在各自经历离婚风波的那几年，我们的友谊迅速升温，成为彼此忠实的朋友。我们经常坐在报社的楼梯上，我说话，他抽烟，各自反省人生。他总能一眼看穿我的防备与借口。后来，我离开《西雅图邮报》，带着克里斯托弗搬去加州，却不曾与他断了联系。在我无法提笔时，是他不用我开口，就主动替我写讣告。

后来，他去了中国香港，成为《亚洲周刊》（Asiaweek）的记者。虽然身处不同的国度，但是我们约定，只要有机会，就结伴去世界各地旅游，在旅途中相聚。于是，我们一起去巴塔哥尼亚徒步，一起去大堡礁乘船，一起去看还没拆迁的北京胡同。

有一天，北京下着雨，我们坐上出租车，出发前往长城。司机开着车，在车流中蜿蜒蛇行，一边跟着广播用意想不到的男高音哼唱《蝴蝶夫人》（Madame Butterfly）[1]里的歌，一边猛超前面的三轮车。

---

[1] 意大利作曲家普契尼创作的歌剧。

我被司机的车技吓得不轻,到了长城脚下,他一叫我们下车,我就立马爬出后座,胃拧着疼,跟打了结似的。平日里熙熙攘攘的长城,今天却不见多少游客,只有一个孤独的小摊贩,热情地向我们挥舞手中的明信片,边上挨着一个卖T恤衫的小摊子,老板正坐在一摞毯子上打盹。我和吉姆沿着长城的石阶往上走,一层薄雾笼罩住了前方的城墙,遮住了我们的视线,却没有阻挡我们前进的脚步。淅淅沥沥的雨声落在耳边,淹没了世间的其他声音,将北京城的喧嚣隔绝在外,就连我们的脚步声也听不真切。这难得的宁静,让人感到解脱。走了大约1.6千米后,缭绕的雾气逐渐散去,两侧的山坡愈发陡峭,绿意葱茏,一望无际的长城一览无余,绵绵不绝地向过去与未来蜿蜒而去,气势磅礴,跌宕起伏,美得让人忘了呼吸。我们并肩站在万里长城上,化作时间长河里两粒渺小的沙子。

多么丰美,多么奇丽。

第六篇
共舞的生命

　　失去最重要的人之后，最难的是再次微笑，再次享受生活，再次去爱别人。我们不必因快乐而内疚，快乐更不是对失去之人的背叛。失去与希望，痛苦与慈悲，哀伤与快乐，都是可以共存的，也必须共存。

第十七章

克里斯托弗26岁生日的那天，我来到杂货店的鲜花柜台前，买了一盆多花水仙。"送人吗？"鲜花柜台的女店员一边问，一边用纸巾仔细地包好花茎。我将花放在副驾驶座上，开车往我多年不曾踏足的墓园驶去。

克里斯托弗去世那年的冬天，在一个阴雨绵绵的早晨，所有人来到西雅图，参加他的追悼会。细密的雨丝织成一张灰蒙蒙的帷幔，遮住天地万物，掩去世间的色彩。克里斯托弗安详地躺在一个简单的棺材里。到了遗体告别仪式时，我的家人一直在身后推我，不给我任何逃避的机会。他们担心只要我没看到他的遗体，就不会接受他死去的事实。没有人说得清失去孩子有多痛苦，但是它有什么并发症，大家都很清楚，拒绝接受事实就是其中之一。他们的担忧或许不无理由。

他走的时候，我不在他身边。

这句话，我一遍又一遍地对自己说，对任何愿意倾听的人说。之后的许多年里，每当我提到他去世的事，这句话就会自动冒出来。我的理智告诉我，即使我在他身边，也改变不了结局，可是妄想是一种强大的自我防御,人们只肯相信自己愿意相信的。在内心深处的某个地方,我始终无法对他的突然离世释怀,执迷不悟地认为如果我当时陪在他身边,他就不会死去。

追悼会那天,我失魂落魄地走入礼堂。那里躺着一具冰冷的尸体,长着一张和他一模一样的脸,穿着他上学最爱穿的衣服——红色套衫、白色 Polo 衫、蓝色裤子。那是我为他精心挑选的衣服,庆祝他正式成为小学一年级的学生,他曾对此无比自豪。他的头发梳得很整齐,长长的睫毛,像黑色的流苏,垂在苍白蜡黄的脸上。我摸了摸他的脸颊,像冰块一样僵硬冰冷。我落荒而逃,像一个在人群中跟孩子走散的母亲,被慌乱与恐惧淹没。那里躺着的不是克里斯托弗,他在别的地方。

我精神恍惚地参加完整场追悼会,几乎听不进任何声音。我从签到册上看到,那些与他有过交集的人——他的家人,他的朋友,他的老师,我的同事,还有照顾过他的医护人员,全都来了。孩子们用手语演唱了电影《狮子王》(*The Lion King*)的主题曲《生生不息》(*Circle of Life*)。我的好朋友芭芭拉也来了。她曾在无数个夜晚开导焦虑不安的我。克里斯托弗出生一个礼拜之后,她也产下了一个女婴。她在追悼会上致辞,回忆他有多喜欢坐旋转木马。

她说:"在这世上活着的每一天,他不曾停下步伐,总是渴望玩耍,渴望探索,渴望拉住生命的手。"

弗兰克走上讲台,朗读了沃尔特·惠特曼(Walt Whitman)的诗《哦,船长,我的船长!》(*O Captain! My Captain!*)。他告诉为克里斯托弗而来的所有人，他和他的妻子很快将迎来一个新生命，一个与克里斯托弗同父异母的弟弟。

我浑身颤抖地坐在座位上，一句话也说不出来。追悼会结束后，人们三三两两地走出礼堂。草地上有一朵紫色的小花早早地绽放了，牵动了我的目光，仿佛克里斯托弗正指着它，要我去看。那是一朵娇小的三色堇，我将它轻轻摘下，夹在《小王子》的书页之间。

~~~~~~

克里斯托弗去世那年的秋天，我父母带我去加拿大的新斯科舍省，展开一场寻根之旅。在他们看来，换一个环境，去外地散散心，也许对我有好处。那时的我如同行尸走肉，每天过得浑浑噩噩，像在梦游一样，什么也记不住。到了夜里，我害怕睡觉，害怕掉入永无止境的噩梦。我将那些纷乱的噩梦写进日记本里，天真地以为只要写下来，就能将它们驱散：

梦见自己随船漂流到海上，望眼欲穿地凝视海底，不知在找寻什么。

梦见电梯门夹住了克里斯托弗的围巾，电梯开始下降，没人听得见我的尖叫。

梦见我听见急救呼叫，跑去抢救病人，可我不是医生，也不知如何抢救。

然后，我会从梦中惊醒，心脏狂跳，心慌气短，浑身冒汗。我想，那个需要紧急抢救的人，是我。

我父亲的家族在好几代之前便从苏格兰举家搬迁到新斯科舍省。到了那里后，我们忙碌地研究族谱，如同在地图上寻找地标的游客，兢兢业业地研究每处支派。每发现一处祖先生活过的地方，我们就兴奋不已，仿佛挖到了全世界最珍贵的文物。我很感激这一次旅行，让我暂时忘了失去克里斯托弗的痛苦。

在新斯科舍省游玩了一周，我们从位于东北海岸的皮克图岛上船，前往爱德华王子岛省。我的曾祖父母曾生活在那里的一个小岛上，并在岛上埋葬了一个男婴。克里斯托弗才刚去世，我的痛苦仍未消退。这个时候看到一个婴儿的坟墓，我不知道自己会不会崩溃，可我没得选，我必须去。

我们在伍德岛上岸，那里的沙滩是红色的。傍晚的阳光照亮了马路两边的麦田，我们开车在岛上穿梭，留意着两旁的路标，寻找早期开拓者的墓园。我们开进许多死胡同，绕了许多冤枉路，最后终于来到一块被白桦树环绕的空地，找到了一处小墓园。我父母在前方探路，我在他们身后亦步亦趋地跟着。终于，他们在一排排墓碑中找到了它：

追忆爱子威利

年仅 15 个月零 18 天

起初我很犹豫，但是冥冥之中，不知是什么牵动了我，让我不由自主地抬脚走了过去。被岁月褪去色彩的墓碑，像一座小小的灯塔，矗立在草海中央。我一看到碑上刻着的小羔羊，就知道这是威利的墓。我奶奶每次追忆她父母，说他们在生下她之前，曾在一个遥远的地方失去过一个儿子，就会提到碑上的小羔羊。她不曾来过新斯科舍省，不曾亲眼见过威利的坟墓，但是这块碑上的每一笔刻痕，早已深深地刻在她的脑海中。她想象中的墓碑是那么地真实，与我看到的一样真实。我跪在墓碑旁边，清理它脚下的碎石。碑上的文字触动了我的心灵——那对生命的丈量，那精确到天的寿命，精确得让人心酸。那天，温柔的霞光洒满整座墓园，墓园中藏着一座毫不起眼的小墓，小墓四周长满了草，草丛里有许多蛐蛐在"唧唧"地唱着摇篮曲，歌声中混着远方雾号的"哞哞"声。这一幕，永远定格在我的记忆中，不管过了多久，都不曾淡却。与绵延无尽的岁月相比，一个婴儿存活的天数，如昙花般短暂，令人心头颤动。

可这也是一个证据，证明时间无法与记忆抗衡。只要记忆不允许，它就无法逼迫我们遗忘。克里斯托弗去世后，我最害怕的是大家会渐渐忘了他，再也没人记得他的笑声，再也没人说起他对火车和牛仔的狂热。在他很小的时候，电影《生命因你而动听》（*Mr. Holland's Opus*）曾找他当临演。有时，我们走在路上，会有路人过来搭讪，说他们曾在电影里看到过他。我从来没有看过那部电影，甚至近乎迷信地认为，只要我不看，某一部分的他就还活在这世上，等着我去寻找，寻找最后一块仍流失在外的记忆。

然而，威利的逝世，在百年之后依然触动了来到此地的后人。在他父母身上留下的悲伤的印记，被我的奶奶感应到，通过几代人流传下来，血脉延绵。

除了失去骨肉的痛苦，我与我的曾祖父母还在另一方面有了共鸣。当他们第一次站在这里，陷入悲伤的笼罩之中时，他们并不知道未来会有怎样的快乐在等待他们。他们不知道，有一天他们的后人会站在这里，祭奠他们的痛苦，追忆他们的儿子。他们不知道，如果不是他们给了我生命，我不可能站在这里。在他们身上，我似乎窥见了自己的未来，隐约看到一丝希望，纵使十分渺茫，像墓地里的微风一样稍纵即逝，但我依然伸出手，渴望抓住它。

在新斯科舍省的两个星期，树叶静默无声地变换了颜色，为秋日添上浓墨重彩的华裳，如一抹红霞蔓延至天边，将天地染成残火欲尽的红，预示着生与死的轮换，预示着留不住的生命。即使是在大自然中，也不存在毫无征兆的死亡。

沿着族谱一路往回走，我才发现每个人走过的世间路有多短。对我而言，克里斯托弗的死，重如泰山。他的生命纵使短暂得令我措手不及，却也留下了无法磨灭的印记。他在族谱上占据的位置，不比其他人大，也不比其他人小。

～～～

我停好车，抱着那盆多花水仙，朝山上克里斯托弗的墓地走去。脚下平坦的绿色草地，逐渐过渡为波浪状的缓坡，那是儿童墓区草坪独有的图案。我的双腿凭记忆走到他的墓碑前，那里埋葬着他的一些骨灰，剩余的骨灰被我留在身边。我们将他的墓地选在一棵树边，还在树枝上挂了一只喂食器，偶有鸟儿光临那里，与他做伴，不让他孤单。

墓碑上写着"克里斯托弗，7岁"。这是我们特意为他保留的习惯，每次向刚认识的人介绍自己，他就会在名字后面加上岁数。

碑上还刻了艾米莉·狄金森（Emily Dickinson）的第372首诗里的一行诗句——"剧痛过后，麻木将至"。然而，狄金森诗中描述的麻木，并没有出现在这座儿童的墓园。放眼望去，气球在微风中摇曳，纸风车迎风旋转，不知是谁的墓碑上躺着一只绿色的塑料蜥蜴，碑面上只刻着一个日期——"1958年6月14日"，那时我尚未出生。那些碑石上长长的名字，那些生卒日期都是同一天的已逝之人，那些出生不到一天就死去的婴儿，他们究竟是谁？

我坐在树旁的长凳上，将纸鹤放在腿上，凝视着华盛顿湖。墓园门外的湖城路上川流不息，车辆驶过的轰鸣声汇聚成河流低沉的呜咽声。远处是逶迤的喀斯喀特山脉，和克里斯托弗用卡纸做的立体画一样，层峦叠翠。我的记忆也如远山般层层叠叠，渐次模糊暗淡，苍茫远去，可我却还期盼着，有一天我能重新找回它们的色彩。

微风温柔地拂过我头顶上的树枝，我的手亦曾那样温柔地拂过克里斯托弗的发。我闭上双眼，恍惚间似乎听见了他的声音，却是几只黑头山雀扑棱着翅膀，从枝头飞走，"唧唧"地齐声叫唤。我从恍惚中回过神来，将花放在克里斯托弗的墓前，便回到车子停放的地方，靠着车门坐了一小会儿。当我不经意间抬头时，两辆车子不知何时出现，停在了克里斯托弗的墓地附近，车里坐着好几个年轻人。他们一共有5个人，从车里下来之后，就站在他墓碑旁边的树下，其中两个人正兴奋地打着手语。

有一个年轻女人背着一个婴儿，一个手中拿着气球。我恍然意识到，他们也许是弗兰克那边的孩子，克里斯托弗另一半的亲人，其中有一个可能是他同父异母的弟弟，那个弗兰克在追悼会上提到的孩子。他们来这里，似乎是为庆祝克里斯托弗的生日，也有可能是带刚出生的家庭新成员来见他。看到他们来看望克里斯托弗，我很欣慰。

曾有一段时间，我感受不到一丝快乐。结束一段近10年的婚姻，这样的结局对任何一方都是毁灭性的打击，但是克里斯托弗却用行动向我们证明，他可以用爱包容所有人。有一天，他带了一些画给我，画里是他所画的家庭——我，他的父亲，他的继兄弟姐妹，他的继母，还有我当时的爱人吉姆，全都在画上。画中有一个女人长着一头长发，用两条黄色的绳束住，那个人便是我。一想到这儿，我的眼前突然浮现他的"家人"手势——两手放在胸前，掌心朝外，每只手的大拇指与食指指尖相扣，形成一个小圆圈，接着两臂往前伸，形成一个大圆，仿佛将一大家子揽进怀里。对他来说，我们是一个大家庭。

虽然我和弗兰克做不了一对好夫妻，但是我们对儿子的爱永远不会变。刚离婚时，我们都曾埋怨过对方。如今，我们已经原谅了年轻时不成熟的彼此。

克里斯托弗去世后,我与弗兰克的新家庭逐渐断了联系。此时,看着站在他墓前的年轻人,我才终于明白,原来哀悼与庆祝是可以共存的——悼念逝者、庆祝新生。

失去与希望,痛苦与慈悲,哀伤与快乐,都是可以共存的,也必须共存。

这是一个年轻的双胞胎孕妇教会我的道理。

第十八章

　　一个年轻人神色紧张地朝我走来。他叫保罗（Paul），是报社的 IT（信息技术）人员。大多数情况下，他和其他技术人员在幕后忙碌着，确保报社的服务器正常运转，很少踏入新闻编辑室。那天，他来新闻编辑室找我，是有个不情之请。他的妹妹达比·约翰逊（Darbi Johnson）怀了一对双胞胎，但是胎儿出了点问题，不得不做介入治疗。那是一场复杂的胎儿宫内手术，可惜手术没能完全成功。他很为妹妹担心，心想如果能让她说出自己的故事，也许不仅能帮助她更快地走出悲伤，也能帮助到其他拥有相同经历的孕妇。

　　他问："你愿意写吗？"每当有同事带着故事来找我，尤其是他们自己或亲人的故事，请我将它们写出来，我都会将其视为一种信任的表现。然而这一次，我却犹豫了，这背后的缘由，他不可能知道。出于对妹妹的关心，他再三请求我。

　　最后，我答应了。

　　7 月炎热的一天，我和达比约在诊所碰头，那是我们第一次见面。那天，她预约去那里做超声检查，我们在候诊室里聊了起来。她已经 26 岁了，但看上去依然很小，感觉还没成年，声音仍保持着少女的甜美。她一直很想要孩子。

几分钟后，一名护士喊了她的名字，我陪着她走进昏暗的超声检查室。她挺着大肚子，坐到检查椅上，后背贴在椅背上。护士量了她的血压——血压有点高。

也许是太紧张了。护士安慰她道："没关系，紧张是正常的。"

我的心跳没来由地跟着加快。那些被岁月压下去的恐慌，如今又开始发酵，不停地往外冒泡。昏暗的检查室，冰凉的耦合剂，左右滑动的探头，与多年前医生发现克里斯托弗尿道受阻时的场景，与我得知第二个孩子胎心停了时的场景，如此地相似。朦胧跳动的影像，像深海的沟壑。

我甩掉脑中的画面，努力将注意力拉回到达比身上。

医生手中的探头在她肚皮上滑动。一个小人儿，一颗小脑袋，一只捏成拳的小手，出现在显示器上。房间里充满了胎儿欢快的心跳声，"嗡嗡"地响着，仿佛有人正对着麦克风轻轻地刮锡纸。

"这声音真好听，"达比说，"真想一直听着它。"

她的丈夫迈克（Mike）是一名消防员，才刚上完夜班赶过来。他穿着牛仔裤、羊毛衫，留着寸头，戴一顶棒球帽，上面印着"第九消防队"。他看上去很年轻，神情略微紧张。

"小家伙的头好大，"他紧盯着显示器感叹道，"真棒！"

他的手指随着心跳的节奏在桌子上轻敲。

夫妻两人看着胎心搏动在显示器上留下的绵延曲线，脸上闪过一丝隐忍的悲戚。那里曾有两颗心脏同时跳动，如今只剩一颗。

达比和迈克是在念大学一年级时认识的，两人在俄勒冈州波特兰市上同一所大学，第一次见面就被对方深深地吸引。达比热情活泼，迈克诚恳老实，说话带一点儿冷幽默。他们一结婚，便决定要孩子，并约好生三个。

圣诞节假期里的一天，达比突然觉得自己可能怀孕了，那是她第一次有这种感觉。那一天，她和亲戚到一家甜品店吃饭，心血来潮地给自己点了两杯牛奶。

"我讨厌牛奶，"她的笑声如铃铛般悦耳，"但我现在好像不能这么任性了。"

到了车上，她凑过身去，低声对迈克说："我那个没来。"

他淡淡地点了点头。

"你还没听明白吗？"她一字一句地又说了一遍，"我那个没来。"

迈克用力握住她的手，脸上绽放出一个大大的笑容。

一直等到元旦那天，她才将验孕棒拿出来用。当时，他们并排坐在客厅里，闭着眼等待结果出炉。静置时间一到，他们数到三，一起睁开眼看。

"试纸上出现了两条红线，"她说，"我们喜极而泣，一把抱住对方，又蹦又跳。"那天晚上，他们兴奋得彻夜难眠，做好了为人父母的心理蜕变。

迈克对着她一天天变大的肚子，乐此不疲地念故事和祈祷文给胎儿听。有一天，她感觉到肚子里异常安静，便起身和迈克去医院检查。两名超声医生盯着显示器，足足沉默了10分钟，一言不发地离开检查室。后来，一名医生走了进来，告诉他们胎儿当晚已经没了胎心，让她去隔壁引产。

我的肚子猛地一阵绞痛。我能体会她当时的感受。那一瞬间，记忆将我拽回我曾住过的产房。一个朋友送了我一束白色郁金香，我将它们插在花瓶里，摆在狭窄的窗台上，放在我视线可及的范围内。在花瓶边上，我还放了一张我母亲送给我的卡片，卡片上是卡尔·拉森（Carl Larsson）[1]画的婴儿房里的一个小女孩，我母亲说这幅画总会令她联想到我。后来，当子宫开始一阵一阵地收缩时，我会盯着那张卡片，浑身发软，气喘吁吁，试图从卡片上汲取我母亲的力量。催产素滴得很慢，弗兰克给我拿了一些冰块过来。我们怀着复杂的心情，看着我的宫缩波形从平缓的山丘变成陡峭的悬崖，感受它一次又一次猛烈地袭击我的身体，恐惧与期待在心中交替。其他新生儿微弱的哭声，偶尔会穿破疼痛的阴霾，钻入我耳蜗。于是，我忍着疼痛在心中祈祷，祈祷我的孩子也能活着出生。我是幸运的，达比却不是。

达比躺在妇产科尽头的房间里，尚未从震惊中缓过来。其他床的父母都在兴奋地用相机拍摄初来乍到的宝宝。相机发出的闪光，

---

[1] 瑞典水彩画家、插画家、油画家、壁画家、室内设计师，以水彩画闻名。

在她眼前此起彼伏,彻夜不休。"失去孩子的感觉真的很可怕,"她说,"然后,突然之间我就想开了。无论遇到什么事,我们都不能放弃希望。有一天,当我再次深陷绝望之中时,我需要有人提醒我这一点。于是,我告诉迈克,如果那个来不及出生的孩子是女孩,我想给她取名为'希望'。"

希望出来了,是个死胎,约 3.6 斤,有一头浓密乌黑的头发。达比说:"她是个漂亮的宝贝。"他们的牧师来了,为孩子祈祷。然后,迈克抱着她走进另一个房间。他将她抱在怀里轻轻地摇晃,让其他家人看她最后一眼。

"他不用人教,就知道怎么抱孩子。"达比回忆起迈克当时的样子,"他抱着她,轻轻地拍着她的背,轻轻地来回踱步。虽然我们只做了半个小时的父母,但是这让我体会到了当妈妈的奇妙感觉。我们共同孕育了这么漂亮的天使,我为自己和迈克骄傲。"

第二次怀孕时,他们在第 8 周去医院做产检。这一次,超声医生依然沉默不语。她说:"一开始,我们紧张极了,然后就听到女医生说:'有两个胎心搏动。'我们激动得差点跳起来,完全不敢相信这是真的。"她怀了一对同卵双胞胎,感觉很不真实,像是中了彩票。后面的 8 周里,他们沉浸在对未来的美好想象中,连这对双胞胎兄弟的名字都想好了:一个叫卡特(Carter),一个叫布莱克(Blake)。然而,到了第 16 周,医生查出了别的问题:两个胎儿共用一个胎盘,且胎盘上存在血管吻合,这在医学上称为"双胎输血综合征"。

一个胚胎如果在受孕4天内分裂,通常会产生两个相同的胎儿、两个独立的胎盘。如果在4～8天之间分裂,就会产生两个共用一个胎盘的胎儿,中间只有一层薄薄的羊膜隔开。在这种情况下,两个胎儿共用一套血液循环系统,血液分配很容易出问题。

达比腹中的卡特只有布莱克的一半大,胎盘的血液从较小的"供血儿"卡特流向较大的"受血儿"布莱克,卡特得到的血液太少,布莱克得到的血液太多,两个胎儿之间的血液分配明显不平衡。医生告诉他们,在80%以上的病例中,供血儿最终会死于严重贫血,受血儿则死于心脏衰竭。虽然美国每年只有大约4500名孕妇会碰到这种问题,但是它在胎儿宫内死亡病例中却占了很高的比重。医生建议他们终止妊娠。

听到医生这么说,达比和迈克完全惊呆了,他们根本狠不下心打掉胎儿。达比给她的第一个孩子取名为"希望",现在唯有希望能给他们坚持下去的力量。

在过去的案例中,医生曾尝试过持续性羊水减量术,即定期从子宫中抽出大量液体。对于轻微的双胎输血综合征,这类手术可以提高存活率,背后的原因并不明确,至少临床结果是乐观的。

医生还尝试过羊膜中隔微型穿孔术,即在分隔胎儿的羊膜上穿刺一个小孔,使两羊膜腔内羊水互流,让羊水分配均等。这同样能够提高存活率,虽然原因尚不明确。然而,不管采用哪一种手术,风险都是存在的，胎儿的大脑可能因缺氧而受损。除此之外，这两种手术对严重的双胎输血综合征都无能为力，达比就属于严重的那一类。

但是，天无绝人之路。如果医生能找到方法分离吻合的血管，让每个胎儿直接从胎盘获得血液和氧气，而不是从对方身上夺取，那么他们就能保住两个胎儿。但是，胎儿治疗（即给子宫内的胎儿动手术）在当时还是一个新兴的领域，存在许多医学伦理上的挑战。

我很清楚胎儿治疗的历史与挑战。就在克里斯托弗出生的前几年，加利福尼亚大学旧金山分校进行了全世界第一台胎儿手术。那台手术所要治疗的问题，与克里斯托弗的是同一个问题。医生们在子宫内的胎儿身上放置了一根导管，将尿液引出体内，防止尿液倒流导致肾脏受损，让胎儿肾脏和肺部能够正常发育，等出生之后再动手术根除尿路梗阻。如果当时我有机会做同样的手术，也许克里斯托弗就不用受那么多苦。

但是，在我怀克里斯托弗的年代，这类手术尚处于实验性起步阶段。而且，当时超声检查还没那么普遍，等医生发现他的身体缺陷时，他的肾脏发育早已严重受阻。

我没有选择胎儿治疗的机会，但是达比有。在胎儿宫内治疗中，双胎输血综合征是最复杂的疾病之一，也是要求最精细、难度最大的手术之一。外科医生必须切开像线一样细的血管，一旦不小心割破子宫内的任何地方，就可能导致大出血或者早产，不光两个胎儿性命难保，连产妇也会有生命危险。

夫妻两人联系了长青医院的马丁·沃克医生（Dr. Martin Walker），咨询他的意见。长青医院位于华盛顿湖对岸的柯克兰——西雅图的一个卫星城市。沃克医生说话很温和，带着一丝英国口音，对待高危产妇时，总是温柔幽默、坦率诚恳。碰到高危产前病例，任何决定都是艰难的，这其中的错综复杂之处，以及将一个新生命平安带到世上的成就感，是吸引他投身妇产科的原因。当我去采访他时，他说："我喜欢生命的复杂之美，喜欢见证生命从无到有的过程。"

沃克医生是美国为数不多的受过胎儿镜下激光光凝术培训的临床医生之一。这种技术开创于10年前，被用于分离子宫内双胞胎的血管。即使过了10年，做过胎儿镜下激光光凝术的人依然不多。他在英国学习了这项技术，接着来到美国的佛罗里达州，在该技术的发明者那儿实习，最后来到长青医院。全国只有少数几家医院拥有能够进行这项手术的仪器。沃克医生还没有在任何病人身上做过这项手术，但是他一看到达比的超声检查结果，就知道她会是最佳的人选。

沃克医生告诉我，她的情况很严重，其中一个胎儿已经出现心脏窘迫，更小的那一个已经难以维持生命，万一他在血管相通的状态下突然死亡，很有可能令另一个活着的胎儿血压骤降。第一个胎儿死亡的一个小时内，血压骤降足以伤害另一个胎儿的大脑，甚至致死。只有分离两个胎儿的血管，才有希望保住至少其中一个。时间不等人，他们必须尽快行动，在怀孕26周前动手术。手术成功的话，有四分之三的孕妇至少保住了一个胎儿,有大约三分之二的孕妇最终产下两个活着的胎儿。

手术当天,沃克医生将一根柔性管伸入达比腹部一个三毫米宽的切口,那根管子比一根意大利面条粗不了多少。在接下来的40分钟里,他全神贯注地盯着头顶上方的显示器,根据上面显示的路径,引导激光在胎盘内的定位。在复杂的人体内部世界,一个医生必须拥有一双灵活且稳定的手,以及高超的读图能力,才能胜任这项手术。

他说:"你要准确识别人体内部的各种标志点,并在脑中进行三维思考。"手术结束时,他总共分离了胎盘上吻合的十几条动、静脉。

手术结束以后,他们能做的就是静观其变。

接下来的几周里,达比做了好几次超声检查,密切观察宫内胎儿的世界。一开始,两个胎儿的体重都有所增加,布莱克的体重将近1斤,卡特是他的一半。在那之后,卡特的体重一直没再长。更令人忧心的是,卡特从胎盘得到的营养比布莱克少很多。

又过了三周,沃克医生又给她做了一次超声检查。在较小的胎儿那侧,他只看到一团死寂的阴影,那颗本该搏动的心脏,已经停止跳动。这样的噩耗,总是叫人难以启齿。

他轻声对夫妻两人说:"小的那个死了。"

达比说到这里时,我不禁垂下头,想起放射科医师曾对我说过的话:胎儿已经没了生命力。我的心往下沉,为她难过。

后来，达比整理好情绪，准备将此事通知家人和朋友。"我们曾为生命的逝去而悲伤，曾为生命的到来而欢喜。"她写道，"如今，我们被迫同时面对生与死、悲与欢。"

～～～

与达比初次见面几周后，我到她家看望她。她和丈夫住在奥林匹亚市，从西雅图开车往南走，大概一个半小时就能到她家。他们的房子简单朴素，外墙是米白色的，她将我领进院子里。当我们来到后院时，夏天的雨说下就下，劈头盖脸地落下来，将我们浇了个透。她带我过来，是想让我看她正在种的花。一条条反光布，像中国经幡一样，在草坪上飘扬。那些布条反射的光，能够防止小鹿误入草地。隔壁邻居家的花园里，大丽花和玫瑰花争相怒放、花团锦簇，达比的园子却是一片荒芜，只有一丛大黄据守着一小块角落，抵抗满园的冷清。不过她的花园才刚起步，来日方长。

布莱克正在茁壮成长，一天比一天活跃。达比每天都会数他踢了多少下，两小时内至少踢 10 下才及格。说到这儿，她笑着告诉我："他每次只要 4 分钟就能达标。"她每周会去做两次胎儿压力测试，检查是否有胎儿窘迫的迹象。她的预产期在两周后，到时会做剖宫产。

孩子出生前，她和她继母要将婴儿房整理好。那里放了许多礼品袋和盒子，堆积如山，足足有膝盖那么高，是前三次迎婴派对收到的礼物。她艰难地走进几乎无处落脚的婴儿房里，动手整理婴儿的围嘴、连体衣、毛绒玩偶、婴儿床玩具……

她笑着说:"看到我们将这么多东西塞进婴儿房里,迈克开玩笑说,等布莱克出生了,这里还有他住的地方吗?"房间里到处散落着童书,她随手捡起一本苏斯博士的书。"我们都觉得《绿鸡蛋和火腿》会是布莱克最喜欢的书。"达比说,"当迈克读到狐狸时,布莱克踢了一下。迈克又说了一遍'狐狸',结果他又踢了一下。"

客厅里的一张桌子上放着一本给爸爸们的秘籍,从打水漂到找北极星,各种技巧应有尽有。我摸了摸锁骨处的星星,将它握在手心里。这世上有无数教父母如何养育孩子的书,却没有一本书告诉他们,该如何在庆祝一个孩子诞生的同时,哀悼另一个孩子的逝去。这本缺失的书,需要他们自己去撰写。

达比拿起两顶手工编织的小红帽。

"大多数人不会送成双成对的礼物,因为怕勾起我的伤心事。"她用手指轻轻揉搓柔软的纱线,"但我很喜欢这对帽子。"布莱克已经长到 4.5 斤了。在她的心脏正下方,卡特的小身体蜷缩在宫内左上角,挨着他的哥哥。

孩子还没出生,达比就已经开始为他们织抱毯了,还特意请超声医生测量卡特的头围,想给卡特的毯子加一个帽子,包住他的小脑袋。收拾完婴儿房后,达比靠在她继母身上,眼泪毫无预兆地涌出来。

她在房前的院子里开辟了第二个花园,种了许多马鞭草和罗甘莓。花丛中央摆着一套户外桌椅,桌子上放着一只黄色的茶壶。那里种着希望的雏菊，等卡特出生了，也会有专为他种的花。

两周后，我开车到医院，去探望临产的达比。她的产房很好找，因为她在门板上贴了双胞胎的超声波照片，每张照片都有很温馨的标题。在最后一张照片中，卡特似乎正凝视着下方的哥哥，标题写着——"永远的兄弟"。

越来越多亲人陆续赶来，房间里很快就变得热闹起来。沃克医生系着一条紫色圆点领带，穿着他标志性的牛仔靴，大步流星地走过来，查看产妇的情况。再过不久，他就会换上手术衣，为剖宫产做术前准备。看到沃克医生脚上的靴子，达比忍不住笑了，因为她给布莱克买了一双一模一样的靴子，以此表示对沃克医生的感激之情。在场的亲人们手拉手，将达比的病床围起来，为布莱克和卡特祈祷。迈克抚摸着她的肚子，在医护人员将她推走之前，享受一家四口最后的相聚时光。

在手术间里，两张有机玻璃暖床并排而放，穿着手术衣的沃克医生迅速将布莱克从子宫中取出。上午9点58分，一声急切嘹亮的啼哭响彻整个房间，布莱克平安来到这世上。

迈克紧紧抓住达比的手，两人同时转过脸去，看着在暖床上啼哭的布莱克，脸上写满初为人父人母的喜悦。沃克医生顾不上分享他们的喜悦，马不停蹄地在隔帘后面忙碌着，取出如纸娃娃般脆弱的卡特。一名护士迅速用毯子将他裹起来，放在他哥哥旁边的暖床上。

悲伤像宫缩一样，一波接一波袭来。

孩子出生几天后，夫妻两人在家人与朋友的陪伴下，将卡特安葬在希望旁边。两束小白玫瑰静静地躺在墓地上，一束裹着粉色的外衣，一束裹着蓝色的外衣。不到一周大的布莱克，正偎依着达比的胸脯，睡得香甜。她抱着他，吻了吻他深金色的头发，开始哭泣。迈克握着她的一只手，脸上写满疲惫，沉默无言。

然后，牧师领着所有人，来到两棵道格拉斯冷杉下。他与这个家族相识已久，一双沧桑的眼，见证了他们的许多悲欢离合。"人皆有生，亦皆有死，这是一个悲喜交加的现实。"他开口道，"我们庆祝生命，也庆祝死亡，因为它们都是上帝的创造物。"牧师以祷告结束了简短的仪式。许多人聚到蓝色气球那儿，在气球上写下告别词，接着轻声歌唱着，放飞气球，目送它们带着美好的祝愿，缓缓飘向太阳。

直到最后一只淡蓝色的气球也消失在天际，达比才恋恋不舍地收回视线，看着怀里的布莱克。家人、朋友、迈克的消防队队友全都围了过来，好奇地打量抱毯里的小婴儿。他被包在一条绣着消防员图案的毯子里。客人们轻声细语地哄着他，温柔地抚摸他的小手。达比和迈克微笑着，向大家讲述第一个孩子的故事。

几千米之外，在希望的花园里，雏菊怒放。

～～～～

那天，参加完葬礼的我既难过，又有种如释重负的感觉，仿佛长久以来压在心头的一块石头，终于随那些气球一起飞走了。我们或许无法拒绝悲伤，但是我们可以选择快乐。我想起了达比说过的话：

"无论遇到什么事，都不能放弃希望。"

人们习惯将希望与乐观或积极混为一谈。事实上，它们有着根本性的不同。心理学家说，与其说希望是一种态度，不如说它是一种支撑着你往前走的信念。希望是相信人生不是单行道，相信前方仍有路可走，即使这条路与你原先设想的不同。

失去最重要的人之后，最难的是再次微笑，再次享受生活，再次去爱别人。一直以来，我的内心都很矛盾。一方面，我不希望因为走不出失去的阴影，过不回正常人的生活，而成为别人同情的对象；另一方面，我会因为快乐而愧疚，仿佛这是一种背叛，是在否定克里斯托弗对我有多重要。如果我笑了，别人一定会以为我已经"好"了。于是，我开始找各种理由推脱，不去参加任何形式的庆祝活动——生日派对、员工聚餐、节日聚会，尤其是迎婴派对。我以为置身于别人的快乐，只会放大我的痛苦。

可是，从达比身上，我意识到，因别人的快乐而快乐，为别人的庆祝而庆祝，并不代表要减少或取代我的失去或悲伤。谁也无法取代谁。我可以同时拥有快乐与悲伤，这不是对克里斯托弗的背叛。

写完达比的故事后，过了几个月，一群女同事邀请我参加某个同事的迎婴派对。这一次，我接受了邀约，还专门去店里挑选礼物。

我走进婴儿用品区，用手触摸软软的连体衣，摆弄小玩具，抱起一只毛茸茸的长颈鹿，抚摸它丝滑的鬃毛。最后，我选了一套柔软的抱毯。

柜台后面的女店员拿出印有黄色泰迪熊图案的纸，将毯子包好，问："男孩还是女孩？"

我说："是女孩。"

她抽出一条粉红色的丝带，系紧礼品盒。我将盒子抱在胸前，走出店门，心中突然充满迎接新生命的喜悦。克里斯托弗的到来，曾带给我满满的爱与欢乐。愿这些毯子能为那个女孩送去温暖，将她包裹在满满的爱与欢乐之中。

第七篇

战争的烙印

　　失去和痛苦，会在一个人的身上留下不同的烙印。你看到的每一道伤疤，都在向你诉说一个故事。伤疤藏在故事里，别人可以沿着故事线，探知我们哪里受过伤，哪里愈合了，哪里仍在隐隐作痛。有些人，有些事，需要用尽一生才能放手。

第十九章

克里斯托弗去世的那一年，莱文沃斯四周的山区遭遇了一场大火。那是喀斯喀特山脉中的一座山城，坐落于群山环抱之中，位于西雅图的东边，相距两小时车程。儿时的我经常去莱文沃斯玩，冬天学越野滑雪，秋天漫步于山野小径，看漫山遍野的山杨，挂上金灿灿的叶子。克里斯托弗还小的时候，我很喜欢带他去那儿，沿着韦纳奇河走，寻一块岩石坐下，一边惬意地享受野餐，一边看着小小的块茎逐流而下。"鱼！"克里斯托弗指着水面上的块茎，做出鱼儿在水中游动的动作。第一次看到他比这个动作，我兴奋地将他搂进怀里，为他学会了比喻而激动。

每次来莱文沃斯玩，我们都会去同一家汽车旅馆。那里的房间有宽敞的步入式衣橱，他总是乐此不疲地将自己的枕头和毛毯拖进柜子里，声称那是他的房间。"小房子。"他打着手势，将它占为己有。旅馆附近有一座公园，公园里有低矮平缓的小草坡。在那里，他无师自通，学会了滚草坡，每次往下滚，都会咯咯笑个不停。有一天，他在坡下摘了一株蒲公英。我伸出两根手指，比出"V"的形状，朝我的眼睛一指，示意他看过来，然后对着蒲公英轻轻一吹，吹起它白色的绒毛，看绒毛轻飘飘地飞起来，如一缕轻烟袅袅上升。他看呆了，惊奇地欢呼了一声。

大火发生的那一年，来自24个州的2400多名消防员集结于此，抢救岌岌可危的山城，以及被火海围困的森林。超过7.3万公顷的土地被烧毁，大量浓烟飘向远方，烟霾笼罩西雅图，在日落时分将整片天空染成血红色。消防员花了5个月的时间，才将这场大火彻底扑灭。

在那之后，我开车去了一次莱文沃斯。烧焦的山坡千疮百孔，遍地是触目惊心的残桩断枝，像大火肆虐后遗留的伤疤，沿着山火的走向分布。好在莱文沃斯安然无恙，这是不幸中的大幸。我来到我和克里斯托弗经常入住的那家小旅馆，将车子开进它的停车场。它依然是记忆中的样子，仿巴伐利亚风格的白色石膏外墙，深褐色的木桁架，看上去完好无损，却再也不是克里斯托弗想象中的城堡。没有了克里斯托弗，它只是路边一家破旧的旅馆，一处能够凑合着过夜的地方。我从车里下来，膝盖微微发颤。二号公路上的汽车，从我身旁呼啸而过。我想冲他们大喊，想叫他们停下。我的世界早已定格在克里斯托弗离开的那一刻，就连时间也停止了流动，可我身边的人依然来去匆匆，他们的世界兀自转动，仿佛什么也没发生。我想要一个显眼的记号，一道和山峰一样的伤疤，叫他们看见我的痛苦，只有伤疤能让人看见疼痛。我想在身上烙下一条凸起的疤痕，一行随时都能摸读的盲文。我想告诉别人我的故事，想告诉他们克里斯托弗的故事，可是没人停下来听我说话。

多年以后，比利的治疗师说出了我那天的感受：你看到的每一道伤疤，都在向你诉说一个故事。伤疤藏在故事里，别人可以沿着故事线，探知我们哪里受过伤，哪里愈合了，哪里仍在隐隐作痛。

失去和痛苦，会在一个人身上留下不同的烙印。我与迈克认识几年后，他的一个小侄女遭遇了一场可怕的事故，不幸身亡。迈克一直很讨厌文身，却在侄女死后文了一个，后来越文越多，先是文满了一整条手臂，接着又文满了一整条小腿。那些图案沿着肌肤蜿蜒而下，象征着她的生命与死亡。每当有人问起它们的意义，他就会开始讲述她的故事。

研究人员发现，一个聋哑儿童即使不曾正式学过语言或手语，也会自发地形成个人的一套手势，与他人分享自己的生活，交流自己的想法。语言学家及作家史蒂芬·平克（Steven Pinker）将这称为人类的"语言本能"。我想说的是，除了说话的本能，人类还有讲故事的本能，这是一种原始的渴望，渴望描述发生在我们身上的事。故事是文化基因的一部分，是人与人之间沟通的桥梁，是我们传递智慧和经验的方法。

有时，我的朋友和同事会纳闷，为什么我对沉重的故事这么感兴趣。他们背地里或许曾偷偷猜测过，我如此执着于创伤和死亡的原因。事实上，那些故事不曾令我压抑，反而证明了失去会让一个人蜕变。曾与我分享人生故事的人，用他们的亲身经历印证了这一点。他们教会了我同情，教会了我勇敢，教会了我谦逊。他们拯救了我。

这一路走来,我也曾写过不少欢乐的新闻,毕竟人们需要快乐的故事。我写过一个96岁高龄的老先生挑战跳伞,梦想打破吉尼斯世界纪录。我写过一只刚出生的小象与一只野蛮的乌鸦之间的欢乐故事。然而,最让我刻骨铭心的,终究是那些苦涩的故事。

有一年,我参加了一场会议,会议的主旨发言人是玛丽·卡尔(Mary Karr)——《骗子俱乐部》(*The Liars' Club*)的作者。当她结束演讲时,一名中年妇女走到话筒前,还没张口提问,眼泪就先掉了下来。最后,她哽咽着说,读着卡尔书中的故事,像在读她自己的故事。卡尔从讲台上走下来,给了她一个拥抱。我们需要故事来认识自己,来见证自我,哪怕有些故事要穷尽一生,才能说出口。

从我奶奶劳拉身上,我深刻地体会到了这一点。

~~~~~~

奶奶105岁那年,我突然意识到,仍健在的"一战"女性老兵不多了,而她可能是最年长的那个。那时,许多"一战"女性老兵已相继辞世。她们从战场上归来,却没有得到国家的重视,也没有被后人铭记,许多人甚至不曾说出过自己的故事。

1917年,我的奶奶从护理学校毕业。同年,美国宣布加入"一战"。和其他许多同学一样,她毅然选择入伍。战争结束回国后,她鲜少提起战场上的事。许多护士经历过的战争场面,可能比她们的丈夫、男友及兄弟经历过的还要惨烈。为了不让男士尴尬,她们选择缄默。那时,依然有很多美国人反对女子从事"男人的工作"。来自社会的压迫，让她们更加不敢声张。这么多年来，奶奶对"一战"几乎只字不提，在我爷爷面前也是如此。爷爷是一名海军老兵，曾在潜艇上服役。奶奶还在念护理学校时，两人就已经认识了。没过几年，她去了欧洲。从战场上回来6年后，她嫁给了他。

  对于年幼的我而言，"一战"是那么的遥远。我所熟悉的奶奶，会做好吃的柠檬蛋糕，画漂亮的水彩画，将花园打理得井井有条，给我讲她在农场长大的故事。兵役在她的人生中只占了很小的一部分，在年幼的我心中更是无关紧要的小事。我连历史书上的战役图都记不清，更不用说去想象奶奶奔走在法国最腥风血雨的5个前线战区救死扶伤。对我而言，它们只是5个陌生的名字：埃纳-马恩战区（AISNE-MARNE）、瓦兹-埃纳战区（OISE-AISNE）、伊普尔-莱斯战区（YPRES-LYS）、默兹-阿尔贡战区（MEUSE-ARGONNE）、其他防区（DEFENSIVE SECTOR）。这5个名字刻在5个细长的黄铜夹上，牢牢地夹在胜利纪念章的缎带上，和纪念章一起，放在墙上的一只玻璃盒里。

  我曾在她的碗柜底层看到过一只纸盒子，里头是她从欧洲寄给父母的信，用的是红十字会的信纸，字迹细长潦草。由于年代久远，信纸已经发黄变脆，被折了起来，放进用小刀整齐划开的信封里。盒子里有好几捆信，每一捆都用橡皮筋绑着，信封正面印有"已审查"的字样，还有美国远征军的鹰头蜡封。奶奶从不允许我打开它们。

  岁月冲淡了她的故事，每新增一代人，就更淡一分。

  "那些故事太悲伤了，"她曾这么解释她的沉默，"许多年轻士兵伤得很重。看到那些血肉模糊的残肢，深可见骨的伤口……"说到这儿，她的话音戛然而止，怎么也说不下去了。直到90多岁，禁不住我伯母玛丽·卢（Mary Lou）再三央求，她才慢慢说出她在法国的经历，后来又受此鼓舞，写下一本简短的回忆录，作为留给子孙后代的礼物。

身为记者的我深知，如果奶奶真是仍然在世的最年长的"一战"女性老兵，报社一定会喜欢她的故事。我将这个想法告诉了当时的专栏主编约翰·恩斯特龙（John Engstrom）。一开始，他并不是很买账，而且记者通常不会写自己或者自己的家人。小时候，奶奶从不让我看她的信。后来，她将所有信都给了我。当我告诉编辑，我手上有她"一战"期间的家书，他立马改变主意，同意用她的亲笔信来讲述这个故事。于是，我立即买了机票飞去加州，到她住了30年的养老社区采访她。

梅多斯养老社区建在一座陡峭的小山上，从山顶上可以俯瞰整个小镇洛斯盖多斯。它曾是一座安定闲逸的维多利亚小镇，几乎是我的第二个家。在它变成繁忙的硅谷郊区之前，我经常跟着大人去那里，住在山下一家汽车旅馆的红土砖房里，房子外有一个铺着地中海风格瓷砖的游泳池，街对面的药店有一台老旧的饮料机。我经常跑到杂志架前看报纸，或者跳进游泳池里玩水，做着各种与未来有关的白日梦，在洛斯盖多斯留下了许多成长的足迹。每次过来看望奶奶，我都会在游泳池里来回不停地游，思考当时的我所面对的人生课题——暗恋、初恋、大学、工作、婚姻……

到了山上，我总喜欢在她身旁坐下，看她坐在窗边安静地织毛衣，两根毛衣针穿插交错，发出清脆的响声。她有一双布满老茧的大手，一双我曾以为无所不能的大手。它们拿过锤子，锯过木头，洗过衣物，煮过饭菜。她还曾自己动手做桌子，做台灯，拉电线。她总是在太阳下山以后才看书，这是童年的农场生活给她留下的习惯，一直伴随她到老。她说："白天日光那么好，得先把家务做完。"

即使在我很小的时候，我也能明显察觉到她骨子里的女权主义倾向。她曾告诉我，有一天，她在敦刻尔克附近的沙滩上看见几个骑马的法国军官，便问他们借马一骑。他们将马儿借给她，却暗中拉着缰绳不放，令她的自尊心很受挫。后来，有一个军官为了炫耀骑技，骑着马儿疾驰，迅速翻越一个陡峭的沙丘。她将马儿拉开，冲上同一个沙丘，利落地上下坡。

她大笑着说："那人气得火冒三丈。"这是她当时告诉我的唯一一个与"一战"有关的故事。

20世纪70年代，她刚搬到梅多斯社区，住的是老年公寓单人间，平时会给同一栋楼的其他老人上陶艺课，自己走路去食堂吃饭，有时还会在前台代班。现在，她搬到了有专人护理的单元，与另外一名老人合住。每天早晨，护工会扶她下床，坐到轮椅上，推她去晒太阳。多年来，她一直对我说，她能够保持长寿的秘密，就是每天到户外散步，她打算贯彻下去。最后一次去探望她时，她就坐在天井里，侧着头打瞌睡，太阳照在她的半边脸上，腿上盖着一条红色格纹毛毯。

"是你吗？"当我亲吻她的脸颊时，她从瞌睡中清醒过来，声音慵懒地问。她从小在马萨诸塞州的一个小镇长大，到老都保留着那个小镇独有的口音。我又慎重地问了一遍，是否愿意重提"一战"往事，她很坚定地说"愿意"。"如果我不说，还有谁会说？"她反问道。

在接下来的三天里，我和她坐在天井里的一棵柠檬树下，从繁芜的记忆中寻找重返1918年法国西线的路，那个她的青春谢幕之地。她依然很美，橄榄色的皮肤很光滑，超出她这个年龄的光滑。她留了一辈子长发，一直习惯将头发盘绕成髻，直到最近才将它剪短，变成银色的波波头。她的耳朵越来越背，眼睛越来越差，但是头脑依然敏锐，说话依然幽默。我一边给她念回忆录，一边听她娓娓道来她仍记得的战争往事。每次想起"一战"，最先浮现在她脑海里的永远是这一幕。

"我看上去很吓人吗？"一名士兵悲戚地问，半边脸血肉模糊。她匆忙给他处理伤口。战地手术帐篷外，还有更多男人躺在雨中的担架床上，痛苦地呻吟着。从帆布渗入篷内的湿气，冻得她双手直哆嗦。她的护士服被鲜血浸透了，单薄的靴子上沾满泥土。被医生锯掉的断肢残骨，"哐当"一声掉入搪瓷桶中。她眼疾手快地处理伤患，用忙碌麻痹自己，不敢多听身后的哐当声。

"我至今还能听见那个声音。"她抬起手背，迅速抹了一下眼眶,声音微微发颤。我想象着帐篷里的她站在病人边上,弯腰忙碌着,偶尔伸手抹一下眼,又快速地缩回去。在战场上,谁也不敢轻易落泪,谁也无法承受一滴眼泪的重量。

她不敢在这段记忆里沉湎太久。我赶紧岔开话头,转到日常话题上。晚上,我会仔细看她从战区寄回来的信,从中拼凑出我正在寻找的故事。

第二十章

劳拉从小就跟其他女孩子不一样。她出生于1893年，在波士顿以南约65千米的东陶顿的一个小农场里长大。她的父亲乔治负责种菜，她的母亲则将它们做成咸菜，带到镇上去卖。她们家有三个女儿，她是最小的那一个，其中一个姐姐很小就去世了。她的父母一直很想要一个儿子，甚至想好了也要给他取名"乔治"，结果生下来的是个女孩，便改叫"乔治娜"，用作她的中间名。长大以后，她去村里的单室学校读书。整个学校只有一间教室，但是男女必须分开来，从不同的门进入教室。学校有男女之分，家里却没有，很快她就学会了干农活。她父亲经常无奈地嘟囔："老天爷每次都送我闺女。"

"后来，我们两姐妹身体力行向他证明，女孩子也可以干好农活。"时隔多年再次回首，这段童年依然令她莞尔。1914年，"一战"开始在欧洲肆虐。几年后，美国宣布加入"一战"，开始在国内招募志愿军。受同学的影响，她很自然地响应号召，为国家贡献一份绵薄之力。

她当时所在的教学医院被抽调出来，与红十字会一起组建成44

号后方医院。她说："我们班上大多数人都报名了。"1918年2月15日，她宣誓成为医疗志愿者，随后被派往乔治亚州的奥格尔索普堡接受培训。

在她报名成为医疗志愿者的那一年，妇女还没有获得选举权。男人们不相信妇女能够做出明智的选择，即使是受过良好教育的妇女，也得不到他们的信任。5年前，"泰坦尼克"号的沉没，"妇孺优先"的救生口号，引起了女性社会地位的激烈争论。对于传统主义者而言，"泰坦尼克"号的悲剧更加证明了女人与男人是不平等的，妇女是需要男人保护的弱势群体。对此，我奶奶完全无法苟同。

与全国各地的美国人一样，她凭着一腔赤诚与天真，斗志昂扬地奔赴战场，全然不知战争的残酷。1918年3月4日，她父母收到她从训练营寄来的一封信：

> 您知道吗？这是我这辈子最快活的两个星期。在这里，我学会了一样东西，也是每个人活着必须学会的东西——跳舞。您能想象有一天我会跟一群少校和上尉跳狐步舞还有华尔兹吗？

很快地，她与一个叫皮特(Pete)的中尉坠入爱河。劳拉身材高挑，但是他更高大，身高超过一米八，有一双褐色的眼睛、一头褐色的头发，还有和她一样悦人的笑容。她说："我活了24年，第一次对一个男人心旌荡漾。"在家乡，她的社交活动并不多，只有去参加教堂一年一度的吃蛤会[1]，或者偶尔乘坐马拉雪橇，才会碰到异性。她与美国诗人罗伯特·弗罗斯特（Robert Frost）是远亲，并以此为荣。每次阅读弗罗斯特的《雪夜林边小驻》（*Stopping by Woods on a Snowy Evening*），我都会想象年轻时期的奶奶坐在雪橇车上，听着她的马儿"轻摇铃铛"。

踏入新兵训练营，就是踏入一个全然不同的世界。没有训练的时候，皮特会带着她，唤上其他几个军官和护士，一起去卢考特山（Lookout Mountain）野餐。他们在山上拍照留影，身后是雄伟的峭壁，脚下是田纳西河（Tennessee River）在辽阔的乡野上蜿蜒奔流。有时，劳拉会穿上向士兵借的裤子，跟皮特一起去骑马。后来，他还教她正步走，教她站军姿，为她人生中的第一次阅兵游行做准备。

有一天，皮特拦下一辆出租车，带她出去兜风，与她在后座上忘情拥吻。突然间，车子撞上铁轨的护墩，打断了他们的亲吻。不过，在那之前，他的门牙已经缺了一半。"这证明我从小在农场里喝的牛奶没有白喝，"她咯咯地笑道，"后来，他告诉他兄弟，他不小心撞到了电线杆，把门牙给撞断了。"

损失一颗门牙，并没有阻碍他们的爱情。轮到她去病房值夜班时，他会偷偷溜去看她，令负责巡逻病房的军官如临大敌。"当天负责病房的军官只要找不到我，就会下意识地将手电筒照向储藏间的窗户。"她在回忆录中写道，"这个不懂浪漫的人，居然向护士

---

[1] 美国乡间的海味野餐会，以烤蛤蜊为主。

长举报我。"

第二天,她就被发配到精神病病房。在那里,她第一次瞥见了战争残酷的缩影,瞥见了她未来即将面对的现实。"去那里值班的第一天,我吃完午饭走进病房,看见每个人要么缩在角落里,要么躲在床底下。一个年轻病人拿着一把剃刀,对着空气疯狂地挥舞。我不知道他怎么了,但我大步走上前去,冲他大喊:'把剃刀给我!'他笑了笑,将敞开的剃刀递给我。"

还有其他迹象预示,美好的军营生活即将结束。一天下午,一个朋友邀请她去骑马,她很开心地接受了。临近出发时,她突然有事,便请另一位护士朋友代她去。后来,她在信中告诉父母:

> 她开心地爬上马背,5分钟后坠马,三小时后身亡。以前,我从来不知道军营里的熄灯号还有别的用途,直到他们在火车站为她吹响熄灯号,我才意识到原来它也是将士长眠的悲歌。自那以后,每个人都很低落,不复雀跃。

"我们根本不知道自己即将面对的是什么。"80年后,她这么对我说。20多岁的她与20多岁的我一样,充满天真与希望,对未来的塞舛浑然不觉。

～～～～～

1918年6月17日,后方医院所有人员乘坐火车,从乔治亚州转移到纽约，准备前往法国。在这个特殊的时节来到纽约市，意味着护士们可以参加美国独立日的阅兵活动，随士兵们一起走上60个街区。女兵与男兵一同昂首行进，这在美国历史上将是头一遭。根据《纽约时报》(*New York Times*)的记载，当天早晨8点43分，7万多名士兵与游行人员开始昂首阔步地走上纽约第五大道，场面蔚为壮观，一直到傍晚，游行才结束。《纽约时报》还写道："当天风和日丽，就连上天也眷顾这场阅兵式。"数千名观众围在行进路线上，救世军[1]成员站在花车上朝围观的群众扔甜甜圈，展示该组织在前线向士兵分发咖啡和甜甜圈的场景。当天不光有各个军队部门的列队，还有社会各方支援力量组成的方队。《纽约时报》写道："走在街道清洁部门方队后面的是红十字会方队，200名护士穿着深蓝色制服，200名护士穿着白色制服、披着红蓝双色披肩，此外还有手术室护士联盟的护士，同样穿着白色制服。陆军和海军共需25000名护士；她们手持标语，呼吁更多妇女加入她们，弥补护士的缺口。"

这次阅兵活动令劳拉兴奋不已，但也让她看清这个国家是如何对待军队中的女性的。除了极少数的几个人之外，妇女们既得不到和男人们一样的军衔，也拿不到和他们一样的报酬。1918年7月6日，她在信中对家人说：

---

1 国际性宗教及慈善公益组织，成立于1865年。

> 这真是一场壮观的大游行……他们对护士几乎只字不提，可我们都觉得自己才是整场游行的主角。

皮特所在的师也来到纽约，他对劳拉的追求也得以继续，时常约她去跳舞、看演出。他带她去格林尼治村的布雷武特酒店吃饭，带她去看密斯丹格苔的表演，那个有着"百万美腿"的法国女演员。"她为自己的双腿至少保了一百万。"我奶奶笑着说。后来，皮特被军队召回，准备动身前往战场，他们的快乐就此结束。她去纽约中央车站送行，他送了她一只镶钻的军人胸徽，作为两人的定情信物。她承诺到了欧洲战区，一定会写信给他。

"那是一次悲伤的离别。"她感叹道，接着便陷入沉默。

但是，她没有太多时间伤感。很快地，她也收到了出发的命令。1918年7月14日，劳拉搭上"北国"号运兵舰，开始为期18天的海上航行，先后前往利物浦和勒阿弗尔。

上船之后，她写了一封信给家人：

> 有一段时间，护士们睡在三等舱。有时，舷窗需要关上，不管是白天还是黑夜都不能打开，舱内空气因此变得很混浊，闷得人喘不过气来。于是，每天晚上，他们会派几个士兵过来，将我们的毯子抱到起居甲板上。好几排人在甲板上躺下，露天睡觉。大海很美，空气很清新，我每晚都睡得很香。

有一天晚上，海上下起了雨，士兵们将毯子转移到图书馆。为此，许多护士都很失望。

为了逗大伙儿开心，我抱着毯子和枕头，爬到钢琴上睡觉，莫德·考德威尔（Maude Caldwell）则蜷缩在角落里的一两张椅子上睡觉。每个进来的人看见我们两个都笑了，整个地方很快就变得闹哄哄的。护士长从她的小床铺上爬起来，跑过来镇压这群"造反"的姑娘……许多人都盼着船上的男士来搭讪，但是护士长已经拜访过某些特等舱的男士，请他们管好自己的兵。很遗憾我们依然惧怕她。要让姑娘们听话，我相信她比将军更管用。

她们会在船上演话剧，或者跳舞，自娱自乐：

妈妈，家里的每个人都在担心我们，但是我们在船上过得很开心。您知道，"山姆大叔"[1]是很聪明的。我相信它会将我们保护得很好，我这辈子从未感觉如此安全过。

当月大约有30万士兵从美国出发，奔赴欧洲战场。军官们告诫大家不要将任何东西扔到海里。万一底下有敌方潜艇，他们往海

---

1 "山姆大叔"是美国的绰号。

里扔东西，就会暴露美军的行踪。尽管军官们还警告他们不能拍照，劳拉依然带了一台盒式相机和显影液，就藏在她的行李箱里。

8月4日，她离开巴黎，来到她此行的第一站"第七疏散区"，那是一个野战医院。第一天上岗，她就差点扛不住了。

"要不是第一天就被分到截肢病房，战争对我的心理冲击也许不会那么大，大到令我几乎崩溃。那一天，我的眼睛一直是红的。让我去包扎惨不忍睹的残肢断臂，看着那些士兵在惨遭不幸之后依然若无其事地说笑，完全超出我的承受范围。"她在回忆录中写道，"一开始，我觉得他们派我去那里是错误的，他们不应该这么快就让我面对如此残酷的事实。但是他们这么安排，也许是为了我好。在那里度过残酷的一周，后来不管碰到多惨烈的场面，我都能忍受下来。"

第七疏散区并不是她的终点。"某天早晨，所有护士站成一排，从我和玛丽安（Marion）中间分开来，形成两拨人。我所属的这一拨有12人。从那以后，我们便自称'十二苦力'。玛丽安随44号后方医院去了巴黎以南约225千米的普盖莱奥，并住在小旅馆里。"而我的奶奶、她的朋友玛格丽特·库珀（Margaret Cooper），以及"十二苦力"的其他成员，则戴着头盔、防毒面具、炊具、水壶，前往马恩河沿岸离前线更近的第五疏散区，进入人类历史上第一场"现代"战争的腥风血雨之中。

劳拉所属的病房有约1000张床位，直接收治从战壕里抬出来的伤员。每个手术帐篷内有10张手术台，24小时都在使用，不曾空闲过。在床位几乎全满的情况下,这里最多有大约48名护士,每人负责护理20名伤员。

尽管她们在学校里接受过专业的培训,但是谁也不曾为接下来的惨状做过准备。到了战争后期,敌人越来越多地使用化学武器,施放芥子气、氯气、光气和其他有毒气溶胶。受伤的士兵躺在担架上被送来,身上布满了可怕的水疱还有烂疮,散发着毒气的恶臭。她说:"有时,我会不小心吸入他们身上残留的微弱毒气。"

医护人员争分夺秒地救治伤员,努力保住任何能保住的肢体,可大多数人的伤势太重了,双侧截肢是常有的事,许多士兵一送上手术台就断气了。有些人被送来时,年轻的脸庞上写满惊恐,眼里却还闪烁着希望的光,当护士们剪开他们的军装时,看见的却是一具残破的身体,几乎被炮弹打成两截。她们能做的,只有在他们断气前,紧紧握住他们的手。

克里斯托弗快出生时,我并不知道奶奶曾经历过什么,因此我一直不敢告诉她,她的第一个曾外孙有先天性缺陷,医生说他可能活不下来。我希望克里斯托弗的出生,给她带来的是骄傲和快乐,而不是悲伤。克里斯托弗出生后,我一直不敢打电话告诉她这个消息,害怕她会心脏病发作,或者发生更糟糕的事。

当我终于鼓起勇气给她打电话时,她平静地听完我的话,继续为克里斯托弗织毛衣。棒针相碰的响声,透过电话传入我耳中。后来,当她知道克里斯托弗听不见时,90多岁的她毅然决定学手语。她的手患有关节炎,无法将手势做得很到位,但是这无法动摇她想向曾外孙表达她有多爱他的决心。我一直很好奇她的坚毅从何而来，现在我找到了答案。

~~~~~

1918年的秋天寒冷刺骨，冰冷的雨水与西线的炮弹一样无情。护士们的生活条件异常艰苦，跟原始人几乎没有区别。她们的帐篷搭建在泥土上，一碰到下雨天就变得泥泞不堪，像湿黏土一样。

"受伤的士兵被抬进来，会先和担架一起放在地上，由医务兵扒掉他们身上沾满泥巴的衣服，除去他们身上的虱子，然后才送入手术帐篷，由护士接手。"她在回忆录中补充道，"有一次，我在自己身上发现了一只虱子。"护士们长期在潮湿寒冷的环境中工作。为了保暖，她们会在护士服里多穿几双男式袜子和几条男士内裤。在帐篷里，她们通常席地而卧，或者睡在行军床上，身上只盖一条单薄的毯子。从后方医院寄出来的睡袋姗姗来迟，直到停战前夕才送到。

她在寄给家人的信中写道：

在这儿睡觉太痛苦了……苍蝇也很可怕。你根本无法想象法国的苍蝇有多凶残。为了不被它们咬到，我们不得不往脸上缠纱布……这里最让人糟心的东西是泥土。病床上的毯子如果垂到地上，很快就会吸水、变湿，脏得让你不敢盖到病人身上。湿气也会透过帐篷钻进来，枕头和行军床受潮很严重。相信我，这里真的太脏了。

为了不让父母太过担心，她试图用玩笑掩盖生活的艰辛：

> 我问一个法国人，为什么法国士兵的绰号是"青蛙"。他说："这里这么泥泞，而且老是下雨，这不就是青蛙生活的地方吗？"在这里，就算脏了也不用担心，因为脏才是正常的。如果你太爱洗澡，别人反而会觉得你是怪胎。

他们不分昼夜地工作，每8小时换一次班，有时只靠一点豆子和硬面饼充饥。休息的时间总是过得很快。

> 今天，我的休息时间排在下午，这是我第一次在下午休息。有这么多时间，我突然不知道该干什么，便一直睡到晚饭才起来，拿着水壶出去打水，散了一小段步……今晚的月亮真漂亮，银色的月光洒在废墟上。

她在信中也曾提到几个她照顾过的病人。

> 我和玛格丽特（Margaret）很怜惜一个病人。我们将他多留了几天，努力帮他恢复说话的能力。他才18岁，额头正中央中了弹，留下一个弹孔。他只会说"玻璃"，但他并没有瘫痪。当他想要一样东西时，我们会不停地猜，猜到他点头为止。

有一天,玛格丽特唱《去那里》(Over There)[1]给他听。他跟着她的节拍,完整地念出所有歌词。那一天在我们心中成了一个意义非凡的日子。他被转去后方医院疗养的那天,我们跟着他上火车,坐在他的担架旁陪他,直到火车要开了,才依依不舍地下车,与他挥别。

在前线,毒气和炮弹不是唯一的杀手,流感也能夺人性命,杀人于无形,不光士兵受其重创,连护士也未能幸免。1918—1919年,西班牙大流感席卷全球,至少夺走五千万条生命。四百多名护士因公殉职,大多死于该流感。

默兹-阿尔贡战役刚结束——那是决定"一战"胜负的重要战役之一,她便患上了流感,昏迷了好几天。"我醒过来的那天,发现自己躺在一个小帐篷内的普通病床上。"她在回忆录中写道,"我之前从来没有见过那样的病床。伤员被送来以后,都是放在行军床上,护士们平时也是睡在行军床上。照顾我的人是护士长,一定是她救了我的命。"

除了"一战"西线战场,护士们也在另一条"前线"上奋战。无论是在歌舞升平的美国国内,还是在硝烟四起的欧洲战区,护士基本得不到多少认可。她父母来信告诉她,她所在的小镇特意为护士竖起一面旗子。她回信道:

---

[1] "一战"与"二战"期间在美国广为传唱的一首爱国歌曲。

我很高兴有人感激护士的付出。这里除了病人以外,没人会想到护士。我们不得不为自己发声,为自己争取应得的东西。

当美国寄来圣诞节慰问品时,军队向大家分发领取慰问品的票据,却跳过了护士:

不必关心我们圣诞节是怎么过的。这里没人关心这个问题,您又何必费心去想呢?我们没有贺卡,没有慰问品,什么也没有。正如士兵们常说的那句"S.O.L."[1],护士们只能自认倒霉。等我回国以后,您可能都听不懂我说的话了。倒不是我现在只会说法语或德语,而是我学会了很多军队里的脏话。

护士们靠幽默苦中作乐。战场转移到哪儿,野战医院就跟到哪儿,用火车转移营地。有一次,她在转移途中写道:

整列火车只有一个厕所,不过女士们都很知足。当火车在铁路岔道停下时,男士们会趁机下车,在路边解手。有一次,某个医生下车解手,裤子还没拉上呢,火车就突然"呜呜"地跑起来了。他一边提着裤子,一边追着火车跑,终于在最后一刻跳上火车,赢得满堂喝彩。我们将每一个小插曲都当成一部

---

[1] "Shit Out of Luck" 的首字母缩写,"一战"期间美国士兵常挂在嘴边的一句脏话,表示"倒霉"或"不走运"。

喜剧，时不时都能找到段子笑一笑。

亲朋好友的书信也给她带来了不少快乐，尤其是她那位中尉朋友的信。

> 我收到了皮特的信。他所在的师可能在隔壁镇上。他总会仔细审查自己的信，而且他是一个很好的军官，不会说任何不该说的话。国内的人以为战区里来往的信件全都会被拆开来检查，事实并非如此……玛格丽特·库珀今天收到了一个姑娘从后方医院寄来的信。后方的条件无疑比前线好太多了，不过我们已经习惯了野蛮的生活，只要不是在大雪纷飞的日子里，我们对这里还是比较满意的……我们的帐篷搭在一座小山丘上。地面不怎么平坦，我将行军床支起来了，但是头还是比脚低。有时，我早上醒来，会发现行军床在夜里有点儿侧滑，脑袋这头滑到帐篷外，我的脑袋也跟着露在外面，帐篷的帆布犹如系在我脖子上的围兜。只要胆子够大，这里的日子还是挺美好的。

故作勇敢，是为了不让父母担心。虽然护士们与前线之间仍有几千米的距离，但是她们的处境依然充满危险。她们甚至学会了分辨德国"福克"战斗机与协约国飞机的声音，能够在警报拉响之前，就近寻找掩护，躲避敌军的袭击。

她们大声歌唱，给自己壮胆。在伊普尔附近搭好帐篷后，她写道：

士兵们在搜索防空洞时发现了三架钢琴，他们说有些德国人甚至会在防空洞里铺地毯。昨天晚上，他们将一架钢琴搬回营地，放在红十字会的屋子里。他们当中有一个会调音的聪明人，还有许多双会弹钢琴的巧手。于是，我们有了一场别开生面的音乐会。

野战医院经常转移，只要一接到通知，就会在24小时内转移到伤亡最严重的地方。在转移的路途中，一辆救护车通常坐十几名护士，几辆车之间隔着数千米的距离，以防被敌方飞机侦察到。

车子所经之处，一片疮痍。房屋被夷为平地，奶牛横尸田野，泥泞的道路两旁横七竖八地躺着马儿浮肿僵硬的尸体，老鼠在路上乱窜，躲避车轮。国内没有人知道他们在异乡战场上的死状，也没有人知道他们生前遭遇了怎样的痛苦。他们的精神影响了我，支撑着我。我可以眼睛一眨不眨地观看截肢手术，直视大腿以下被截去的创口，迅速包扎好血肉模糊的伤口。但是当一个年轻的男兵对我说，他难过的是这双腿带着他走到这里，他却无法带着它们回去时，我无法直视他的双眼。

每天，医护人员将治好的士兵送出去，而他们回到战场上，转身又被敌人的炮弹打成筛子。与此同时，在同一个帐篷内，她们也在救治敌方俘虏——那些协约国士兵拼命要杀死的人。

"在我负责的病房尽头，几个受伤的德国囚犯躺在那儿，浅黄色的头发，蓝色的眼睛，看上去很年轻。"她在回忆录中写道，"一个卫兵拿着一把手枪，守在他们边上。当你在一个病房里同时看到美国士兵和德国士兵时，你会发现战争是多么荒唐。"

荒唐的何止这一件。

"1918年，黑人即使生病了，也不能跟白人同住一间病房。白人护理员本该照顾所有男伤患，但是有一个人拒绝给黑人灌肠通便。我太生气了，便竖起屏风，自己动手。那个黑人很感激我，那也是我唯一一次因为灌肠得到病人的感谢。"

80年后，我和她坐在宁静和平的天井里。我想，她刚入伍时一定想象过战场的生活，便问她想象与现实之间最大的不同是什么。

"泥巴，"她说，"还有血。"

这个曾自豪地在早期家书上署名"您的女兵"，并兴奋地提到"已抵达部队"的年轻女子，历经战火洗涤，已经脱胎换骨，变成一个务实的现实主义者，一个积极的和平主义者，一个人人平等的终生信奉者。

～～～

战争不仅激发了她的蜕变，影响了她的后半生，也为国内的妇女带来了重大转机。妇女参政论者为选举权奋斗了50多年，其中不乏曾在"一战"中服役的女性，最终迫使政府不得不重视这个群体的呼声。1919年6月，"一战"结束不到一年，美国参议院通过了宪法第十九条修正案。1920年，美国白人妇女获得选举权，第一次可以在这个国家合法地投票。对黑人妇女而言，她们还要奋斗数十年才能获得同等的权利，道阻且长。

在"一战"中服役的3 3000名妇女，不仅打破了军队中的性别壁垒，还推动了其他社会变革。到了"二战"，妇女参军人数已经是"一战"的十倍以上。"二战"结束后，成千上万的妇女进入以往由男性占主导地位的工作领域。

这些都是后话。"一战"即将结束之际，我的奶奶只知道回国的日子越来越近了，并为能够活着回到祖国而高兴。当时的她无从得知这场战争将如何影响她的人生，如何改变她的国家。

"大约是在11月7日那一天，开始有传闻说双方正计划签订停战协议，但是我们并不相信，因为外面炮火声不断，依然有伤员接连不断地被送过来。到了11月11日上午11点左右，四周突然变得很安静，安静得让人生疑。"她写道，"没有鸟叫声，没有牛马声，什么声音也没有。病房里还躺着那么多伤患。我们始终不敢相信真的停战了。到了下午，一群法国号兵走进来，为我们吹奏小号。那是我们拥有的唯一一场庆典。"

到停战为止，她的病房一共收治了1 5000名伤员。

1918年11月14日，她在前线给父母写了最后一封信：

夜里不用再小心翼翼地伪装营地灯火，不用再彻夜提心吊胆地听着炮火声，最重要的是不会再有人受伤。您能想象，这样的日子真的要到头了吗？我至今无法相信这将是我们的最后一站。我们现在所在的野战医院，从1914年存在至今。我看过的最凄惨的画面是一个废弃的旧马厩。整个马厩用砖头砌成，以石板隔出许多隔间。你站在外头，只看得见四面墙的一部分。如果你走进去，就会看见每个隔间里躺着一匹活活饿死的老马——一具可怜的白骨。我数过，那里一共有10具尸体。它们的主人一定撤离得很匆忙。在向伊普尔转移的路途中，火车穿过的乡野，是我见过的最荒凉的地方。旧的铁轨已经弃置不用，旁边铺设了一条新的轨道。所有瓦砾残骸依然堆在旧轨道上，钢铁制成的铁轨弯曲断裂，犹如一折就断的木头。轨道边上散落着脱轨倾翻的车厢，永远停在被炮弹击中的地点，车身布满弹孔，弹孔里蓄满绿水。我们的火车在某处地方短暂停靠时，几个男士兵发现了一具德国人的尸体。他们只看见一只男人的脚，露在一堆砖头和一节车厢外，也许尸体的其他部分就压在砖头之下，也许砖头底下什么也没有，那只脚就是他尚存的唯一遗骸。当你朝四周望去，目光所及之处尽是荒凉，只有几根光秃秃的断枝，告诉你这里也许曾绿树成荫。这是一个被战火毁灭的国家。无论协约国提出多少赔偿要求，都无法弥补人民的损失。

战争结束后，她走遍欧洲各国，在摩纳哥、法国阿尔卑斯山、巴黎短暂停留。她在路上拍了不少照片，其中有一张她最喜欢，后来交由我保管。照片中的她站在巴黎歌剧院前的广场上，头戴一顶宽边帽，身上穿着护士服，外面裹着一件束腰的长羊毛大衣，手中拄着一根手杖，脚上踩着一双黑色系带靴子，自信靓丽，光彩照人。那时，她和玛格丽特刚刚花了近一个月的工资买下《阿伊达》（*Aida*）的门票，那是她人生中的第一部歌剧，即使假期用完了，也要去看。她说："后来我们被骂得狗血淋头，但是我们都觉得很值。"照片中的她毫不扭捏地直视镜头，正如她毫不退缩地直视这个世界。战争结束6个月后，她收到了回国的命令。

～～～

虽然炮火已经停止，但是战争仍以意想不到的方式在人们心中留下创伤。她去法国尼斯度假时，碰到了皮特的朋友。战争期间，只要结束忙碌的工作，她就会将他的信拿出来，一遍又一遍地看。那位朋友告诉她，皮特隔天也会来尼斯。

她兴奋地跑去火车站接他，难以抑制重逢的喜悦。到了火车站后，她一眼就认出他来。即使隔着人群远远相望，她也能看出他的不对劲。他瘦了许多，满脸疲惫，面容憔悴。她跑到他面前，期待着他的拥抱与亲吻。然而，意想中的拥吻没有发生，他只是平淡地朝她点了点头。

她在回忆录中写道："我们上了同一辆出租车。到了我住的酒店门口，他目送我下车，便去了军官住的地方。"她震惊极了，以为他对她的感情已经变了。伤心之余，她隔天便差人将定情信物还给他。

"后来,我再也没见过他。"80年后再提及往事,她的声音里依然带有一丝伤感,"但我相信他永远也忘不了我,毕竟每次照镜子,他都会看到那颗门牙。"

我问她,是否知道他在战争中的遭遇。她说,后来她才知道,停战前两天,他亲眼看着自己的好朋友被敌人的炮火炸死在自己身旁。她以为他的冷淡是对她无声的拒绝,但那也许是因为他还没从失去兄弟的震惊之中走出来。

5月31日,她登上"菲尼斯特雷角"号,返回祖国。

她说:"我永远无法忘记进入纽约港的那一刻。"那一刻,她情难自禁。无论在战争中经历多少心碎,都无法抑制回到祖国的喜悦。船上挂起长长的卫生纸,像邮轮上的彩旗一样,迎风招展。乐声飞扬,直冲云霄。拖船和消防艇纷至沓来,热情相迎。她欣喜若狂,摘下头上的蓝色草帽,抛向自由女神像。

她不知道庆祝是短暂的,不知道这个国家尚未准备好倾听她和其他女战士的英勇事迹。当她穿着整齐的制服,昂首挺胸地坐在回东陶顿的火车上,没有人给予她一句问候。

～～～

"一战"影响了我奶奶后来的观念与生活。她说:"我决定再也不为男人工作。"她转而从事妇产科护理,这让她感到更快乐,也赚到了一些钱,实现了一定程度的经济独立,这在当时的妇女群体中还是比较少见的。她渴望去看看外面的世界，便去旧金山找她的叔叔，他是参与金门大桥建设的工程师之一。到了旧金山之后，她在当地儿童医院找了一份临时工。到了该回家的时候，她去大莱轮船公司应聘，想在往返纽约的轮船上工作。"他们说，他们有一艘环游世界的国际邮轮在招人，真希望我当时签了那艘船。"

那时，也就是1925年，她已经有婚约在身，对象是隔壁镇上一个从小一起长大的皮鞋销售员。她32岁了，在当时那个年代已经是个老姑娘，两人在这一年完婚，后来生了两个儿子。第二个儿子，也就是我的父亲，是在她40岁那年生下的。两人结婚后，先是住在明尼阿波里斯市，1939年又搬到西雅图。在那里，我爷爷是一个上门推销的销售员，向他所在地区的商店销售皮鞋，包括诺德斯特龙。今天，诺德斯特龙是一家连锁百货商店，但是在1901年的西雅图，它还只是一家小鞋店。我爷爷经常在外奔波，留下奶奶一人在家中身兼多职，用战争教会她的坚毅自力更生，过着与现代单身母亲并无不同的生活，与我并无不同的生活。

战争在她身上还留下了别的印记。

在她到了欧洲战场两年后，美国妇女正式获得选举权。从战场上回来后，她每场选举都会去投票，一直投到103岁为止，不曾缺席过任何一场选举。她对这个国家的热爱，不露声色，却深入骨髓。她说，当她从异国他乡的战场上回来，坐在回家的最后一列火车上，却没人注意到她，也没人向她致敬时，那一段路成了她一生当中"最悲凉与沮丧的时刻"。正因为这段经历，多年后当她看到越南老兵回到祖国，面对的是美国同胞充满敌意的情绪，她完全能够体会他们的心情。每逢节假日，她都会邀请退休老兵来家中吃饭，并插上国旗。

"一战"给我奶奶留下的最长久的印记，也许是她这一辈子对战争往事的抵触。有几次，她听到有人在饭桌上说起战场上的事迹，便迅速打断他们。

"我亲眼见过战争。"当人们聊到战争时，她会说，"我去过战场，我知道战争是什么。正因为如此，我才成为和平主义者。"

～～～

1998年11月18日，"一战"结束80年又一个星期后，我的奶奶去世了。在她去世的两个月前，她的故事登上了《西雅图邮报》。因此，她生前读到了数百封读者的来信与留言。有人写信感谢她对祖国的贡献，有人写信与她分享自己家人的战争往事。它们来自护士和退伍军人，来自教师和历史爱好者，来自一些声音听上去既苍老又年轻的电话访客。有一个读者说："她的故事就像《泰坦尼克号》与《拯救大兵瑞恩》的结合。"

奶奶去世几个月后，尚不知情的第一夫人希拉里·克林顿（Hillary Clinton）寄来了一封私人信。在信中，她写道："您的勇敢、敬业、大爱、坚毅，令我肃然起敬。您为所有人树立了榜样，让今天的美国妇女看到一个坚强的女子如何持续地为这个国家做贡献。"

1999年4月，法国政府向她追授法国荣誉军团勋章，感谢她在

"一战"中的杰出贡献。我陪着我的父母,还有我的伯父伯母,一起去法国驻旧金山总领事馆,代表她接受那枚勋章。我不记得法国领事说了什么,只记得手中的勋章又冰又沉。红色缎带,绿白相间的法国珐琅十字架,让我想起了童年时看到的挂在奶奶家墙上的那个小盒子。今天,我终于理解了黄铜夹上五个名字代表的意义。

三个月后,在她 106 岁生辰那天,我们全家人聚集在她的墓前。她和克里斯托弗安葬在同一个墓园里的不同墓区,一个在这头,一个在另一头。她比他多活了近一个世纪。在她活着的岁月里,哈雷彗星曾两次飞掠地球。想到他们在同一片土地上安息,我的心中便闪过一丝安慰。她是克里斯托弗最爱戴的大人之一。她曾坐在电动轮椅里,让他爬到自己大腿上,一双厚实的大手覆在他的小手上,教他按扶手上的控制器,"驾驶"电动轮椅去餐厅。有一天,我们去老人公寓看望她。在楼道里,克里斯托弗看到了停在门边的电动轮椅。一走进她的房间,他就狂打手势。"拜托,拜托,"他指着门口用手语对曾外祖母说,"打开,自动椅子。"

我的伯父埃米尔(Emil)曾是一名飞行工程师。他说,他带孩子出去"瞧一瞧"。楼道里很快就传来一阵骚动。我站在门口,偷偷瞥了一眼,发现克里斯托弗正独自"驾驶"电动轮椅,埃米尔跟在他旁边跑,整个楼道里都是他们的笑声。不一会儿,克里斯托弗坐着的轮椅"啪"地撞上墙。

这天,在我奶奶墓前,她的另外两个曾孙也来了,将美国国旗插在她的墓碑旁。后来,孩子们在边上玩球,大人们则站在树荫下,围成一个半圆，笑忆往事。我父亲说她很喜欢动物，还很喜欢教堂，说看到全家人齐聚一堂，她一定很开心。

我的堂哥史蒂夫（Steve）说，他每次走进奶奶的旧车库，就会有一种进入花花世界的感觉。他还提到他最珍视的"传家宝"。"有些人拿了奶奶的银器，有些人拿了瓷器，"他说，"我拿了锤子。"那把锤子用了很多年，木柄磨损得很厉害，都变成黑色的了，上面沾了一些油漆和土屑。它曾有很多用途，其中之一就是敲打黏土。

我也记得奶奶家的车库，里头堆满了千奇百怪的废品和艺术品，又酷又神秘。但我印象最深的是她一直留在身边的碗柜。在我很小的时候，大多数家长都不会让我那个年纪的小孩触碰碗柜里的任何东西，但是我的奶奶却允许我触摸柜子里的宝贝——在太阳下呈紫色的压制玻璃高脚杯；她格外珍爱的胡梅尔雕像；她亲手做的陶瓷新娘娃娃，以她穿着婚纱的大儿媳妇为原型。

后来，我去上大学时，她寄了一个瓷碟给我，上面印着精美繁复的回纹。我记得我曾在柜子里见过它。它背后有一个我所不知道的故事。它曾被打碎过，后来又被我奶奶一片一片地粘回去。胶水留下的痕迹，随着时间的沉淀微微发黄，变成几条纤细的花边，点缀着盘面。这个碟子就是她对待人生的态度：生活的艺术在于修补——修补破碎的梦想、破碎的诺言、破碎的身体。尽你所能，修补你能修补的一切。当你勇敢向前走，你会发现你的碟子不再完美无缝，但它始终是完整的。

奶奶去世两年后,我和父亲去了法国,沿着她的足迹,去看她曾走过的地方。我们跟随着她工作过的机动医院的转移路线,穿过乡间的田野,经过石头堆砌而成的教堂,路过秀丽淳朴的小村落。一路上,除了偶尔看到的零星墓地,几乎没有其他迹象显示这片土地曾是血流成河的战场。我们是在早春去的,偶尔会在休耕的农田里,瞥见战壕的残迹。原本深挖到地底的战壕,现已被犁翻了上来,像粉笔一样在地上留下细长曲折的线条。奶奶在前线的经历,也像那些战壕的残迹一样,在她后人身上留下了潜移默化的印记。

她鲜少提及战争,却用行动将战争的精神遗产流传给我们。不管是对子女,还是孙子女,她都鼓励我们要顺应内心、自力更生、率性直言,这是她终身奉行的三条准则。对我而言,"自力更生"意味着做一个有用的人,不管做什么——种地、织毛衣或辅导孩子,都要勤动双手,自食其力。"顺应内心""率性直言",指引着我走上记者的道路,从新闻工作中收获意义。它给了我为他人发声的力量,让我和奶奶一样,成为历史的见证者。

她曾告诉我,不要让恐惧支配我的生活,否则就会成为自己害怕成为的人。这句话曾令我困惑许久,直到多年以后我才明白,如果我臣服于恐惧,那么我所恐惧的事就会成真。如果我只会一味地害怕失去爱的能力,却从不为此采取任何行动,那么我的人生就会变成爱的绝缘体。如果我害怕我的生活会因克里斯托弗的离去而丧失意义，却从不试着去寻找其他意义，那么我的人生就真的只剩苟且。

克里斯托弗死后，我最害怕的是失去与他有关的记忆。为了麻痹心中的痛苦，我曾狠狠压抑对他的思念，却又担心记忆埋得太深，有一天会找不回来。但是，从我奶奶身上，我看到了珍贵的记忆永不泯灭。80年来，她不曾提过"一战"。80年后，她却能清晰地回忆起战争的每一处细节。它们一直蛰伏在她心底，等到了该重见天日的时刻，等到了该向世人讲述的时刻，记忆的开关就会打开。

等到了向他人讲述克里斯托弗的时刻，我会与他在回忆里重逢。

我奶奶还让我懂得了另一个道理。

我曾试着寻找她爱过的那位中尉，想知道他是否还记得我奶奶，遗憾的是我没能找到他。多年以后，我的伯母告诉我，她曾看见我奶奶一百岁那年亲手烧掉一张男子的照片。

原来，有些人要用尽一生的时间才能放手。

第八篇

黄色风铃草

有些人突然闯入你的人生，像从雾里冒出来的，他们短暂出现后又消失在迷雾之中。克里斯托弗就是这样，匆匆地与我打个照面，很快又消失不见。在我的记者生涯中，许多人与我亦是如此，短暂交会，匆匆别过。失去、重生、缅怀及生存，是他们的故事，亦是我们的故事。

第二十一章

克里斯托弗去世20多年了，他的骨灰一直放在一个棕色的纸盒子里，静静地躺在我父母家中的抽屉里。一参加完克里斯托弗的追悼会，我便转身回了加州，将他剩余的骨灰交由我母亲保管。后来，我搬回西雅图住，也拿回了骨灰，却始终不忍心撒掉它们，不忍心让他留于人世的最后一抔灰烬也随风而去。我知道他不在了，就算我找遍天涯海角，也不可能找到他，可我无法停止感受他无处不在的灵魂，无法停止寻觅。

我曾在公园里的小男孩身上看见他，在空荡荡的秋千上看见他，在飞机的邻座上看见他……但每当我一眨眼，他便消失无踪。我曾看着他的同一代人长大，看他们从朝气蓬勃的少年，蜕变成意气风发的青年，试图用他们爽朗的笑声，宛若星辰的眼睛，桀骜的目光，勾勒出他成年之后的轮廓。

我租了一个仓库，将他的东西全部存放好，什么也不敢扔，生怕日后后悔。那里堆了许多装满他遗物的箱子，自从打包好之后便不曾拆开过，跟着我从一个地方搬到另一个地方，看着我生活的圈子越变越小，最后连租来的仓库也退掉了。

退掉仓库之后，我将所有箱子拖回家，一个个拆开，将里头的东西拿出来放在地板上，仿佛从被岁月掩埋的时光深处，挖出记录了我们母子两人生活的文物。很快地，地上全是皱巴巴的纸张、书本、玩具，空气里全是纸板的霉味。我的手掌沾满了陈年的油墨，和每天早上习惯看报纸的人的手一样，又干又涩。时间已近傍晚，我在百叶窗紧闭的客厅里，沉默地整理克里斯托弗的遗物，将要留下的放一堆，可以送人的另放一堆，迅速分好类，不给自己反悔的时间。如果不快一点，我怕自己会心软，会重新将所有东西打包起来，藏进另一座仓库里，再次掩埋在岁月的泥沙之下。有些东西已然唤不醒任何记忆，很容易就能割舍掉。终于，我整理好了地上的东西，只剩一个白色的长盒子，放在客厅中央，仍不知去留。

直到再也无法逃避，我才将它抱起来放在腿上，在室内昏暗的光线下，抚摸它发黄的胶带。盒子上有几个龙飞凤舞的大字——"克里斯托弗婴儿时期的物品"，是用黑色记号笔写的。一开始，我没认出那是我的字。用了几十年电脑之后，我的字迹早已失去昔日锋芒，软绵无力。我拿起一把剪刀，像外科医生拿起手术刀，在箱子上划开一个干净的长口子，呼吸开始变得急促。箱子打开了，最上面是一顶绣着驯鹿图案的针织帽，他躺在雪地上第一次画"雪天使"时，戴的就是它；下面有一顶红色的牛仔帽，一件我奶奶亲手织的象牙白的毛衣；再往下是一只正方形的大象玩偶，他出生后的第一年，经常抱着它，出入医院。我拿起一双帆船图案的袜子，放在鼻子下轻嗅，努力寻找他的味道。我站起身来，将它们捏在手心里，努力感受他小脚丫的形状。它们那么轻，引力那么小，微乎其微，却还是令我踉跄了一下，几乎无法招架它们轻轻地一拉。有没有一个词语，能够形容一个人离开后留下的空白，那让人难以负荷的空白？

我憋了一下午的眼泪，也许是几十年的眼泪，最终还是夺眶而出。它们起初像两条涓涓细流，后来变成汹涌的洪水，哗哗地奔涌而出，冲破每道防备。我攥紧盒子里的每样东西，紧紧地贴在胸口，依依不舍地抱了一会儿，用力捂住纷乱如雷的心跳，然后才将它们放入其他物品当中。

每当我抱怨搬家很麻烦，要打包好多东西，我奶奶就会说："搬家三次犹如一场火灾。"我曾以为她的意思是，当家里的杂物越来越多，搬家就成了一个舍弃旧物的契机。后来，我才知道这句话另有深意。我曾无意中看到一篇文章，说的是鼠尾草燃烧产生的植物性烟雾中有一种化合物，能够促进黄色风铃草的种子萌发。

黄色风铃草。如此娇弱的柔枝嫩叶，却萌芽于毁灭之火，令人匪夷所思。希望不也是如此吗？这正是奶奶试图告诉我的道理：搬家三次相当于一场火灾，这场火灾不是为摧毁万物而来，而是为发芽滋长而来。这么一想，我的内心便平静了许多，思绪重新聚拢，呼吸逐渐平缓，慢慢找回先前的节奏，继续整理东西。我拿来一只盒子，装打算捐赠的物品：他的米老鼠闹钟，无数次陪伴他飞越美国西海岸的塑料机翼模型，一双蓝色沙滩鞋，还有许多发条玩具。

地上仍有几箱未整理的照片和文件，自从放入仓库后便没人动过。其中一个文件袋上写着"克里斯托弗最终尸检报告"。

袋子里装着一个我不曾见过的黄色信封。我将它抽了出来。

寄件人地址写着"波威市波美拉多医院（Pomerado Hospital），加州健康信息管理服务中心"，邮戳日期是他去世两年半后的某一天。

我的手颤抖着拆开信封，抽出一份装订好的报告。一看到"圣迭戈县法医鉴定中心"几个字，我的胃便开始抽搐。我曾要求医院提供尸检报告，却不曾看过报告上的任何一个字。无论医生告诉我，他得了多严重的病，我都能勇敢地面对。我无法面对的，是他死去的事实。我不曾与见过他最后一面的医生交谈过，也不想知道实验室检验与血液报告的细节，仿佛只要我拒绝看那些报告，就能保有最后一丝卑微的希望——他还活着的希望。

他走得那么突然，此前一点预兆也没有。那时候，与死神长达数年的赛跑逐渐接近尾声，我们似乎再也不用整天为他能否活下去而提心吊胆。眼看着他逐渐过上正常人的生活，我们也逐渐将精力转向日常的琐事，每天想着的是他的学习能不能跟得上同班同学，他有没有时间跟小伙伴尽情地玩耍，而不是他的身体会不会无法适应移植的肾脏，他的糖尿病会不会恶化，他的癫痫会不会反复发作……那么多年来，我第一次感觉生活充满了希望。

那年元旦的前夕正好是周六，与每一个稀松平常的周六一样，迎来了它懒洋洋的早晨。我穿着睡袍，躺在从西雅图运来洛杉矶的蓝色旧沙发上。它是我离婚后的避风港，是标志着我"成人"的第一个家具,是新婚宴尔的我效仿玛莎·斯图尔特自己动手装修爱巢的遗迹,也是我第一次与克里斯托弗有了亲密感的地方。那时的他刚度过危险期,从医院回家疗养不久。这一天,屋子里异常安静。吉姆在另一个房间里看橄榄球比赛,我则在客厅里,利用这难得的闲暇时光,为亲朋好友写迟到的圣诞贺卡。前一天,弗兰克来我家,将克里斯托弗接走,去看望他的爷爷奶奶。从我家出发往南走,两小时就能到两个老人住的地方。那一阵子,他原本要做一场手术,后来临时推迟了,空了几天出来,便趁机去看望老人家。前一年,克里斯托弗去他父亲那里住时,不小心从轮椅上摔下来,摔断了一条腿。后来,他的腿好了,只是骨头有点错位,看上去有点弯曲。当时,为了肾移植的事,我们全家人焦头烂额,没有心思去考虑这个。后来,他做完了肾移植手术,身体也越来越好,我们便将精力转移到他的腿上。医生给他排了骨头复位的择期手术。手术开始前几天,弗兰克特地从西雅图飞过来,先去看望住在圣迭戈附近的父母,再亲自带克里斯托弗去医院做手术。那几天,克里斯托弗突然感冒了,到了手术当天也没好。鉴于他的身体状况不适合开刀,而且骨头复位手术并不紧急,医生便取消了手术,让他回家休养几天。

这段临时多出来的空闲时间,感觉像是上天给予我们的新年礼物。在回家的路上,克里斯托弗突然说他想吃冰激凌。于是,我们回到帕萨迪纳,在我们最喜欢的芭斯罗缤店门口停下,各买了一支甜筒,他的是香草味,我的是巧克力味。小时候,只要碰到特别的日子,我父亲就会带全家人去吃冰激凌,这也成了我最喜欢的庆祝方式。我和克里斯托弗坐在草地上，分享彼此的甜筒，吃完之后去逛街上的音像店。他总是不厌其烦地看那几部迪士尼电影，《101忠狗》(101 Dalmatians)和《狮子王》(The Lion King)是他的最爱。当我将他抱起来结账时，他会兴奋地挥舞着手中的纪念集卡。那些店员全都认识他，一见到他就露出亲切的笑容。从店里出来后，我们开车回家，路过一个旧货市场。我停下为自己的小古董摊补货，他也自得其乐地寻宝。那天，我看中了一张柳条编织的旧书桌，将它塞进车子后部，他则坚持要将一台可口可乐复古小冰箱带回家。

"红箱子，放玩具，漂亮。"他用手语说，用手指沿面孔划一圈，毫不吝啬地夸它漂亮。

手术延期了，弗兰克向我要了更多探视时间，带他去看望他的家人。我想这是好事，一方面克里斯托弗也很喜欢他父亲那边的亲人，另一方面我也想休息一下，从照顾孩子的忙碌中抽身，利用这段时间处理积压的账单，顺便出去办点事。

早上快9点时，家里的电话突然响了。打来的是弗兰克的母亲玛丽（Mary），声音听上去很慌张，语无伦次，我不得不叫她说慢点。她说，克里斯托弗突然病了，他的胃很痛，救护车刚把他接走，正在去圣迭戈县郊区的波威市的路上，那里有一家波美拉多医院，离她家不远。

我努力保持镇定。以前克里斯托弗也有几次突发急病，被送上救护车，但是每次都化险为夷。这次也许根本没什么，只不过他奶奶头一遭碰到，有点被吓坏了。我结束通话后，立马打电话给经常为克里斯托弗看病的医生,提醒他们将他转到加州大学洛杉矶分校(UCLA)医疗中心,那里的医护人员更清楚他的复杂病史。吉姆也被惊动了,从房间里走出来,查看情况。我联系了UCLA当天值班的肾脏科医生,尽力描述我所知道的情况,虽然并不多。她听上去不怎么担心,说前一天弗兰克和她聊过,听他描述的症状,应该是流感。挂断电话后,我给波美拉多医院急诊室也打了个电话,让他们将听筒递给弗兰克。

"克里斯托弗怎么了?"我问。

"我不知道。他们不让我进去。"他说,声音很茫然,很遥远。

"不让你进去哪里?"我的声音开始发颤。我以为他会告诉我只是普通的胃痛,为了以防万一,他带孩子来医院检查一下,现在他已经没事了,正在跟医生护士玩呢。

可他却告诉我:"我现在在急诊室。医生还在抢救他。"

除此之外,他什么也不知道,什么也无法告诉我。我挂断电话,第一次有了末日般的感觉。克里斯托弗不曾独自进过急诊室。不管发生什么事,医生不曾将我们挡在门外,我或他父亲总能陪在他身旁。被挡在急诊室外,预示着这次情况可能不一样。

我在家里不安地来回踱步。圣诞树还摆在客厅里,树下仍堆着他的礼物:一台电动玩具火车,我们刚从跳蚤市场将它搜罗回来时,它还只是一节节零散的火车车厢,我们两人拼了好久,才拼出一列完整的火车;一台他一直很想要的自动削笔器,旁边还放着一盒铅笔,有些抵不住他的热情,已经被削得只剩一小截了。我拿起一支铅笔，放在指间无意识地转动，仿佛在捻一颗念珠，彷徨地等候消息。

几分钟后，UCLA 的罗伯特·埃腾格医生（Dr. Robert Ettenger）打来电话。他是一名小儿肾脏科医生，也是经常给克里斯托弗治病的主治医生。我请求他将孩子转到 UCLA 医疗中心，这一次因为慌张而语无伦次的人变成了我。电话那头的他停顿了几秒，然后问我知不知道孩子现在的情况。

我说："我知道的就这些。"他给了我他家里的号码，便挂断电话。我突然慌了，他以前不曾给过我他私人的号码。过了一会儿，我暗自猜想他一定是知道了什么，只是不想成为第一个告诉我的人罢了。仿佛过了几个小时，其实只有几分钟，弗兰克打了过来。

我接起电话，忘了说"你好"。

"克里斯托弗死了。"如死水般平寂的声音传来，在我心中投下一枚炸弹。

在知道与不知道之间，一个世界轰然崩塌了。我像是跌落悬崖的人，像是在铁轨上发足狂奔的人，像是被野兽撕咬的人，失声尖叫。

我的世界急速崩塌，接踵而至的黑洞，吞没了时间，吞噬了记忆。后来，我看了自己的日记本，才找回这段缺失的记忆。消息一传回来，几个朋友立马赶到我家，带了吃的过来慰问我，替我通知其他亲朋好友。我的父母也从西雅图飞了过来。以前，只要他们过来，克里斯托弗就会开心地大叫，飞奔到门口迎接他们。现在，这里没了孩子欢呼雀跃的声音，只有几个沉默以对的大人，目光呆滞而空洞，努力转动浑噩的大脑，思考接下来该做什么。我打开衣柜，为克里斯托弗挑选衣服。弗兰克安排遗体运送事宜，将他运回西雅图。

接下来的几天，我完全活在噩梦之中，开始分不清梦境与现实。我梦见他吞下了助听器电池，甚至信以为真，认定这就是他的死因。他很喜欢将只有巧克力豆大小的电池放进嘴里，我不得不时刻盯着他，防止他吞下去。一直以来，金属对他似乎有着神奇的吸引力。几年前，他还曾吞下一枚一美分的硬币，要不是后来因为生了别的病去做了 X 射线检查，根本没人知道他体内有一枚硬币。我以为是那些被他吞入腹中的金属夺走了他的生命，以为这一切都是我的错，是我没有看好他，是我害死了他。夜深人静时，我的心脏疯狂且混乱地颤动着，仿佛一只兔子在野狼的追逐下拼命地东奔西逃。

现实也变得虚幻起来。我连续好几天痴痴地站在门口，等着校车沿着马路开过来。如果它出现了，就意味着克里斯托弗没有死——他会从房子里跑出来，亲吻我的脸，拎着他的蝙蝠侠午餐盒冲向校车，准备出发去他的"大学校"；我会跟在他身后上车，看他系好安全带才下车，隔着车窗叮嘱他，记得将作业摆在课桌上，让老师检查；校车司机会朝我挥挥手，车门"呼"的一声关上，车子缓缓向前驶去；克里斯托弗会回过头来，视线追随着我，看我打出"我爱你"的手势；最后，他会同车子一起消失在街角，开心地奔向他的大世界，做他的大事情。

我等啊等，可校车再也没出现过。

医生说，谁也无法预料这样的结果，或预防夺走他生命的肠道梗阻。他们的震惊不比家属少，可他们苍白的解释，给不了家属任何安慰。

这些年来，我反复想着无数个"如果"，想到几乎走火入魔，一次又一次地质疑自己那个周末的决定。我不该让他离开，随他父亲走。如果他留在我身边，早点被送到他常去的医院，送到他熟悉的医生那里，也许他就不会死。我无法原谅自己。

他走的那天，我甚至没有陪在他身边，见他最后一面。

～～～～～

我低头看着放在腿上的尸检报告，看着克里斯托弗留下的东西，带着他生活过的痕迹，散落在客厅的地板上。太阳渐落，光线渐暗。我打开一盏灯，逼自己看完报告：

直接死因：绞窄性小肠梗阻
根本死因：肠系膜固定异常和先天性索带
死亡性质：自然死亡

先天性。这么多年来，我一直以为最初发现的先天性缺陷才是导致他肠道梗阻的元凶。自他出生之后，因为尿路梗阻，各种严重的并发症接踵而至，像多米诺骨牌一样，一个引发另一个。

然而，这份报告却给出了另一个版本的真相。原来，克里斯托弗一出生，身上就带有另一个致命的缺陷。这个微小的发育缺陷，与第一个毫无关联，很久以前就存在，一直悄无声息地潜伏在他体内，不曾制造什么大麻烦，直到他 7 岁这年才亮出爪牙，夺走他的性命。我们在一起的 7 年，成了从死神那里偷来的礼物。

报告详尽地描述了他的病史、他的身体，甚至记录了各种手术在他身上留下的疤痕，连它们在什么位置都记录得一清二楚。

报告称他的睫毛和"普通人"一样，他的眉毛、棕色的头发、棕色的眼睛也是。我想冲这么写的法医大吼：你写的不对！他怎么会看不出来它们有多特别呢？那一对乌黑的眉毛，仿佛会跳舞的小精灵，和他会打手语的小手一样，生动地向别人讲述他的心情。那一对又黑又长的睫毛，我曾跟朋友开玩笑说，长大以后一定会俘获许多少女的芳心。那一头丝滑的头发，我多么想念它们从我指间滑过的触感，想念发丝下圆滚滚的小脑袋瓜。

我继续往下看解剖分析：

心血管系统：心脏净重 130 克……

那么轻，那么精确，相当于一只软式棒球的重量，或 50 个一美元硬币的重量。而我空荡荡的心，却沉得无法称量。

我的大脑一阵晕眩，双手不受控制地颤抖，费了好大力气才合上报告。封面上订着一份复印件，上面写着"急诊科抢救记录"：

主诉：心脏骤停

病人送入医院时已无反应……心电监护仪显示心脏停搏。

我错愕不已地将这句话又看了一遍。这意味着当急救人员将他抬上救护车时，他已经没了心跳，心电图呈一条直线。当他被推入急诊室，医生们扑到他身上，争分夺秒地施行抢救时，他的心率始终是一条直线。当我打电话与 UCLA 的医生交涉，想方设法将他转回这边的医院时，他的心率始终是一条直线。在签名栏上面，急诊医生写道：

上午 9 点 26 分，病人已抢救 20 分钟，心脏仍处于停搏状态。

鉴于病人已无抢救可能，我按照程序宣布病人死亡及其死亡时间。

当我读到这句话时，心中突然涌上一种奇怪的反应，那是一种意想不到的解脱感。早在被送到医院之前，克里斯托弗就没了意识。即使我当时在医院里，握着他的手，抚摸他的脸，将他搂在怀里，极力安抚彼此心中的恐惧，他也不可能知道这一切。即使我在那里，也无法给他带来任何慰藉，因为他早已不在了。

我不可能有与他道别的机会。

此时此刻，我才终于醒悟过来，困扰了我 20 多年的心病，不是我没有在他闭上眼之前与他见最后一面，说一声再见，而是我根本就不想说再见。如果我说了,他就会从这世上永远消失,我将无法独自活下去。

我将报告折起来,重新放回文件袋里,将其他整理好的文件也放回各自的袋子。

我留了几样东西在身边——他的同学写给我的信,他最喜欢的红色毛衣,还有一只嗡嗡蜂巴帝(Buzzy Bee)造型的拖拉玩具。小时候,他经常拉着那只嗡嗡蜂的绳子,将它拖在身后走,走在外面的马路上,它的两只小触角热情地摇啊摇,黄色的翅膀呼呼地转动着。路人一看到他和他的小跟班,都会停下脚步,忍俊不禁。我将其他东西捐给了慈善超市,我想别的孩子会喜欢它们的。

那天晚上,我梦见了克里斯托弗。他已经有好多年没有进入我的梦里了。我在睡梦与清醒之间沉浮,感觉到他小小的身体依偎在我胸前,和他以前听我唱歌时一样,用脸颊贴住我的声带,感受它像蜂鸟的翅膀一样振动。他的身体是那么地温暖,那么地结实,那么地真实。科学家说,孩子在胎儿时期留在母亲体内的细胞可存活数十年。也许他的细胞就是这些梦的种子。这让我无比愉悦,努力沉入梦的海洋。当天亮了,梦醒了,那种感觉,他与我同在的感觉,仍停驻心尖,不曾散去。

第二十二章

有一种心理障碍叫复杂性哀伤,用医学术语来讲,叫"持续性复杂哀伤障碍"(Persistent Complex Bereavement Disorder,简称PCBD)。当你一直无法接受亲人去世的事实,当你结束了一段"正常"的悲伤期,却仍然无法恢复正常的生活,这就是复杂性哀伤反应。我不知道心理医生会如何评价我的反应,我只知道自从克里斯托弗走了以后,我没有一天不生活在恐惧之中。我怕一旦放手让他走,我会忘了他,一再辜负他——他活着时,我没能照顾好他;他去世时,我没能守在他身边;他去世后,我没能记住他。抱着这样的恐惧,我每天活得小心翼翼,如履薄冰,不敢触碰任何感情,尤其是爱情,尤其是孩子。我将自己放逐到世界的边缘,日复一日地在自我封闭的小轨道上旋转,只与圈子里几个最亲密的友人来往,享受他们无微不至的包容,不敢与更多人产生交集。

迈克,就是我那个热爱洞穴潜水的朋友,刚认识我不久,便邀请我去勘察斯诺夸尔米河(Snoqualmie River)南岔流的一段河道,从西雅图开车往东走,一个小时就能到。那里靠近喀斯喀特山的一处山口,有溪流依山势奔涌而下,一级一级跌落,连成阶梯状瀑布,有"墙中瀑布"之称。那一阵子,他有了一项新的爱好——白水漂流,打算来年春天去那里玩漂流。当时是冬天,我穿好外套,跳上他的车,为能够出门而高兴。车开到一半,我突然想到什么,问了一句:"万一路被大雪封了怎么办?"

"有路吗?"他大笑着反问。

我们向河岸走去,在积雪高至臀部的雪地中跋涉,弯腰躲避低垂的树枝,抖落从枝头落到肩上的积雪。空气中,光影斑驳,碎光映照,熠熠生辉。冰封的瀑布之下,一条小溪涓涓流淌,发出婉转悠扬的流水声。这时,我终于明白了迈克的话,不一定要有路才能到达一方净土。

迈克喜欢探索偏远之地,人烟越少越好。只要有机会,他就会带上我。我管这些冒险叫"与迈克的远足之旅",它们并不只有笑声,偶尔也会有泪水——我的泪水。当车子开上陡峭的峡谷,当我们在深山老林里走得太远,我会害怕得哭泣。他带着我,一次又一次走到舒适区的边缘,试探我的极限,锻炼我的胆量,直到我在野外的方向感变得越来越好。

有一天,我们来到斯诺夸尔米河下游水力发电站所在的河段,那是一个适合初学者体验漂流的地方。他教我上艇,然后自己坐进另一艘艇中,面对着我向后划,顺流而下。

"划桨!快划!"他冲我喊道。然而,我的船桨只在空中徒劳地转了几下,并没有插入水中。这时,一道漩涡将我的皮划艇拽了过去,船下波涛翻涌,无数白浪铺天盖地打过来,接着前方赫然冒出一块大石头，我害怕得用手抱住头。迈克奋力逆流朝我划过来，却还是晚了一步。皮划艇翻了，氯丁橡胶做的防浪裙罩住座舱口，原本是用来防止座舱进水的，此时却困住了我，令我无法从船中逃脱。突然，湍急的河水将我冲向下游，我的世界只剩下汹涌的碧波，还有河水拍打河床岩石的隆隆声。时间突然变慢了，我感觉一整条河的水都灌入了我的胸腔。我不记得自己是如何在水下挣脱的，也不记得我的船桨何时不见了。这时，有人抓住我潜水服的后领往上提，钻出水面的我贪婪地大口呼吸。迈克拖着我往他的皮划艇游去，让我的脸靠在它的船头上。我的皮划艇仍是底朝天的样子，两艘船正靠在一起，在河水中轻轻荡漾。

"现在屁股用力坐进去。"他冷静地指导我。河水奔腾不息，我心脏狂跳，几乎听不清他的声音。我像他在陆地上教我的那样，用力抬起屁股坐入艇内，重新摆正艇身。接下来，我一直紧跟在他身后，直到靠岸为止。午后的阳光洒在河面上，闪烁着金色的光芒，天空被染成了粉红色，像极了虹鳟鱼的侧脸。我感受到了河流的魅力，突然萌生出再划一次的念头。

那年春天，冰川融化之后，迈克教我如何勘察河流，如何寻找"绿V"，就是乱流之中的平静水道，还有如何避开漩涡洞——湍急的河水流过隐蔽的礁石，回旋形成漩涡。他告诉我要避开漩涡中央的"窟窿"，正确的做法不是拼命挣扎以浮在河面上，而是沉入河底，让河底缓慢的水流将你带到安全地带。

在阳光明媚的日子里，我会坐进皮划艇，离开河岸，绕过漩涡，逐流而下。绕开漩涡的感觉，像倾斜过弯，像飞翔。那一刻，你放弃了抗拒，任由激流将你带往任何地方。我学会了撑起艇身，不让自己落水。

～～～

在那之后，我学会了跳舞，先是充满拉丁风情的萨尔萨舞，再是阿根廷探戈。在学探戈的过程中，我学会了靠近他人，也学会了让别人靠近我。它让我重新认识自己的身体，重新学会与人亲近，也为我带来了一群亲密无间的舞友。

我还学会了玩帆船，在家乡的圣胡安群岛，在大堡礁附近的圣灵群岛，在希腊的爱奥尼亚海上，迎风扬帆。我靠眼睛寻找方向，让风将我吹向快乐。这就是我的新生活。

有一天晚上，我和吉姆·埃里克森坐着单桅纵帆船，来到圣灵群岛。我们抛下锚，将船儿停泊好，任它在夜风的吹拂下，轻轻荡漾。我躺在船头的甲板上，凝视夜空中的南十字座。

天上有多少星星？

很久以前，克里斯托弗曾问过我。我至今还记得那晚他扑进我怀里的感觉。

天文学家说，想在夜空中找到一颗星星，你不能直视它，而是要用余光去寻觅。由于眼睛自身的构造，视网膜边缘对星光更敏感。我们可能正直视着它，却浑然不觉，直到移开视线，才从余光里发现它。不管怎么说，我已经找到了克里斯托弗。他就在那里，就在我心里，不曾离开过。我不需要向他道别。

<hr>

我有一个心理咨询师，她每隔一段时间就会问我："这世上最糟糕的事是什么？只要你能想象出它是什么，你就能想象当它真正发生时，你该如何活下去。"她将悲伤比喻成河流，悲伤袭来的感觉，就像河水将一个人冲走。"河水偶尔会将你冲上河岸，让你伏在岸边，大口呼吸。当河水再次将你卷走时，你知道自己一定还会有上岸的一天，因为你曾上岸过。"

我采访过的那些人，都是送我上岸的恩人。在河中沉浮的岁月里，我从他们的故事中汲取了游下去的力量，通过报道那些历经磨难的人，来诉说我自己的生活。他们的故事让我找到了书写自己人生的文字。

有心理学家提出一个关于创伤的理论，人们会不自觉地在一生当中反复重演创伤，潜意识里希望再经历一遍创伤，实现对痛苦的掌控。重演创伤的方式有很多，噩梦是其中之一，重复性的行为也是，比如一再地踏入可能带来相似创伤的情感或处境。有时，他们可能隐约察觉到了自己在做什么，但是大多数时候，他们并不知道自己为何一再重蹈覆辙。大脑会默默通过重演的方式，来处理被过度压抑的创伤。许多年后，我才恍然大悟，我为《西雅图邮报》写的许多与意外有关的报道，其实就是对我内心创伤的重演。我所写的那些故事，都有着相同的本质，而我数十年如一日地讲述着相同的故事，只不过是想从别人身上找到不一样的结局。

当我还住在帕萨迪纳时，我们家对面曾住过一个叫乔治（George）的老先生，每天早晨出来散步，都会和我小聊几句。他的肩上总是挑着一根棍子，棍子上绑着一条头巾，头巾里包着一个三明治。那时的他已经从加州理工学院退休很久了，却还保留着一颗工程师的心，经常缠着我，说要帮我修葺房子。有一天，他看到我家屋顶的瓦片松了，蠢蠢欲动地想爬上去将它们钉紧。我告诉他我不希望他上去，他已经80多岁了，万一摔下来，那可怎么办？可他执意要爬上去，我费了好大劲，才将他赶走。

有一次，他对我说："有时，有些人突然闯入你的人生，像从雾里突然冒出来。他们短暂地出现，然后又消失在迷雾之中。"他就是这样，匆匆地与我打个照面，很快又消失不见。在我的记者生涯中，许多人与我亦是如此，短暂交会，匆匆别过。

我们都在彼此人生道路上留下了记号。20多年前，我那位曾是护士的朋友凯西去学校，帮我将克里斯托弗去世的消息告诉他班上的同学。最近，我向她询问了那天的一些细节。她提到，她的儿子丹尼尔（Daniel）至今仍记得那天早晨，当他听到他最好的朋友去世的消息时，他坐在哪里，天气如何。克里斯托弗是他童年的一部分。

赛思和比利、约翰和罗斯、沙利和格里、达比和我奶奶——他们每个人都是我人生故事的一部分。他们让我看到如何勇敢地面对痛苦，也让我看到即使不勇敢也无妨。他们让我看到如何迈出脚步，平衡人生，与不受我们控制的事物和平相处，也让我看到悲伤不意味着快乐的结束。

这世上有许多形式各异的力量。抵御烈火所需的力量，与抵御洪水所需的力量，不尽相同。很小的时候，克里斯托弗特别喜欢玩"剪刀石头布"的游戏，一旦他赢了我，就会兴奋地尖叫。在他年幼的心中，这只是一个小游戏；于我而言，它却提醒了我不同形式的材料，拥有不同类型的强韧。纸张可以承载惊人的重量，但它的剪切力无法与剪刀相提并论。花岗岩的抗压强度大过钢铁的抗拉强度。我报道过的人也让我看到，人们面对不同的逆境，会展现出不同的力量。赛思展现出的是坦然接受死亡的力量，沙利是自律，格里是感恩。他们帮助我找到了我自己的力量。

在每个人身上，我都能看到克里斯托弗的影子——赛思对生活的热爱，比利和约翰对自我的接受，沙利的幽默，罗斯的固执。在讲述他们的故事时，我发现它们其实也是我的故事，让我能够跳出个人的悲伤。失去、重生、缅怀及生存，是全人类共同的故事。他们的故事，亦是我们的故事。

他们也提醒了我，死亡是每个人共同的终点，无论我们多擅长克服人生的障碍，都无法避开这个终点。我们的目标不是骗过死神，也不是永不失去，没人能做到这一点。离群索居，清心寡欲，也无法保证永不受伤。克里斯托弗让我看到，对抗恐惧的解药，是用我们所知的方法，过好每一刻。

有一天，我们去一个叫"平房天堂"的街区散步，身后拉着一辆红色的小车，万一他走累了，就可以坐进去，由我拉着它走。那是我们在帕萨迪纳经常去的老地方之一，街道上橡树林立，还有许多美式工匠风房屋。我们一边走，一边轮流用手语说出眼前看到的东西。

"猫。"他看到某户人家的前廊上蹲着一只猫，用手指做出胡须的动作。

"自行车。"我将手握成拳头，做出脚踏板转动的动作，然后指了指停在隔壁人家草坪上的一辆自行车。

"猫咪坐自行车，去运动场上玩。"他用手语说。

"猫咪坐秋千，猫咪坐滑梯，猫咪追小狗。"我不甘落后地比画着，把他逗得哈哈大笑。

他指了指我俩的影子，它们斜斜地投射在不太平整的人行道上，拉得长长的。

"什么词？"他看着我，伸出左手的大拇指和食指，大拇指指尖轻轻抵住右手食指，做出一个像"G"一样的形状，问我能想出什么词语来形容它。我在大脑中搜刮了一圈，也没找到影子在手语里对应的词语。看我被难住了，他咯咯地笑了，然后打出"太阳"和"画"的手势。

太阳的画。这就是他眼中的世界。当别人看到的是黑影，他看到的是光明。

～～～～～

克里斯托弗去世后，我的生活中多了许多纪念日。有些纪念日是显而易见的，比如他的生日和忌日。有些纪念日更为隐晦，偶尔不经意地钻入我脑海，在我心中泛起酸楚的涟漪。有一天，我去了机动车辆管理局，看到一个个男孩从我身旁经过，脸上留着青春期的小胡子，手中拿着实习驾证。那一瞬间，我猛然意识到，如果克里斯托弗还活着，此时也应该开始学开车了。那一年，看到许多朋友的孩子出去上大学，我才知道他已经到了读大学的年纪。那一年，看到芭芭拉的女儿，那个比他小了一个星期的姑娘，产下了自己的孩子，我才知道他已经到了成家立业的年纪。

我们一年年变老，孩子也一年年长大，即使有些孩子只活在心中。我看着我认识的孩子们长大成人——女孩长成窈窕淑女，男孩长成强壮稳重、声音低沉的男子汉。我看着他们第一次搬到外面住，第一次谈恋爱，第一次心碎。我看着他们越来越独立，越来越不需要父母的照顾。

然后，我突然意识到，身为克里斯托弗的母亲，我也有一件事要做：放手让我心中的男孩走，让他成为他想成为的男子汉。

到他生日的那天，也就是2月10日，我会去我父母家中，带走他的骨灰。我会带着他，开车穿过斯蒂文山隘（Stevens Pass），往冰柱溪（Icicle Creek）的溪边去。他还小的时候，我很喜欢带他去那儿，一起坐在溪边，沐浴着明媚的阳光，看着溪水奔流，拍打岩石，激起粼粼白浪，如飞花碎玉般落下。

那附近有一座小桥，桥下流水潺潺。我曾抱着他走上桥，将他护在怀中，一起垂首，看微风在水面撩起涟漪，一圈一圈荡漾开去。

我会带着克里斯托弗走上那座桥，站在桥的中央。

我会将他的故事刻在心底，将他的骨灰交给清风。

后记

2009年1月初的一个早晨,我接到一个电话,让我尽快赶去报社。等我赶到办公室时,很多人已经围在本地新闻部,像事故现场的围观群众。赫斯特集团的一名高管拿着话筒,走到人群中央,身后有一台无线对讲机"滋滋"地响。我们双手环抱在胸前,面色凝重地看着他,等候下文。他说,报社即将挂牌出售。我们只剩下60天的时间。

每个人乍听到这句话,都跟突然接到亲人去世电话的人一样,脸上流露出错愕的表情。新闻人是现实主义者,我们都知道这句话意味着《西雅图邮报》即将停刊。大家三三两两地站着,彼此拥抱,互相安慰几句,然后拖着沉重的脚步,黯然离开本地新闻部,各自打电话通知家人。我们拿纸杯倒了杯波本威士忌,为聚散而饮。

对许多人而言,报社就像一个大家庭。我们知道彼此的过去,彼此的小癖好;知道谁在拉斯维加斯输了钱,曾打电话请求报社预支工资;知道谁在备孕,谁有外遇。本地新闻部里发生的事,与记者报道的外面世界的故事一样,充满戏剧性。在癌症、离婚、死亡三座大山面前,我们一直相互扶持,不离不弃。当我们怀疑主编偏心时,比如有人得到更多采访时间,或有人拿到更多版面,也会像争风吃醋的兄弟姐妹一样,吵得不可开交。尽管如此,我们总是团结一致,并肩作战,努力守护这个大家庭。

我在报社里成长,很荣幸地坐在最前排的位子,阅览社会巨变、众生百态。成为记者的这25年,我经历了人生的跌宕起伏、生死两别、悲欢离合、病痛折磨,有我自己的,也有别人的。我的同事亦见证了我的这25年。

在接下来的两个月里,我们继续坚守在各自的岗位上,努力不去想越来越近的出售日。新闻编辑室里日渐有了资产拍卖前的感觉,大家开始收拾各自的东西。文件柜、破旧的纸盒、有凹痕的带孔金属尺子,能拿的就拿,能分的就分。一个巨大的碎纸机杵在新闻编辑室中央,将几十年的笔记碎成纸屑。我们站在蓝色圆球下,与那个从20世纪30年代起就照亮报社上空的球状标志,拍照留念。

有一天,新闻会议开到一半,坐在会议桌前的总编戴维·麦坎伯(David McCumber)突然往上瞟了一眼,摘下眼镜,揉了揉眼睛。

"《丛林》去哪儿了?"他突然冒出这么一个问题来。

其他编辑一脸不解地看着他。过了一会儿,我才意识到他是在问厄普顿·辛克莱(Upton Sinclair)的《丛林》(The Jungle),那本揭露肉类加工厂黑幕的书。多年来,一本精致包装的《丛林》一直悬挂在我办公桌的上方,正好在他的视线范围内。

在得知报社命运的66天后,我为报社写了讣告,开头如下:

《西雅图邮报》（Seattle Post-Intelligencer，简称 P-I）是西雅图及其周边地区的先驱报纸，也是该城市历史最悠久的报纸，持续经营上百年，不仅受一方水土滋养，也滋养了这方水土的人文。成立之初，它的先驱用拉梅奇手摇式油印机印刷出它的第一份报纸，承诺"传播最有用的信息，做最好的报社，卖最实惠的报纸"。如今，约一个半世纪过去了，它将在这个星期二发行它的最后一期印刷报纸。

1889 年，一场大火席卷了西雅图，烧毁了 P-I 的印刷机。尽管遭受重创，它依然顽强地渡过了难关，在后来的岁月里，还经历了 11 次搬迁，至少 16 次易主。19 世纪，美国报业陷入群雄混战的局面，曾有一名出版家形容这个年代的报纸"生难死易"。最终，它从激烈的竞争中脱颖而出，跨进了 20 世纪的门槛。

我们曾亲切地将它称为"每日奇迹"，现在这个奇迹也将不复存在。

从孩提时代起，报纸就成了我生活中不可或缺的一部分。那时，我会帮我哥哥送报纸。我母亲和我外婆每天早上收到报纸，都会剪下优惠券和好文章，寄给亲朋好友。我父亲下班回到家，会习惯性地坐在椅子上，拿起一份报纸看。这个时候，我们几个小孩都会很知趣地不去打扰他。

对于记者而言，新闻是一种使命。报纸上的故事将我们每个人联系在一起，也将我们与社会相连。《西雅图邮报》陪我走过人生的低谷，将我从人生的泥沼中拉出来。如今，它即将停刊了，但它的故事不会就此结束，而是会在生命因其而改变的人身上延续下去，比如我。

支撑着我们负重前行的，是我们身上的故事。

～～～

我很感谢在本书中出现的这些人，感谢他们在坎坷之中选择与我分享他们的故事。在我们的人生短暂交会之后，他们继续用自己的方式，书写自己的故事。近来，我重新联系上他们，了解了他们这些年的情况。

赛思在他的故事见报三年后死于心脏病并发症，当时离他的14岁生日只差一个月。

我早已知道会有这么一天，可是当它真正来临时，再多心理准备也没用，我依旧悲痛不已。坏消息很快传遍了整个报社。记者是一群隐忍的人，不会因"坏消息"动容，而且"坏消息"（bad news）也有"坏新闻"之意，"坏新闻"对于记者而言就是灾难。但是在我的同事心目中，赛思是一个鲜活的生命，而不是报纸上冰冷的文字。那天，许多人来到我的座位前，眼里噙着泪水，说听到这个消息，他们都很伤心。

我在办公桌前沉默地坐了几分钟，努力消化这个消息，然后起身走到天井，俯瞰艾略特湾。这一天，阳光明媚，微风习习，舟楫如织。我靠着椅背，望着楼顶上缓缓旋转的圆球。赛思的故事登上报纸后，他的世界也变大了。

在那之后的一年里，许多善心人士主动伸出援手，带他体验他所向往的生活。于是，他坐了一回特技飞机，甚至亲手操控驾驶舱里的一些按钮；被任命为荣誉副警长，这是他毕生的理想；跟父母一起去墨西哥参观古城遗址，还去纽约旅游；亲自来我们报社，礼貌地与那些让他的故事得以面世的人握手，还去了报社附近我哥哥的工作室，学会了吹制玻璃瓶。

我很高兴他能够拥有如此精彩的生活，并感谢上帝给了我们相识的机会。我在天井里坐了许久，直到平复好情绪，才重新走回办公室，给帕蒂打电话。她告诉我，赛思去世前几周，他们本打算去露营，但是他太虚弱了，便临时取消行程，在家里种花。他种了一小丛玫瑰。后来，他们亲眼看着那丛玫瑰一天天生长，直至开出花来。我想象他们手上沾满泥土的样子，突然就想到了小王子，那个教我们即使最终会失去也要勇敢去爱的小使者，也曾用心地呵护一朵带刺的玫瑰花。

帕蒂还说了一些别的话。"他能有今天的样子，离不开许多人的影响，那些他喜欢的人。"她说，"许多人在他身上留下了印记，他也在他们身上留下了他独特的印记。"我喜欢这句话带给我的想象。一想到克里斯托弗也是这样的，我便无比欣慰。

我去了赛思的葬礼，与他告别。全镇的人都来了，来见这个深受大家喜爱的男孩最后一面，为他短暂却灿烂的生命而庆祝。葬礼结束后，大伙儿转移到高中体育馆，带着琳琅满目的食物而来，你能想象到的各种炖菜和烤肉,还有叠了好几层的甜点,应有尽有。这样的盛会,他看到了一定会很喜欢。如果他在这里,我能想象他会坐在正中央,组织其他小孩玩游戏,盘子里堆满了美味佳肴。又迎来一年生日的他会激动地喊:我中大奖了!

在回去的路上,我回忆起了那天与他在河上钓鱼的情景。因为不知结果会如何,也看不见前方是什么,对未知的期待与承诺让未来充满了无限的可能以及无限的可塑性,这就是童年显得尤其漫长的原因。那天过后,又过了几个星期,他再一次来到河上,钓到了一只约16斤重的硬头鳟,那是他最辉煌的成绩。然后,他将鱼放走了。

赛思去世12年后,在一个秋高气爽的日子里,我开车去看望他父母。他们仍住在达灵顿,我沿着蜿蜒的小路穿过树林,往他们家门口驶去,眼角不经意瞥见左边的一个小路标,标志上写着"赛思的小溪",不禁莞尔。我想,他早已与这片地方融为一体。到了门口时,帕蒂从屋里出来,热情地拥抱我。过了一会儿,刚干完活的凯尔也从外头回来了,脚上沾满了泥。我们三人围着厨房里的餐桌坐下,诉说这些年发生的事,时而哭,时而笑。前不久,赛思的堂弟特里斯坦刚满21岁。他们带他去了蒙大拿州,体验他人生中的第一次狩猎之旅。

每年,他们会召集整个大家庭,在赛思生日那天去露营,玩他最爱的游戏,还举行钓鱼比赛,以此纪念他。他们还和以前一样,每两周组织一次《圣经》学习。帕蒂说:"赛思一直和我们在一起。"凯尔起身去拿一条他为帕蒂做的被子给我看。那是他用赛思最喜的 T 恤做的，有一个朋友将赛思的一生绣在了被子上。被子正中央绣着赛思留下的一幅画，画里是几条简单的线条勾勒出的房子轮廓——赛思曾对帕蒂说，那是他为她在天堂盖的房子。帕蒂和凯尔用赛思的字迹，在手腕内侧文了他们对赛思的爱称——"小家伙"（Buddy）。

赛思去世几年后，他的狗子弹也失踪了。有一天，它从家里出去，便再也没回来。他们觉得，它可能是被郊狼抓走了。"我从没想到失去它对我的打击会这么大，"凯尔说，"那种感觉就跟失去他一样。"他们花了很长时间才恢复过来。现在，他们又有了一条狗，一只可爱的黑色拉布拉多犬。巧的是，当他们收养它时，它的名字也是"子弹"。他们一直认为，这是赛思的安排，是它选择了他们，而不是他们选择了它。

后来，一年一次的早衰症儿童家庭聚会再也没办过，不过帕蒂与某些家庭仍保持着联系。多亏了医学的进步，那些孩子的寿命越来越长，很多都能活到 20 多岁。赛思的骨灰就撒在那天我们一起散步的树林子里。

约翰·斯旺森仍在经营游船，这些年来还拓展了其他业务。15 年前，他开始卖圣诞树，后来还买了一辆自卸货车，做起另一项副业。他和杰米生了第三胎，也是个儿子，一家人经常去户外玩，比如露营或骑雪地摩托车。

"我们要打理三项生意，还要照顾三个儿子，一直忙得脚不沾地，直到最近才闲下来，开始四处旅游。"他写道，"这是一条漫长的道路。我们努力了很久，才走到这一天。当我们坐在沙滩上，喝着手中的玛格丽特鸡尾酒时，一切辛苦都是值得的。"

他现在也有了更多看书的时间，这在几年前是不可能的事。"只有到了夏天，我才有时间看书。到现在我已经看了十几本书了。有意思的是，我看的书几乎都在讲真实的故事，大多与如何克服逆境有关，真是一个有趣的巧合。我并非有意专挑这类书看，只能说这样的故事自有它的魅力。"

他后来还有了另一段曲折的经历，从另一场可怕的意外中活了下来：他在山上骑雪地摩托车时，突然遭遇雪崩，被雪活埋。网上有他获救的视频，很多人都看过。

比利在邮件里写的第一句话是——"我要结婚了！"20岁后，他大部分时间都在世界各地旅游，或者用他自己的话说是"四处流浪，大差不差吧"。他夏天做漂流向导，冬天去滑雪场打工，过着"邋遢的生活"。他还在新西兰和澳大利亚各待过一年，做水果采摘工，以此维持生计。

"对于我而言，三十岁是意义重大的一年。我终于看清了自己的人生目标，并在过去的一年里为之努力。"他在戒毒戒酒中心找了一份工作，还成了朱诺市消防部门的消防志愿者和急救员。"我的最终目标是成为青少年倡导家，帮助他们在这个重要的人生阶段找到人生的意义，帮助他们发出自己的声音。"他的未婚妻怀孕了，两人很快就会有自己的孩子。

～～～～

我在写这本书中的沙利将军的故事时，他已经去世了。他的儿子布兰特告诉我，他在第一次中风后，走过了极其艰难的复健之路，后来身体大有好转，得以继续他的演讲事业，并在几家机构的董事会任职。"我父亲平静的外表下，有着钢铁般的意志，总能令我心生敬佩。在我心目中，他的坚毅不是一种武器，而是为实现抱负而全力以赴的决心。"布兰特在一封邮件中写道，"我总是说，他直到生命的最后一周，都在为自己热爱的社会事业奔走，尤其是慈善机构'费舍尔之家'和国家亚洲研究局。在护理人员的帮助下，他坚持外出活动，并与朋友相聚，直到最后一次入院，才停下他的脚步。"

2011年，第二次中风夺走了沙利将军的生命。他被厚葬于阿灵顿国家公墓，享年75岁。《纽约时报》援引了奥巴马总统的话："沙利的人生是'美国独有'的传奇故事。无论从哪个角度去衡量，他都使我们的国家变得更安全、更美好。"

对于布兰特而言，他首先是一名父亲，其次才是将军。"他是一个风趣、善良、有爱心的人，每当儿子需要他的时候，他就会出现在儿子身边。我每天都很想念他。"

～～～～

几年前，罗斯曾主动找到我，跟我要了一份刊有她的故事的报纸，送给朋友。

"我过得很好。"她在邮件里写道。埃里斯出生两年后，她和亚历克斯又有了一个女儿，名叫艾尔克米(Alchemy)，在万圣节出生。"埃里斯很喜欢计算机，艾尔克米是一个充满活力的孩子，而且很有艺术天赋。"

她和亚历克斯离婚了，他搬去离她不远的地方住，她现在也有了别的爱人。她用那次事故的部分赔偿金在西雅图北部买了一些土地和一个房子。"我将一些房间租了出去，现在我家里住满了人，但我并不介意，因为有很多人可以陪我聊天。"

她还记得我曾说过我有一个已故的儿子。"我想说的是，无论你当时经历了什么，我很高兴如果报道我的故事多少给了你一点帮助。"她写道，"我也从中得到了帮助。你来采访我的那段时间，我相信你能想象得到，我的心情有多复杂，内心有多痛苦。有你们来我家中陪我说说话，给了我爬下床的动力，而不是颓丧地躲在黑暗的房间里，什么事也不做。即使到了今天，读着你为我写的故事，依然会让我泪流满面。"

～～～～～

达比和迈克有了更多孩子。

"我们的生活和以前一样有起有落，也有意外的插曲。"她写道，"布莱克已经上高中了，对音乐充满激情，喜欢写词作曲。他就是一个奇迹,我一直对此心存感激。"他们后来又生了一个儿子,名叫泰勒(Tyler),还收养了两个女孩,年龄只相差两个月,就跟一对双胞胎似的。达比在她们的学校工作,是行为支持人员。

"真希望我能面对面告诉你,这些孩子是怎么来到我们身边的。"她写道,"那是一个既美丽又让人心碎的故事。"

几周后,我去了波特兰,看望她的孩子。

"好久不见。"布莱克握了握我的手说。上一次见他,他还是个刚出生的婴儿,现在已经是一个长着浅棕色头发的声音低沉的少年了。小时候,他偶尔会对着镜子,看着镜子里的脸,想象那是他的兄弟卡特。他的妹妹拿着一张亲手做的"欢迎"牌,从楼上走了下来,迎接我。最后,全家人围着壁炉坐下,与我叙旧。

达比还和以前一样热情。她说,她怀泰勒的过程依然不太顺利,全家人都被吓坏了。直到孩子顺利出生,大家才松了一口气,喜出望外。他长得很快,现在已经和他哥哥差不多高了。

仍在消防队工作的迈克说:"在那之后,我们便决定不再怀孕。"他们转而收养孩子。一开始,他们很兴奋地领养了一个女婴。几个月后,女婴的一个远房亲戚介入,将她带走了。达比伤心极了,后来他们又领养了一个,依然是个女婴。

达比说:"有一天,社工突然打电话过来,说她需要亲自上门通知我们一件事。"她原本已经做了最坏的打算,以为会听到什么坏消息,但是当收养中心的人到了时,说的却是她们第一次领养的那个女婴又可以收养了。她和迈克高兴坏了。这下子,他们有了两个女儿，生活既忙碌又充实。

离开的时候，我走在他们家门前的小径上，看到花圃里的两个小风车，一个是希望的，一个是卡特的，呼呼地迎风旋转。

～～～

格里从乳腺癌中活了下来。她和鲍勃还有许多医生奔走于世界各地，积极践行医者的社会责任。这几年来，他们经常前往加沙，帮助当地居民。她依然是妇女关怀互助小组的组织者，每两周的星期二都会与她们在家中客厅相聚。最近，我重新加入了这个小组，看到了几张熟悉的脸庞，不过大多数都是新面孔。刚刚过去的10月，我与组里的其他妇女去了格里海边的房子，那是我第二次去那里了。那一天，我开着车子，在海岸山脉（Coast Range）之中穿梭，一路上红叶烂漫，光影婆娑。黄昏将近时，我披着金黄色的霞光，来到大海这一侧的平原湿地。成千上万只椋鸟在我前方盘旋飞舞，仿佛巨大的画笔在天幕中恣意游走，和克里斯托弗在幼儿园里画过的画一样，充满生命力。然后，我开车经过一块空地，看到空地上一个如毛茛般明黄的房子，背对着朦胧墨绿的森林，越发显得明亮耀眼，仿佛全世界的余晖都敛于一处，一下子全倾泻在它身上，如一把耀眼的金币被撒向人间，带着所有光明奔向它。"阳光屋。"我用手语对自己说，然后笑了。

等我到达海边时，太阳已经下山了，格里也炖好了一锅蘑菇烩饭。那几次相聚，她做了许多美妙的食物来招待我们，仿佛我们是饥肠辘辘的孩子。从某种意义上说，我们是的。层叠不穷的海浪拍打着海岸，我们一边听着那如音乐般美妙的声音，一边享受人间美味。

晚饭结束后，她给每个人发了一个笔记本，让我们写下对孩子的感激之处，以及我们现在的生活。我写了克里斯托弗让我学会用他的眼睛去看世界，这是他留给我最好的礼物。每当我走在路上，我总能在每个不起眼的角落里发现美，比如一棵废弃的圣诞树上的彩条，一处用一小块马赛克瓷砖补上的墙缝。那些都是他绝不会错过的美。

我写了克里斯托弗有多喜欢日常生活中平凡的小事物。他喜欢按搅拌器的按钮，喜欢将鸟食放进喂食器里，喜欢给植物浇水，喜欢给地板吸尘。当我换灯泡时，他会指着灯泡，惊叹不已。他眼中的世界，每个平凡日常，都蕴藏着奇迹。

现在，我眼中的世界也是如此。